Die dunkle Seite des Erbes

Klaus Seibel

Über den Autor

Klaus Seibel, geboren 1959, verheiratet, drei (erwachsene) Kinder.

Er hat Theologie studiert, arbeitete als Manager in einem Softwarehaus und ist seit 2014 hauptberuflich Schriftsteller. Eine interessante Mischung, aus der spannende Geschichten geboren werden. Neben Spannung gehören zu seinen Markenzeichen: aktuelle Themen, gut recherchiert, leicht verständlich und angenehm zu lesen. Mit anderen Worten: Die Leser sollen Spaß am Lesen haben.

Er hat 2009 den Krimipreis der Frankfurter Neuen Presse gewonnen und war bereits in vielen Shops auf Rang #1 in den jeweiligen Genres. Mit mehr als 150.000 verkauften Büchern zählt er zu den erfolgreichsten unabhängigen Autoren des Landes.

Homepage: www.kseibel.de
Facebook: Klaus Seibel Autorenseite

Klaus Seibel

Die dunkle Seite des Erbes

Die erste Menschheit Band III

Lektorat Inez Corbi

Die Deutsche Nationalbibliothek verzeichnet diese Publikation in der Deutschen Nationalbibliografie, detaillierte bibliografische Daten sind im Internet über www.dnb.de abrufbar.

© 2014 Klaus Seibel
2. Auflage 2016

Lektorat: Inez Corbi

Coverfoto Front: © Sergey Nivens - Fotolia.com
Covergestaltung Front: Heike Ponge, Grafikdesign
Coverfoto Back: © JohanSwanepoel - Fotolia.com
Covergestaltung Back: Klaus Seibel

Herstellung und Verlag:
BoD – Books on Demand, Norderstedt

ISBN 9783741291531

Dieses Buch ist ein Roman. Handlungen und Personen sind erfunden. Ähnlichkeiten mit lebenden oder toten Personen sind zufällig.

1.

Das Gebäude sah belanglos aus, ein Materialschuppen wie viele andere auf dem militärischen Bereich des Flughafens von Lantika. Die Planer kannten anscheinend nur die Form eines Schuhkartons, der sich von der gelbbraunen Umgebung auch durch die Farbe nicht abhob.

General Myers steuerte seinen Wagen direkt darauf zu, während er ununterbrochen Befehle in sein Headset sprach. Myers besaß wesentlich mehr Kompetenzen, als Anne vermutet hatte. Nur einmal hatte es eine kurze Diskussion gegeben, als er einen Flottenverband auf einer Fahrt zu einem geplanten Manöver mit Südkorea wenden lassen wollte. Sie sollten den Punkt im Indischen Ozean ansteuern, an dem das Flugzeug von General Haishan von den Radarschirmen verschwunden war. Haishan war Myers' chinesisches Gegenstück, aber nicht der Grund, warum Myers nicht nur den Flottenverband, sondern ein gutes Dutzend weiterer Schiffe in den Indischen Ozean beorderte. Der wirkliche Grund war Korgh.

Nach Yra war Korgh der zweite Lantis, den man aus einer Genschablone der Lantis erschaffen hatte. Myers hatte Yra gehen lassen müssen, umso wertvoller war Korgh für ihn. Außer einer kleinen Gruppe Eingeweihter wusste niemand davon. Und dann war der Lantis aus dem geheimen Labor entkommen und hatte sogar noch wichtiges Gerät mitgehen lassen.

Ob Myers jetzt von der Gefährlichkeit Korghs überzeugt war, wusste Anne nicht. Sie hatte Myers gewarnt, aber der hatte sie nicht ernstgenommen. Was sollte ein kleiner, nackter, grüner Lantis, der vollkommen allein und ohne Ressourcen war, schon gegen die mächtige NSA ausrichten? Und dann hatte er sie doch alle überlistet.

Gerade sprach Myers mit dem Kommandeur des amerikanischen Stützpunkts auf Guam. Alle verfügbaren Flugzeuge sollten das Gebiet um die Absturzstelle absuchen, unterstützt durch mehrere Spionagesatelliten.

Anne saß neben Yra im Fond des Wagens. Sie hielten sich an der Hand und Anne versuchte so gut wie möglich, Yra zu erklären, was Myers in die Wege leitete. Sie tat es auf ihre spezielle Weise über einen direkten körperlichen Kontakt zu Yras Nervensystem. Das ging einfach schneller und war vor allem unauffälliger. Myers musste nicht wissen, dass sie auf diese Art kommunizieren konnten. Auf dem Beifahrersitz saß Walter Bullrider. Er schwieg, aber Anne wusste, dass auch er auf jedes Wort von Myers achtete. Die beiden kannten sich von früher, waren aber unterschiedliche Wege gegangen. Seit dem Walter herausgefunden hatte, wie sehr Myers ihn und seine Umgebung manipulierte, war das Verhältnis alles andere als freundschaftlich. Charlotte Fuller, Myers' rechte Hand, war im Labor geblieben, überwachte die Spurensicherung und wartete darauf, dass die kurzzeitig gelähmt herumliegenden Wissenschaftler aufwachten.

Vor dem Gebäude standen vier Soldaten lässig in einer der wenigen schattigen Stellen herum, als ob sie gerade Pause hätten, wie man es vor einem bedeutungslosen Lager öfter sah. Als sie Myers' Wagen erkannten, verschwand die Lässigkeit. Sie passte auch gar nicht zu der schweren Bewaffnung, die Anne jetzt aus der Nähe erkennen konnte. Myers parkte seinen Wagen unmittelbar vor dem Eingang, die Soldaten salutierten.

Myers sagte nur: „Alle durchlassen. Sie gehören zu mir."

Anne, Yra und Walter folgten ihm ins Gebäude. Anne konnte die Verwunderung der Soldaten förmlich spüren. Zivilisten wurden hier selten gesehen, und dann auch noch eine solche Gruppe wie die Drei. Walter besaß zwar die Statur eines Elitesoldaten, aber mit seinem Hawaii-Hemd, der Baseballkappe und den Shorts wirkte er wie ein harmloser Tourist. Anne hatte sich dieser Verkleidung angepasst und spielte die Ehefrau, die mit ihrem Mann und ihrer Tochter einen Urlaub in Lantika verbrachten. Allerdings war der vermeintliche Teenager grün. Yra hatte auf die Tarnung durch dick aufgetragene Theaterschminke verzichtet und zeigte sich in der Farbe, die ihre Haut nach der Behandlung mit Chlorophyllgenen angenommen hatte.

Damit musste auch dem letzten Soldaten klar sein, dass es sich bei den Dreien keinesfalls um eine gewöhnliche Touristenfamilie handelte. Eine Lantis war nicht normal, auch in Lantika nicht. Am Ausdruck in ihren Gesichtern sah Anne, dass die Soldaten jetzt auch sie und Walter erkannten. Ihre Fotos waren unzählige Male in allen wichtigen Medien der Welt erschienen. Jeder wusste, dass sie die entscheidenden Personen waren, denen die Menschheit das Erbe der Lantis verdankte.

Die Blicke der Soldaten folgten ihnen, bis sie die Tür durchschritten.

Auch von innen wirkte das Gebäude wie ein gewöhnliches Materiallager. Fenster gab es keine, an den Wänden und mitten im Raum standen deckenhohe Regale, voll mit Kisten und Fässern. Die Beschriftung bestand ausschließlich aus Zahlen-Buchstaben-Kombinationen, aus denen Anne nicht auf den Inhalt schließen konnte. Wenn überhaupt etwas darin war und die Kisten nicht nur zur Tarnung hier herumstanden.

Myers ging zielstrebig den zweiten Gang bis nach hinten durch. Er zog eine Karte durch einen Schlitz und öffnete die Tür. Der Raum, den sie dann betraten, hätte auch im Keller einer Bank sein können, die rechte und die linke Seite bestanden nur aus Schließfächern.

Myers öffnete eines der Fächer. „Legen Sie alle elektronischen Geräte und metallischen Gegenstände hier hinein!"

Walter und Anne besaßen eine Smartwatch, Yra hatte keine Uhr. Als Myers das Fach zurückschob, hörte Anne ein leises Klicken. Ohne Myers würden sie ihre Geräte wohl nie wieder sehen.

Anne spürte einen Luftzug. *Sie prüfen die Luft auf Sprengstoffpartikel und Spuren von Giftstoffen.*

„Kann man von Misstrauen eigentlich krank werden?", fragte Walter.

Myers ignorierte ihn. Er beschäftigte sich mit Iris-Scanner, Handflächen-Scanner und Stimmerkennung. Erfolgreich, denn die Rückwand des kleinen Raums glitt zur Seite.

Myers drehte sich zu den Dreien um. „Was Sie gleich sehen werden, ist nicht für die Öffentlichkeit gedacht."

Er trat vor Anne und fixierte sie mit seinem Blick. „Damit meine ich ganz besonders Sie, die die Öffentlichkeit so lieben. Ich kann es nicht leiden, damit erpresst zu werden."

Anne hielt seinem Blick stand. „Ich tue nur, was nötig ist, und für hier habe ich Ihnen zugesagt zu schweigen. Dann werde ich mich auch daran halten. Im Übrigen sollten wir uns beeilen, Korgh wird nicht in der Sonne liegen und faulenzen."

Myers nickte und sagte laut: „Abwärts!"

Die Wand schloss sich, die Kabine, in der sie sich offensichtlich befanden, bewegte sich nach unten.

Wie weit es in den Untergrund ging, konnte Anne nicht feststellen. Vom Gefühl her waren es zehn Meter, aber es konnten auch mehr sein.

Unten wurden sie von neuen Wachen empfangen. Als sie Myers erkannten, nahmen sie Haltung an.

„Willkommen, Sir!"

„Danke. Besondere Vorkommnisse?"

„Nein, Sir."

„Folgen Sie mir!", sagte er zu Anne, Yra und Walter.

Sie kamen an weiteren Aufzügen entlang, die in tiefergelegene Abschnitte führten, rechts und links zweigten Seitengänge ab.

„Hat die NSA ganz Lantika unterkellert?", fragte Anne, aber Myers reagierte nicht darauf.

Am Ende des Hauptgangs glitt eine Tür zur Seite. Vor ihnen lag ein Raum, groß wie eine Turnhalle, er erinnerte Anne an die Steuerzentrale der ESA. Die Front war komplett mit Bildschirmen ausgefüllt, davor standen Arbeitsgruppen mit weiteren Monitoren. Myers steuerte auf eine Art Leitstand zu, der etwas erhöht lag und von dem aus man alles überblicken konnte.

„Das Allerheiligste der NSA", flüsterte Walter. „Myers muss verstanden haben, dass die Sache mit Korgh ernst zu nehmen ist."

„Briggs, zeigen Sie mir die letzten zwanzig Minuten des Fluges von Haishans Flugzeug. Die ersten zehn Minuten im Zeitraffer."

Der Mann am Hauptbildschirm des Leitstands machte einige Eingaben. Ein schwarzer Bildschirm erschien, auf dem mit dünnen, weißen Linien die Umrisse des Festlands eingezeichnet waren. Anne erkannte die Arabische Halbinsel mit dem Horn von Afrika darunter. Auf der anderen Seite war die Küste des indischen Subkontinents zu sehen. Überall verstreut gab es kleine Punkte, die, wenn man genau hinsah, sich langsam bewegten.

„Blenden Sie alle anderen Flugzeuge aus und zoomen Sie so nah ran wie möglich."

Ein Klick, und die Punkte verschwanden. Die Küstenlinien Afrikas und Arabiens wanderten nach links, die Indiens nach rechts. Übrig blieben ein schwarzes Nichts und zwei verwaschene Punkte. Sie näherten sich, bis sie zu einem einzigen Punkt verschmolzen.

„Keine optische Erfassung?", fragte Walter.

„Eine geschlossene Decke aus Cirruswolken", sagte Briggs. „Wir hatten keine Veranlassung, einen tieffliegenden Satelliten einzusetzen. Deshalb gibt es auch keine Infrarotbilder. Das Einzige, das wir haben, sind diese Radaraufnahmen, und die sind schon aufbereitet."

Die verschmolzenen Punkte trennten sich wieder. Der etwas größere Fleck entfernte sich Richtung Nordosten, der kleinere bewegte sich nur wenig. Schließlich stand er still und wurde schwächer.

Briggs blendete Zahlen ein, die schnell kleiner wurden. Bei fünfhundertsechsundsiebzig blieben sie stehen.

„Was bedeutet das?", fragte Anne.

„Das sind die Höhenmeter, die unser Satellit gemessen hat. Die Anzeige ist stehengeblieben, als der Satellit kein Signal mehr erfassen konnte."

„Weil es zu schwach war, oder weil das Flugzeug explodiert ist?"

Briggs drehte sich um und sah sie an. „Wahrscheinlich, weil es zu schwach war, aber das andere kann man nicht ausschließen."

„Kann man aus der Fallgeschwindigkeit und den Eigenschaften von Haishans Flugzeug schließen, ob es abgestürzt ist, oder ob sie uns nur ausgetrickst haben?"

Briggs rieb sich mit einem Finger an der Nase. „Schwer zu sagen. Falls sie uns austricksen wollten, können sie den Flieger nicht schon bei fünfhundert Metern abgefangen haben. Sie wissen ja nicht, wann wir kein Radarsignal mehr auffangen. Aber darunter ...? Ein normaler Flieger hätte die Kurve nicht mehr gekriegt, aber Haishan hat keinen normalen Flieger. Er verfügt über das Beste, was die Chinesen zu bieten haben. Emissionsarme Triebwerke, Antiradarbeschichtung, weshalb wir gerade mal schwache Flecken sehen, keinerlei automatisiert abgesetzte Positionsdaten. Einfach nichts, was uns helfen würde. Eine gut getarnte

Militärmaschine eben. Über die tatsächlichen Flugeigenschaften in Extremsituationen wissen wir nichts."

„Aber Sie wissen, dass es Haishans Flugzeug war?"

Briggs drehte sich wieder zu seiner Konsole. Das Bild zoomte zu einem größeren Ausschnitt. Eine unterbrochene Linie erschien, die von Lantika bis zu dem Punkt über dem Indischen Ozean führte, an dem sie die Maschine zum letzten Mal geortet hatten.

„Über der Sahara gibt es deutliche Lücken", sagte er. „Auf den Luftverkehrsstraßen ist die Überwachung okay, aber daneben ..."

„Verstehe", sagte Anne. „Haishan ist nicht auf den allgemeinen Strecken geflogen, und wegen der Tarnung seiner Maschine hat man ihn nur gelegentlich auf dem Schirm gehabt. Theoretisch könnte er also auch schon über der Sahara abgebogen sein, während ein anderes Flugzeug eine falsche Spur gelegt hat."

Briggs schien dieser Gedanke nicht zu gefallen. Er sah zu Myers hinüber, der mit ausdruckslosem Gesicht der Diskussion folgte.

„Die Wahrscheinlichkeit dafür ist äußerst gering", sagte Briggs. „Die tatsächliche Flugzeit stimmt exakt mit der rechnerischen Flugzeit überein. Außerdem wäre das Flugzeug dann irgendwo nördlich oder südlich der Sahara aufgefallen. Da wird die Überwachung wieder dichter."

„Dass die Flugzeit übereinstimmt, ist kein Argument", sagte Anne. „Sowas gehört zu einem vernünftigen Plan. Und über Wahrscheinlichkeiten können wir gerne diskutieren. Wenn Sie auf der Flucht sind und Feinden entkommen wollen, würden Sie dann immer den wahrscheinlichsten Weg nehmen?"

„Nein", gab Briggs zu.

„Wie groß die Wahrscheinlichkeit ist, spielt kaum eine Rolle. Es gibt sie jedenfalls, und sie scheint mir größer als die Wahrscheinlichkeit, dass ein einsamer, kleiner Lantis aus einem militärisch gesicherten Labor ausbricht."

Myers verstand diese Andeutung als Wink, sich einzumischen. „Was wissen wir über Haishans Flugzeug? Wie weit kann es mit vollem Tank fliegen?"

Briggs holte ein Datenblatt auf den Schirm. Myers und die anderen überflogen die Angaben.

„Zu weit", sagte Myers. „Auch wenn wir keine genauen Daten haben, wissen wir, dass Haishan beim Hinflug nach Lantika nonstop von Beijing aus geflogen ist."

Walter deutete auf einen Bildschirm, auf dem sich ein Globus langsam drehte. „Mit anderen Worten: Er könnte jeden Fleck auf diesem verdammten Planeten erreichen, außer vielleicht Hawaii und Australien."

Für einen Moment war es still.

„Er ist dir entwischt", sagte Yra zu Myers. „Etwas anderes hätte ich von Korgh auch nicht erwartet."

Myers sah sie missbilligend an.

Yra zuckte mit den Schultern, drehte sich um und ging auf die Stufen zu, die vom Leitstand herunter führten.

„Wo wollen Sie hin?", fragte Myers.

„Mich umsehen, mir ist langweilig."

Myers schwieg verblüfft, solche Antworten war er nicht gewohnt. Sein Gesicht wurde eine Nuance dunkler.

Bevor er etwas sagen konnte, griff Walter ein. „Lass sie! Sie wird sich niemals einem Befehl unterordnen. Du kannst nur verlieren. Sie braucht dich nicht, aber du brauchst sie."

Myers' Kiefer mahlten. „Mir gefällt es nicht, dass sie hier einfach so herumläuft."

„Was sollte sie anrichten? Das Wesentliche hat sie schon gesehen, und den Rest ..." Walter deutete auf den Monitor mit Korghs möglicher Fluchtroute. „Yra wird dir bestimmt nicht entwischen und zu den Chinesen überlaufen. Wir haben wichtigere Probleme als eine gelangweilte Lantis."

Die dunkle Seite des Erbes

Myers sah Yra hinterher und dann Anne und Walter an. „Ich würde euch am liebsten alle rauswerfen lassen."

„Du hast uns nicht hierhin mitgenommen, weil wir dir sympathisch sind, sondern weil du unsere Unterstützung willst."

„Bei der nächstbesten Gelegenheit werde ich das Rauswerfen nachholen."

Walter zuckte lässig mit den Schultern. „So viel Mühe musst du dir gar nicht machen, wir würden sogar freiwillig gehen. Aber bis es so weit ist, lass uns den ausgebüxten Lantis einfangen."

Myers sog hörbar die Luft ein.

„BRIGGS!"

Briggs hatte so getan, als würde er irgendetwas an seinen Kontrollen arbeiten, aber es war ziemlich offensichtlich, dass er die Diskussion aufmerksam verfolgte.

Er zuckte zusammen.

„Ja, Sir?"

„Sie werden alles vergessen, was Sie gehört haben. Haben Sie das verstanden?"

„Jawohl, Sir!"

Yra hatte den laut gewordenen Myers gehört. Sie sah zum Leitstand herauf - und winkte.

Anne kannte Yra sehr gut, trotzdem wusste sie nicht, ob Yra einfach so war, oder ob sie ab und zu ganz bewusst etwas anstellte, was aus dem Rahmen fiel.

„Lantis-Pack", schimpfte Myers leise.

Aber Walter hatte es gehört. „Du konntest es nicht erwarten, dir einen eigenen zu erschaffen."

„Du bist auch nicht besser. Ich hätte dich doch ruinieren sollen, anstatt dir durch meine beste Agentin eine Karriere zu verschaffen."

„Zu spät", sagte Walter.

„Mir wird was Neues einfallen." Myers sah auf den virtuellen Globus. „Briggs, geben Sie alle Infos an unsere Jungs in Fort Meade. Die sollen die Air Force, die Navy und alles, was wir haben, dransetzen, um einen Hinweis auf Haishans Flugzeug zu finden. Sie sollen auch die Daten von Eurocontrol anzapfen. Dann leiten Sie die Namen von allen Personen weiter, die wir in Haishans Flugzeug vermuten. Wenn einer davon irgendwo auf der Welt auftaucht, will ich das sofort wissen. Starten Sie das volle Programm. Gesichtserkennung, Stimmerkennung, Bewegungsmuster. Über alle sozialen Medien, Webcams und Überwachungskameras."

„Ich bin dafür, die Sache öffentlich zu machen", sagte Anne. „Die Gefahr ist zu groß, als dass wir irgendetwas unversucht lassen sollten."

Myers sah Anne an, als zweifelte er an ihrem Verstand. „Öffentlich? Definitiv nein! Soll ich im Fernsehen verbreiten lassen, dass ein wildgewordener Lantis durchgebrannt ist? Einer, der vielleicht ein Massenmörder ist? Und der die Weltherrschaft an sich reißen will?"

„Man könnte es geschickter formulieren ..."

„Nein! Wenn Sie auf Öffentlichkeit bestehen, ist unsere Zusammenarbeit sofort beendet." Er sah Anne herausfordernd an.

„Okay. Wir werden sehen, wie weit Sie kommen." Anne war zwar anderer Meinung als Myers, aber sie konnte ihn nicht zwingen. Und zusammenarbeiten mussten sie, wenn sie Korgh stoppen wollten. Anne hatte einen Sekundenbruchteil in Korghs Innerstes sehen können, als sie Yras Gedächtnis nach ihm durchforscht hatte. Was sie dort gesehen hatte, jagte ihr jedes Mal Schauder über den Rücken, wenn sie daran dachte. Und sie dachte oft daran. Myers ahnte nicht, welches Monster er in seinem Labor erschaffen hatte.

„Wenn es Sie beruhigt", sagte Myers in bemüht gelassenem Tonfall, „wir haben die Öffentlichkeit auf unserer Seite, auch ohne dass Sie es wissen. Sobald irgendjemand irgendwo auf der Welt einen grünen Lantis sieht, wird in der nächsten Sekunde ein Foto davon im Internet stehen. Und eine Sekunde später habe ich es auf meinem Monitor."

„Das beruhigt mich ungemein", sagte Anne.

„Briggs, lassen Sie die entsprechenden Filter einrichten."

„Was sagen eigentlich die Chinesen?", fragte Walter.

„Immerhin ist *ihr* Flugzeug mit *ihrem* General verschwunden."

„Nichts", sagte Myers. „Wie immer, wenn etwas Unvorhergesehenes passiert. Dann brauchen sie zwei Tage, bis sie sich in ihrer Regierungsclique abgestimmt haben, was sie öffentlich verlautbaren lassen." Er machte eine kurze Pause. „Vorausgesetzt, es gibt überhaupt etwas zu sagen. Wenn der Absturz bloß eine Finte war, werden sie gar nichts erklären. Wahrscheinlich knallen jetzt bei denen die Sektkorken, weil sie uns einen Lantis mitsamt Technologie vor der Nase weggeschnappt haben."

„Mal abgesehen von der Reichweite des Flugzeugs, wohin könnten die Chinesen den Lantis gebracht haben?"

Myers blies die Backen auf, ging zu dem Monitor mit dem virtuellen Globus und tippte darauf. Der Globus verwandelte sich in eine zweidimensionale Weltkarte.

„Nehmen wir mal Europa und Nordamerika raus, was beides zu riskant wäre."

Er zeichnete mit seinen Fingern ein großes Kreuz über Europa, worauf der Kontinent von der Anzeige verschwand. Das gleiche tat er mit Nordamerika.

„Streichen können wir auch die Staaten, die mit China nicht gut können, weil die ihnen die Rohstoffe streitig machen." Er kreuzte Japan, Südkorea und einige andere Nachbarstaaten aus. Dann ließ er Russland, Australien, Neuseeland und ein gutes Dutzend weitere Staaten verschwinden. Dabei kommentierte er: „Konkurrenzdenken, zu westlich oder Bündnispartner der USA."

Es blieben viele Länder übrig. Viel zu viele, um sie als Basis einer sinnvollen Suche zu nehmen.

„Ich tippe auf Afrika", sagte Myers. „Da haben die Chinesen ihre Geldtöpfe ausgeschüttet. Sie haben riesige Landstriche für ihre Agrarindustrie aufgekauft und manchmal ganze Regierungen gleich mit."

Er seufzte. „Sie könnten aber auch eine von den zehntausend Inseln in Südostasien nehmen."

„Oder einen ihrer Flugzeugträger", ergänzte Walter.

Myers wandte sich von der reduzierten Weltkarte ab. „Wir kommen hier nicht weiter, überlassen wir das den Profis in Fort Meade. Sie werden alle verfügbaren Daten durch die Rechner jagen und die Ziele eingrenzen. Unser Job ist es, ihnen möglichst viele Daten zur Verfügung zu stellen."

Er sah Anne an. „Und dazu brauche ich *Sie*. Oder besser gesagt: die Lantis."

Mit seinen Augen suchte er den großen Raum ab. „Wo ist sie eigentlich?"

Ziemlich weit vorne stand ein Pulk Menschen, in deren Mitte man gerade so einen schwarzen Haarschopf erkennen konnte. Yra. Sie ließ sich etwas erklären, was jemand auf dem Monitor zeigte.

„Verdammt noch mal!", fluchte Myers. „Was fällt euch ein, eure Arbeitsplätze zu verlassen? Jeder sofort zurück!"

Myers' Halsschlagader pochte heftig. Es kam wohl nicht oft vor, dass seine Elitetruppe die Disziplin vergaß, aber es war ja auch nicht normal, dass ein Wesen von vor fünfundsechzig Millionen Jahren durch die Zentrale spazierte.

Die Leute sahen erschrocken zu Myers. Jetzt konnte Anne sehen, dass Yra ihre Hand im Nacken des Mannes liegen hatte, der die Kontrollen zu dem Monitor bediente. Es sah fast aus wie zufällig, aber Anne wusste es besser. Trotz der angespannten Situation musste sie schmunzeln.

Die dunkle Seite des Erbes

Yra forschte die NSA aus, mitten in ihrem Hauptquartier und unter den Augen ihres obersten Chefs.

Yra sah sich zu ihnen um und lächelte. Anne hätte am liebsten laut gelacht, aber das hätte Myers wohl kaum gefallen. Sein Gesicht glänzte in wütendem Rot.

„Die Lantis sofort zu mir!"

Während alle anderen auf ihre Plätze hasteten, kam Yra ohne jede Eile herangeschlendert.

Jetzt stand sie vor Myers, er war mehr als einen Kopf größer als sie. „Was fällt Ihnen ein, meine Leute von ihrer Arbeit abzuhalten?"

„Oh, deine Leute haben mich nur freundlich begrüßt, im Gegensatz zu dir. Du hast ein nettes und kompetentes Team."

Wenn das Team das auch nicht hören konnte, weil Yra nicht besonders laut sprach, Briggs hatte es auf jeden Fall gehört, also würde das Kompliment seine Runde machen.

„Sie werden sich keinen Millimeter mehr von der Stelle rühren, wenn ich es nicht erlaube."

Yra stellte sich auf die Zehenspitzen, um näher an Myers' Gesicht zu sein. Dann wandte sie sich zu Anne. „Er hat auch die Farbe gewechselt. Spannend."

Briggs vergaß jetzt sogar, Arbeit vorzutäuschen.

Anne ging die wenigen Schritte zu Yra. „Entschuldigen Sie bitte, General Myers. Yra hat sich noch nicht an unsere Sitten und Gebräuche gewöhnt, speziell, wenn es um Hierarchien geht."

Sie nahm Yra bei der Hand.

Warum provozierst du Myers?, fragte sie in Gedanken.

Ich kann ihn nicht leiden. Er denkt, er wäre mächtig und liebt es, andere Menschen zu beherrschen.

Halte dich zurück. Wir brauchen Myers. Korgh ...

Ja. Korgh ...

Anne spürte, wie Yras Stimmung dunkler wurde. Myers hatte keinen Platz mehr in Yras Gedanken. Er war unwichtig.

Sie zog Yra sanft von Myers weg. Jeder Meter Abstand war gut.

„Ich nehme die Entschuldigung an", sagte Myers. „Dieses eine Mal. In meiner Organisation kann ich keine Disziplinlosigkeit dulden. Von niemandem."

Seine Halsschlagader normalisierte sich, sein Gesicht nahm wieder die normale Farbe an.

Briggs sah über die Schulter zu Myers. „Charlotte Fuller ist in der Leitung."

„Schalten Sie auf Mithören."

Anne war erleichtert. Endlich ein sachliches Thema.

Myers beugte sich nach vorne, um näher am Mikrofon zu sein. Anne, Walter und Yra stellten sich im Halbkreis um Briggs.

„Berichten Sie!", sagte Myers.

„Die Wissenschaftler und unsere Leute im unterirdischen Labor sind aufgewacht, wie Frau Winkler es vorausgesagt hat."

„Und?"

„Die körperliche Lähmung lässt schrittweise nach, es scheint etwas schmerzhaft zu sein. Soweit wir es bis jetzt beurteilen können, werden keine körperlichen Schäden zurückbleiben. Einige zeigen Anzeichen von Verwirrung, an die Vorgänge im Labor kann sich niemand erinnern. Es ist, als hätte man ihre Erinnerung und ihre Körpermotorik von einer Sekunde auf die andere ausgeschaltet."

Myers richtete sich auf und fixierte Anne mit seinem Blick. „Sie haben das alles gewusst. Mich würde brennend interessieren, woher."

Anne sah unschuldig zurück. „Wir sind eben Lantis-Spezialisten. Yra, erklär ihm den Synapsenblocker."

Sie spürte, wie Myers' Körperspannung blitzartig anstieg. Neuartige Waffen schienen ihn brennend zu interessieren. Davon hatte in den bisher erforschten Lantis-Unterlagen nichts gestanden.

Yra setzte sich neben Briggs auf die Schreibtischplatte. „Ein Synapsenblocker ist etwa so groß wie eine Streichholzschachtel. Er enthält einen Sender, einen Energiespeicher und einen Chip. Je nach Einstellung greift er mit einer speziellen elektrischen Impulsfolge die Zellen im Gehirn an, die für das Kurzzeitgedächtnis zuständig sind, die Synapsen für die Grobmotorik oder beides. Vereinfacht gesagt bringt er die Synapsen aus dem Konzept, und bis sie sich wieder sortiert haben, geben sie keine sinnvollen Impulse weiter. Je nach Stärke der Impulse und Nähe des Opfers dauert die Wirkung eine halbe bis eine Stunde und lässt dann sukzessive nach. Das ist schon alles."

„Das ist *alles*?" Myers sah sie entgeistert an. „Das ist jede Menge."

Das konnte Anne sich vorstellen. Für einen militärisch denkenden Menschen musste solch eine Waffe ein Traum sein.

„Man muss natürlich die Beschaffenheit des menschlichen Gehirns kennen", ergänzte Yra. „Aber Korgh ist Neuroinformatiker und hatte anscheinend ausreichend Zeit, sich mit menschlichen Gehirnen vertraut zu machen. Der Rest ist Programmierung."

Anne sah Myers an, dass es in seinem Gehirn arbeitete. Wahrscheinlich malte er sich die Möglichkeiten aus, was man mit Synapsenblockern alles anfangen konnte.

„Korgh besitzt also Hightech-Waffen, die uns überlegen sind. Das gefällt mir nicht."

„Und er setzt sie bedenkenlos ein", sagte Anne. „Ich vermute, dass Sie langsam eine Ahnung davon bekommen, wen Sie sich hier ins Nest geholt haben."

„Was wissen Sie noch alles?"

„Über die Ausrüstung von Korgh nichts, er hat seinen Koffer alleine gepackt. Ansonsten wissen wir genug, damit sich eine Zusammenarbeit mit uns lohnt."

Das war nicht die Antwort, die Myers hören wollte. Seine Wangenmuskeln arbeiteten, aber er sagte nichts, sondern beugte sich wieder zum Mikrofon.

„Keiner verlässt das Labor! Ich werde ein Team von Psychologen und Neurologen vorbeischicken. Sie sollen die Leute bis in die letzte Zelle untersuchen."

„Bakshi gehört uns", sagte Anne.

Wenn Blicke töten könnten, wäre es um Anne geschehen gewesen.

Myers atmete tief durch. „Charlotte, schicken Sie Bakshi her. Aber er soll draußen warten."

Er wandte sich wieder zu Anne und spießte sie mit seinem Zeigefinger fast auf. „Jetzt zu Ihrem Job. Die weltweite Suche läuft, aber damit sie Sinn macht, müssen wir so viel wie möglich über diesen Korgh wissen. Sie werden mir alles über ihn erzählen: Wo kommt er her? Was treibt ihn an? Alles. Und wenn es ist, wie er sich den Dreck unter den Fingernägeln wegkratzt. Ich will wissen, mit wem ich es zu tun habe. Ich erwarte Fakten. Keine Vermutungen, Deutungen oder irgendwelche Emotionen. Die Bewertung der Fakten ist unsere Sache."

„Okay", sagte Anne. „Stellen wir Ihnen zusammen."

„Warum nicht hier und jetzt? Yra kann anfangen zu erzählen, und wir nehmen es auf."

Diesen Vorschlag hatte Anne befürchtet. Sie konnte Myers schlecht sagen, dass Korgh Yras Gedächtnis manipuliert hatte. Dann würde er ihr niemals vertrauen. Sie wollte ihm aber auch nicht erklären, wie sie in Yras Gedächtnis eintauchen konnte.

„Die Erinnerungsfunktion von Yras Gedächtnis ist noch beeinträchtigt."

„Soll dieser geschwollene Ausdruck bedeuten, dass Ihre Lantis Gedächtnislücken hat?" Myers ging einmal im Leitstand hin und her. „Heißt das etwa, Sie präsentieren mir eine Lantis, die nichts weiß? Das soll die wichtige Zusammenarbeit sein? Ich fasse es nicht!"

Myers blieb vor Anne stehen. Sie spürte seinen aufwallenden Zorn. Ein falsches Wort, und er würde sie doch hinauswerfen.

„Ihre Deutung ist nicht korrekt", erwiderte sie vorsichtig. „Yras Erinnerungen sind alle vorhanden, nur die Suchfunktion ist beeinträchtigt. Wir haben aber einen Weg gefunden, diese Hürde zu umschiffen. Nur benötigen wir dazu Ruhe. Unbeobachtete Ruhe. Wenn Sie uns die beschaffen, werden Sie Ihr Dossier bekommen."

Myers verstand den Wink mit dem Zaunpfahl. Seine Augen wurden zu Schlitzen.

„Sie wissen genau, dass ich keine Seifenblasen produziere", setzte Anne hinzu. „Was ich sage, das halte ich."

Myers drehte eine erneute Runde im Leitstand.

„Also gut. Ich werde die Appartement-Etage in Building One für Sie reservieren. Die Aufzugsteuerung wird nur Sie akzeptieren. Meine Leute werden die Räume saubermachen. Das kann ich Ihnen bieten, und das ist überaus großzügig. Ich hoffe sehr, Sie sind es wert. Aber wenn Sie mich verarschen, sind Sie raus aus der Sache. Endgültig. Meine Geduld ist aufgebraucht."

2.

„Ich muss kotzen!"
Möbius' Hände krampften sich um die Armlehnen, sein Gesicht war weiß wie Gips.
Korgh sah über den schmalen Mittelgang zu ihm hin. Der deutsche Ingenieur mit dem aufbrausenden Charakter sah im Moment wenig intelligent aus, trotzdem war er der beste Experte für gentechnologische Geräte, den es gab. Deshalb hatte Korgh ihn mitgenommen. „Ich kann Weicheier nicht ausstehen. Ich verbiete dir, zu kotzen!"
Möbius gegenüber, nur durch einen schmalen Tisch von ihm getrennt und mit dem Rücken zur Flugrichtung, saß Meng Kang. Sie war eine enge Mitarbeiterin von General Haishan, besaß eine Ausbildung als Agentin und einen Doktor in Biotechnologie. Sie hatte die Augen fest zusammengepresst, auf ihrer Stirn standen Schweißperlen.
Möbius würgte. Er schluckte etwas herunter.
„Eklig", sagte Korgh und sah zur anderen Seite aus dem Fenster der kleinen Maschine. Die Meeresoberfläche kam rasend schnell näher. Hatte sie eben noch wie eine platte, einfarbige Fläche ausgesehen, erkannte man jetzt den Schaum der Wellenkämme.
Korgh gegenüber saß General Haishan. Er bemühte sich, gelassen auszusehen, aber dieses Bemühen wirkte nach jedem gefallenen Höhenmeter zunehmend verkrampfter.
Hinter Korgh und Möbius saßen die beiden chinesischen Agenten aus dem Labor. Damit waren alle Plätze des kleinen Flugzeugs besetzt.
Danach kamen die Küche, die Bar und die Toilette, gefolgt von einem Stauraum für Gepäck und Material. Hier war ausschließlich das untergebracht, was Korgh aus dem Labor mitgenommen hatte. Drei Transportbehälter, die beiden Truhen mit den Lebenskristallen und vor allem den

Brüter. Sie hatten die ganze Ausrüstung von Haishan hinauswerfen müssen, um alles auf dem beschränkten Platz unterzubringen. Die einzige Ausnahme machte ein aktentaschengroßer Metallkoffer, der mit aufwändigen Nummernschlössern versehen war. Er enthielt eine stattliche Summe Bargeld.

In einer Zeit, in der so gut wie alle Transaktionen mit Kreditkarte oder Smartphone abgewickelt wurden, hatte sich Bargeld als Anachronismus gehalten. Es gab immer noch viele Menschen, die gerne etwas Greifbares in der Hand hielten oder einkaufen wollten, ohne Datenspuren zu hinterlassen. Schwerwiegendster Grund waren aber die Regierungen selbst. Häufiger als öffentlich bekannt zahlten sie so, dass man es nicht zurückverfolgen konnte. Also hatte niemand Bargeld abgeschafft. Unter den großen Nationen hatten sich besonders die Chinesen dagegen gesträubt - und Haishan hatte immer eine stolze Summe dabei. Man konnte nie wissen ...

Die Schaumkronen rückten näher, die Schweißperlen auf Meng Kangs Stirn vereinigten sich zu einem kleinen Bach.

Jetzt reagierte der Pilot. Die Triebwerke erwachten. Mit einem Summen wie eine zornige Hornisse zwangen sie das Flugzeug aus dem Sturzflug in eine Kurve. Mehrere G Schwerkraft zerrten an den Passagieren und ihren Mägen. Jetzt hätte sich niemand übergeben können, selbst wenn er gewollt hätte.

Endlich ging der Flug in die Waagerechte über. Wenn man aus dem Fenster sah, hatte man das Gefühl, dass die Spritzer der Wellen bis zur Unterseite des Fliegers reichten.

Möbius würgte wieder. Er riss an der Schnalle des Sicherheitsgurts, stürzte nach hinten, dann hörte man eindeutige Geräusche. Er hatte keine Zeit gehabt, die Toilettentür zu schließen.

Haishan sah auf seine Uhr. „Fünfzehn Minuten bis Somalia. Da steigen wir um."

„Ich sehe mal nach der Ladung", sagte Korgh. Er stand auf und ging nach hinten.

Möbius hatte die Toilettentür inzwischen geschlossen, Korgh hörte Wasser rauschen.

Der Provinzflughafen in Somalia war nicht mehr als eine betonierte Piste, und der Hangar mit dem angebauten Terminal kaum größer als ein Autohaus mit angeschlossener Werkstatt. Davor parkte ein Jet, der ungefähr so groß wie Haishans Flugzeug war. Er war in den Farben von Air China lackiert und sollte eigentlich eine Delegation in den Sudan fliegen. Haishan hatte ihn mit seinen Vollmachten kurzfristig akquiriert, was den Geschäftsleuten sicher nicht gefiel, aber Regierungsinteressen gingen nun mal vor.

Der Pilot ließ Haishans Maschine dicht neben das parkende Flugzeug rollen.

Die Luft war flirrend heiß und so nahe am Ozean mit reichlich Wasser gesättigt. Beim Verlassen des klimatisierten Flugzeugs hatte man das Gefühl, als würde jemand einem einen heißen, feuchten Waschlappen ins Gesicht klatschen.

Möbius fluchte. „Scheiß Hitze!"

Korgh reckte sich. „Mir gefällt's. Fast wie früher bei mir zu Hause. Jammer nicht, hilf umladen!"

„Jetzt auch noch arbeiten", murmelte Möbius, ging aber zu der Tür zum Frachtabteil.

Die Agenten reichten die Teile heraus, Korgh und Möbius nahmen sie entgegen. Haishan kümmerte sich um den Geldkoffer und Meng Kang um die wenigen persönlichen Sachen.

„Wer ist da drin?", fragte Möbius, als sie die edle Truhe mit den zwölf Lebenskristallen den kurzen Weg zum anderen Flieger trugen. Weder die Kristalle noch die Truhe waren beschriftet, so dass er nicht erkennen konnte, von welchen Lantis man hier die DNA und den Gehirninhalt gespeichert hatte.

„Der komplette Hohe Rat der Lantis", sagte Korgh. Er lachte. „Wenn die wüssten, was mit ihnen passiert."

Die Umladeaktion war in wenigen Minuten erledigt. Einzig der Brüter machte Schwierigkeiten, weil der neue Jet keine separate Frachtluke besaß. Sie mussten ihn in drei Stücke aufteilen, die sie im hinteren Teil des Passagierraums auf den Sitzen und dem Boden verteilten.

Während der ganzen Zeit war kein Mensch auf dem Flugfeld zu sehen. Haishans Flugzeug hob ab, sobald das letzte Teil ausgeladen war, wenige Minuten später folgte der Jet von Air China.

„Dein Flugzeug fliegt zum Absturzpunkt zurück?", fragte Korgh Haishan, der jetzt neben ihm saß.

„Wie besprochen. Und dann weiter über Karachi nach Xinjiang."

„Gut", sagte Korgh und zog ein Kästchen, so groß wie eine Streichholzschachtel, aus einer seiner Taschen hervor.

„Was ist das?"

„Erklär ich dir später."

Korgh drückte seinen rechten Daumen auf eine mit einem Kreis markierte Stelle auf dem Kästchen, bis ein grünes Licht aufglomm. Der Synapsenblocker hatte seine Berechtigung akzeptiert. Korgh tippte zweimal auf den Kreis.

Haishan machte ein überraschtes Gesicht, dann sackte er zusammen.

Eine Dreiviertelstunde später regte Haishan sich wieder. „Entschuldige, ich muss eingeschlafen sein", sagte er zu Korgh.

„Kein Problem."

Haishan rieb sich an der Nasenwurzel.

„Tut's weh?", fragte Korgh.

„Nein. Äh, doch, ein bisschen." Haishan sah Korgh an. „Was hast du gemacht?"

„Ich habe dir einen Mikrochip implantiert, genau wie den anderen auch."

„Du hast *was?*"

„Einen Mikrochip. Da, wo die Riechnerven zusammenlaufen, ziemlich nah am Gehirn. Keine Sorge, ich trage auch einen. Die Schmerzen werden bald nachlassen."

„Was soll das? Wozu ist das gut?"

„Ich brauche ein Team, auf das ich mich voll verlassen kann." Korgh lächelte. „Ich trage den Masterchip und ihr die Slaves. Ich denke, mit diesen Begriffen kannst du etwas anfangen."

„Und was machen die?"

„Sie sind sehr einfach gestrickt, damit sie wirklich klein sein können und bei keiner Untersuchung auffallen. Sie tun nichts anderes, als den Zustand des Masters zu empfangen und über den Slave zu spiegeln. Vereinfacht gesagt: Wenn es mir gut geht, geht es euch auch gut."

„Und wenn es dir schlecht geht?", fragte Haishan überflüssigerweise.

„Geht es euch auch schlecht, das ist doch logisch. So kann ich sicher sein, dass ihr in jeder Situation dafür sorgt, dass es mir möglichst gut geht. Praktisch, nicht wahr?"

Haishan sagte nichts. Er starrte vor sich in die Luft.

„Du kennst das doch aus deinem Geschichtsunterricht", redete Korgh in lässigem Plauderton weiter. „Herrscher haben immer das Problem, dass sie Angst haben müssen. Nicht nur vor Feinden, nein, sogar vor ihrer eigenen Leibwache. Dieses ewige Problem habe ich überwunden. Euer kleiner Chip sorgt dafür, dass ich mich vor niemandem aus meinem Team in Acht nehmen muss. Mich zu töten, wäre sehr schlecht für euch alle. Und mich wegzusperren oder willenlos zu machen, wäre auch keine gute Idee. Du siehst: eine optimale Lösung für einen wirklich geringen Aufwand."

Haishan schien in seinem Sitz einige Zentimeter zu schrumpfen. Er betastete seinen Nasenansatz.

„Unautorisiert herausoperieren lassen hat übrigens sehr gravierende Nachteile, aber das kannst du dir sicher denken."

„Sicher", sagte Haishan leise.

Er schwieg eine Weile und dachte nach, wahrscheinlich darüber, wie man den Chip oder Korgh trotzdem loswerden konnte. Das war normal. Jeder brauchte einige Zeit, bis er sich mit einer neuen Situation abgefunden hatte. Bei den einen ging es schnell, bei den anderen dauerte es Tage. Die meisten hatten in der Vergangenheit Versuche gestartet, den Chip auszutricksen. Korgh sah dem mit Gelassenheit entgegen.

Dann fiel Haishan auf, dass ihm die Sonne aufs Knie schien.

„Warum fliegen wir nicht mehr nach Süden, sondern nach Westen? Wir wollten nach Madagaskar."

„Ich habe den Plan geändert. Während du betäubt warst, habe ich die Piloten angewiesen, nach Angola abzudrehen. Ich musste sie natürlich etwas motivieren." Korgh lächelte. „Sie sind sehr darauf bedacht, dass ich dich nicht umbringe. Ich glaube, jetzt wäre eine gute Zeit, dass du zu ihnen gehst, um ihnen zu zeigen, dass du wohlauf bist. Dabei solltest du meine Anweisung bestätigen."

Korgh deutete auf die Anzeige seines Computers, den er nach der Injektion der Chips in Betrieb genommen hatte. Auf einen Befehl hin erschien ein 3D-Abbild des Flugzeugs.

„Ich bekomme übrigens mit, was gefunkt wird."

Haishan sah ihn mit einer Mischung aus Wut und Verzweiflung an. „Du denkst wohl an alles."

„So ziemlich", bestätigte Korgh. „Und jetzt geh."

Haishan ging und kam nach wenigen Minuten zurück.

Korgh sah ihn erwartungsvoll an. „Du hast ihnen bestimmt ein paar Anweisungen gegeben. Stimmt's?"

„Nein", sagte Haishan, stutzte dann aber.

„Du hast", sagte Korgh und sein Lächeln wurde breiter. „Aber du kannst dich an nichts mehr erinnern."

Haishan sah verwirrt aus.

„Du solltest jetzt dein Gesicht sehen. Köstlich."

„Was ... Was ist hier los?"

„*Ich* bin los. Sonst nichts." Korgh tippte sich an die Schläfe. „Das Gehirn ist mein Spezialgebiet, und Erinnern gehört dazu. Ich habe bei meinem Besuch im Cockpit ein kleines Gerät vergessen, dass die Erinnerungsfunktion blockiert. Die Piloten machen ihre Arbeit und führen ihre Anweisungen aus, aber ihr Gehirn speichert nichts mehr vom Kurzzeit- ins Langzeitgedächtnis. So wie bei dir gerade. Was du im Cockpit gesagt hast, ist nicht mehr existent." Er machte eine Bewegung mit der Hand. „Puff, und es ist weg."

Korgh verfolgte genüsslich, wie Haishan sich angestrengt bemühte, diese ganzen Neuigkeiten zu verstehen und die Konsequenzen zu erfassen.

„Ihr Menschen bemüht euch seit Jahrhunderten, andere durch Gewalt zu beherrschen." Er schüttelte den Kopf. „Wie uneffektiv. *Ich* beherrsche den Geist, der Rest erledigt sich dann von selbst - wobei: Physische Gewalt ist manchmal ganz unterhaltsam."

„Du bist ein Teufel!" Haishan ließ sich heftig in den Sitz fallen.

„Über den habe ich mich informiert", sagte Korgh. „Ein höchst interessantes Wesen, aber leider nur eine Phantasie. *Ich* bin real - und ich bin besser."

„Man wird dich kriegen. Die Amerikaner jagen dich jetzt schon, und mein Volk wird bald damit anfangen. Sie werden schon wissen, dass wir nicht auf Madagaskar gelandet sind, und meine Piloten werden Meldung machen, sobald sie in Xinjiang gelandet sind."

„Deine Piloten werden gerade von Haien gefressen."

Haishan sah Korgh entgeistert an. „Wieso das?"

„Ich dachte, unser Absturz sollte echt wirken. Deshalb habe ich deine Maschine über unserer fiktiven Absturzstelle auf dem Rückflug wirklich abstürzen lassen. Wegen der Originaltrümmer, weißt du? Die werden die Amerikaner finden, und dein Volk auch."

„Du hast ... du hast wertvolles Volkseigentum zerstört? Du hast unsere besten Piloten umgebracht? Einfach so?"

Haishan starrte Korgh an. Dann warf er sich auf ihn und würgte ihn. „Das wirst du mir büßen."

Korgh spürte, wie ihm die Luft wegblieb. Vor seinen Augen begann es, schwarz zu werden., aber er wehrte sich nicht. Er wusste, was kam. Der Druck auf seine Kehle ließ schon wieder nach. Korgh erholte sich schnell.

Neben ihm keuchte Haishan. Jetzt hielt er sich die Hände an seine eigene Kehle. Genauso Meng Kang. In ihren Augen stand Panik. Sie hatte den Mund zu einem Schrei geöffnet, aber es kam nichts. Möbius hing zusammengesackt in seinem Sitz. Ohnmächtig.

Einen der Agenten hörte Korgh würgen, von dem anderen hörte er nichts.

Korgh beobachtete Haishan. Der tat einen tiefen Atemzug. Dann noch einen. Jetzt hustete er.

Korgh rückte an Haishan heran. „Nächstes Mal wirst du für solch eine Aktion teuer bezahlen. Sehr teuer", sagte er leise mit rauher Stimme. „Dieses Mal habe ich mir den Spaß gegönnt, dir nur eine Lehre zu erteilen. Ich will ein schlagkräftiges Team - und du kannst dazugehören. Deshalb bekommst du eine zweite Chance. Mehr aber auch nicht."

Haishan fasste sich wieder an den Hals, in seinen Augen stand Furcht. Er nickte stumm.

„Du wirst die anderen unseres Teams über ihr neues Leben aufklären, ich habe zu arbeiten. Mach deine Sache gut, damit du nicht lernen musst, wie sehr ich physische Gewalt genieße."

Haishan würgte noch einmal. „Du bist schlimmer als der Teufel."

„Sagte ich doch."

Korgh wandte sich seinem Rechner zu.

„Bitte anschnallen, wir landen in wenigen Minuten", kam eine Durchsage durch die Lautsprecher.

Haishan sah aus dem Fenster. „Wo sind wir? Draußen gibt es nur Wildnis und einfache Häuser."

„Wir werden in einem kleinen Ort nicht weit von Luanda landen. Da gibt es eine kleine Piste, die kaum benutzt wird."

„Warum nicht in Luanda? Warum überhaupt Angola?"

Korgh seufzte. „Ich dachte, du bist General. Da erwarte ich strategisches Denken von dir, erst recht, nachdem ich dein Gehirn upgegraded habe."

Die Menschen waren anscheinend träger, als er berechnet hatte. Auch Professor Hawker war nach seinem Gehirnupgrade geradezu begriffsstutzig gewesen, er hatte erstaunlich lange gebraucht, um seine neue Abhängigkeit von Korgh zu begreifen. Vielleicht lag es ja auch daran, dass die heutigen Menschen so gut wie keine Ahnung von Gehirnmanipulation hatten, in dieser Hinsicht waren sie richtiggehend naiv. Ihre Wissenschaft steckte noch in den Kinderschuhen, obwohl sich die verschiedenen Militärs nach Kräften darum bemühten. Aber sogar sie besaßen erhebliche ethische Skrupel bei Eingriffen am Menschen. Korgh lächelte amüsiert. Was Skrupel anging, war er den Menschen gegenüber im Vorteil, sie fielen wie kleine Kinder auf ihn herein. Gut so. Er würde die Entwicklung von Haishan und Hawker im Auge behalten müssen, um vielleicht noch nachzubessern.

„In Angola gibt es nur eine schwache Regierung und noch schwächere Behörden", erklärte er. „Da kannst du alles kaufen, ohne dass viel gefragt wird. Das sollte gerade dir als Chinese bekannt sein, ihr nutzt das meines Wissens nach reichlich aus. Viele Leute aus deinem Volk leben oder arbeiten dort, weshalb ihr nicht auffallen werdet. Andererseits hat Luanda hervorragenden Internetanschluss. Ein wichtiges Überseekabel aus Südamerika landet hier an, es gibt ein Drehkreuz mit besten Verbindungen auf den ganzen Kontinent und nach Europa. Da werden wir uns dranhängen - und du wirst das organisieren."

„Ich?"

„Wer sonst? Du wirst deine Nützlichkeit unter Beweis stellen, sonst kann ich dich nicht gebrauchen."

Haishan schien es nicht zu gefallen, Befehlsempfänger von Korgh zu sein.

„Stell dir einfach vor, deine alte Regierung hätte dich entlassen, und ich bin deine neue."

Haishans Gesicht wirkte keine Spur freundlicher - aber was machte das schon?

Der Flieger setzte hart auf und rumpelte anschließend über die Piste, als wäre es ein Acker. Ein Blick aus dem Fenster zeigte, dass sie tatsächlich kaum besser war. An vielen Stellen war der Betonbelag aufgebrochen, kleine Pflanzen führten in den Ritzen ein kümmerliches Dasein. Hier und da versuchten bereits einige Sträucher, zu überleben. Wahrscheinlich war sie vor Jahrzehnten von Buschpiloten benutzt worden, die Missionare, Ärzte und Entwicklungshelfer in noch abgelegenere Landesteile brachten. Seit dieser Zeit hatte anscheinend keiner mehr die Piste benutzt. Das einzige größere Gebäude wies Brandspuren auf, der benachbarte Schuppen war noch intakt, aber die Tore standen offen.

„Beeilung!", forderte Korgh. „In zehn Minuten muss alles draußen sein."

Sie schafften es in neuneinhalb Minuten, in denen Möbius unentwegt fluchte.

Korgh ging zu den Piloten, kam kurz darauf wieder und schloss die Tür. Der Flieger rollte davon und hob ab.

„Wo fliegen sie hin?", fragte Haishan.

„Nach Caracas", sagte Korgh.

„Aber bis dahin reicht der Sprit nicht."

„Pech."

Haishan wusste nicht, was er darauf entgegnen sollte. Er sah dem Flugzeug schweigend hinterher. Dann drehte er sich zu Korgh um.

„Sie werden in den Atlantik stürzen. Du hast wohl gar keine Skrupel."

„Skrupel? Weißt du, was das ist?"

„Sag es mir!"

„Skrupel sind der Faktor, der Sieger von Verlierern unterscheidet. Skrupel sorgen dafür, dass du im entscheidenden Moment eine Zehntelsekunde zu lange wartest. Wenn du Skrupel hast, kannst du es nie nach ganz oben schaffen - und das ist der einzige Platz, wo ich hinwill."

Haishan presste die Lippen zusammen und schwieg.

Korgh ging zu einem der beiden Agenten und baute sich vor ihm auf. „Hast du Skrupel?", fragte er ihn laut.

„Nein, Sir."

Korgh ging zum anderen. „Hast du Skrupel?"

„... Nein, Sir."

Korgh trat so dicht an ihn heran, dass er ihn fast berührte. Er musste zu dem Agenten aufschauen, aber trotzdem wirkte es, als wäre der Agent kleiner.

„Das war die entscheidende Zehntelsekunde zu lang", sagte Korgh. „Du hast Glück, dass wir so wenige sind und ich jeden brauche."

Er deutete auf die nahegelegene Straße, auf der in Abständen Lastwagen fuhren.

„Halte einen der Lastwagen an und bring ihn her!"

„Jawohl, Sir."

Möbius und Meng Kang saßen auf den Transportbehältern und beobachteten die Szene. Korgh hatte nicht vor, auch sie zu fragen, er wollte sich die Antwort ersparen. Die beiden wirkten erleichtert, als sie merkten, dass er nicht zu ihnen kam.

Wenig später kehrte der Agent mit dem Lastwagen zurück. Der Fahrer saß ängstlich hinter seinem Lenkrad und sah immer wieder zu der Waffe, mit der der Agent ihn bedrohte.

Korgh sah unter die Plane. Dort lagen nur ein Stapel Säcke, einige Schaufeln und Spitzhacken.

„Abladen!", befahl Korgh dem anderen Agenten.

Er zeigte auf die Fahrerkabine. „Und ihr steigt aus!"

Der Agent sprang an seiner Seite einfach herunter, der Fahrer kletterte umständlich aus der Kabine. Er versuchte ein unsicheres Lächeln, dann sah er Korgh an und riss die Augen auf. Er wollte weglaufen, aber der Agent packte ihn fest am Arm. Mit seinem freien Arm bekreuzigte der Angolaner sich, sank auf die Knie und murmelte unverständliche Worte. Ein grünes Wesen konnte in seinem Weltbild wohl nur ein böser Geist sein, wobei er in diesem Fall der Wahrheit ziemlich nahe kam.

„Halt den Mund!", sagte Korgh barsch auf Englisch. „Wir haben eine Aufgabe für dich. Du wirst unserem zaghaften Soldaten hier helfen, seine Skrupel zu überwinden."

Der Mann bekreuzigte sich wieder und nickte ein paarmal hastig.

Korgh wandte sich an den Agenten, der mit seiner Antwort gezögert hatte. Er wechselte zu Chinesisch. „Du. Du nimmst ihn, gehst mit ihm zum Schuppen und schneidest ihm die Kehle durch. Und ihr beide", er deutete auf Meng Kang und Möbius, „geht mit und erzählt mir, wie er es gemacht hat."

Meng Kangs Augen weiteten sich. Möbius sah sie fragend an, er hatte genauso wenig verstanden wie der Fahrer.

Meng Kang wollte nicht aufstehen.

„Los!", befahl Korgh. „Wir haben nicht ewig Zeit. Oder soll ich *dich* nehmen und deinem Kollegen zeigen, wie man sich Skrupel abgewöhnt?"

Meng Kang schüttelte schnell den Kopf und sagte etwas auf Englisch zu Möbius. Der starrte Korgh an und dann den Angolaner. Möbius schien wieder etwas herunterzuschlucken.

Der Agent nahm den Fahrer am Arm und sagte: „Komm mit!"

Der sah noch einmal ängstlich zu Korgh und folgte dem Agenten, wohl froh um jeden Meter, den er zwischen sich und dieses unheimliche Wesen legte.

Zehn Minuten später kamen der Agent und Meng Kang wieder aus dem Schuppen. Möbius kehrte kurz danach zurück, seine Schultern hingen herab, er ging gebeugt.

Der Agent stellte sich vor Korgh. „Auftrag ausgeführt."

„Hast du Skrupel?", fragte Korgh streng.

„Nein."

„Gut so", sagte Korgh und wandte sich zu Möbius, der jetzt neben Meng Kang stand.

Korgh sog die Luft ein. „Du stinkst nach Kotze."

„Gib mir das Messer!", sagte er zum Agenten.

Der reichte es ihm, und Korgh gab es an Meng Kang weiter.

„Zeig mir an unserem Weichei, wie dein Kollege es gemacht hat. Aber frage erst, bevor du schneidest."

Meng Kang zögerte, dann stellte sie sich hinter Möbius, griff seinen Arm, drehte ihn nach hinten und setzte das Messer an seine Kehle.

Möbius rührte sich nicht, er zitterte am ganzen Körper.

„Soll ich schneiden?", fragte sie.

Ihr Gesicht zeigte keine Regung, nur an ihrer verkrampften Haltung konnte Korgh ablesen, dass sie innerlich unter großem Druck stand. Diese Chinesen hatten sich tatsächlich gut im Griff, stellte Korgh fest.

Er trat ganz dicht vor Möbius und sah ihm in die Augen. Die Ereignisse im Flugzeug und im Schuppen hatten seine Widerstandskraft zerstört. Korgh konnte kein Aufbegehren erkennen.

„Du hast Angst, nicht wahr?", fragte Korgh.

Möbius nickte vorsichtig, weil das Messer in die Haut an seinem Hals drückte. Ein kleiner Tropfen Blut quoll hervor.

„Du tust gut daran, Angst vor mir zu haben. Aber du wirst jetzt nicht sterben. Ich habe einen Plan mit dir, und solange du ihn erfüllst, wirst du leben."

Meng Kang ließ das Messer lockerer.

„Gib es zurück", sagte Korgh, und Meng Kang reichte es dem Agenten.

Möbius zeigte keinerlei Anzeichen von Erleichterung, er stand einfach nur da.

„Ladet unsere Sachen auf den Lastwagen!", befahl Korgh.

„Was machen wir mit der Leiche?", wollte Haishan wissen.

„Lasst sie im Schuppen liegen, hier gibt es genug Tiere, die sich darüber freuen. Es wird bald dunkel, und morgen sind wir weg. Niemand wird erfahren, was hier passiert ist."

Wenig später waren sie fertig. Die beiden Agenten, Meng Kang und Möbius setzten sich auf die Ladefläche, Korgh kletterte neben Haishan ins Fahrerhaus.

„Wo fahren wir hin?", fragte der General.

„Nach Luanda. Ich habe eine Gegend lokalisiert, in der es einen guten Internetanschluss geben müsste. Dort wirst du ein Haus mieten, bis Sonnenaufgang muss alles erledigt sein."

„Wie soll das so schnell gehen?"

Korgh deutete auf den Metallkoffer, der zwischen ihnen auf dem Sitz lag.

„Mit Geld geht alles, habe ich gelesen. Da gibt es wenig Unterschiede zu meiner Zeit. Und wenn die Mieter sich sträuben, haben sie Pech gehabt."

Haishan startete den Motor. Eine Staubwolke hinter sich herziehend verließ der Lastwagen das Rollfeld und reihte sich in den Verkehr ein, der in Richtung Hauptstadt floss.

3.

Anne hätte Aroon Bakshi fast übersehen. Der kleinwüchsige Wissenschaftler und ehemalige Leiter des Labors in Lantika stand reglos zwischen den kräftigen Soldaten draußen vor dem Schuppen. Sie bewachten ihn wie einen gefährlichen Eindringling, obwohl jeder ihm ansehen konnte, dass keinerlei Gefahr von ihm ausging, denn er sah nur teilnahmslos in die Luft. Anne musste ihn zweimal rufen, bis er zu ihr hinsah. Auch dann zeigte sein Gesicht keine Regung, aber er setzte sich langsam in Bewegung. Er ging Schritt für Schritt wie ein Roboter.

Der Wagen von General Myers parkte noch dort, wo Myers ihn abgestellt hatte.

„Ich soll Sie zu Building One fahren", sagte einer der Soldaten und stieg ein.

Walter setzte sich wieder auf den Beifahrersitz, Anne und Yra stiegen hinten ein. Bakshi bereitete das Einsteigen Mühe, sein ganzer Körper wirkte steif.

„Ist das nach dem Einsatz eines Synapsenblockers immer so?", fragte Anne Yra.

„Normalerweise nicht", antwortete sie. „Vermutlich ist die Abstimmung nicht optimal. Korgh hatte noch keine Erfahrungswerte mit den Gehirnen von Menschen und hat als Ausgleich wohl eine erhöhte Dosis eingesetzt. Ich werde mich um Bakshi kümmern."

Sie legte ihre Hand auf seinen Oberschenkel, was er teilnahmslos geschehen ließ.

„Sie sollen eine Stunde warten, bis Sie in Ihr Appartement gehen. Anweisung vom General", sagte ihr Fahrer, als er in die Tiefgarage einbog.

Er fuhr bis zur Ebene für privilegierte Personen, in der kein Publikumsverkehr herrschte.

„Was machen wir jetzt?", fragte Walter. „Herumstehen?"

„Was hältst du von essen?", fragte Anne. „Ich könnte eine Portion vertragen, und vielleicht tut es Bakshi auch gut."

„Essen!", sagte Walter und fuhr sich durch die borstigen Haare. „Meine Güte, wie weit ist es mit mir gekommen, dass ich sogar daran nicht mehr denke."

„Es gibt hier ein kleines, aber feines Restaurant für besondere Gäste", sagte Anne und sah zu Yra. „Besonders genug sind wir auf jeden Fall."

Das Restaurant war in viele kleine Nischen aufgeteilt, in denen man von den anderen Gästen weder etwas hörte noch etwas sah. Falls man einen Wunsch hatte, betätigte man einen dezenten Knopf auf dem Tisch. Alles war perfekt auf Prominente ausgerichtet, die großen Wert auf ihre Privatsphäre legten, also gut dafür geeignet, dass Yra kein Aufsehen erregte. Entsprechend sah die Speisekarte aus, wenigstens der rechte Teil mit den Preisen. Außer Salat und Vorsuppen gab es nichts für einen zweistelligen Betrag.

„Und hier soll ich mich satt essen?", fragte Walter.

„Du kannst ja versuchen, es Myers auf die Rechnung zu schreiben", entgegnete Anne.

„Ich glaube kaum, dass er ein Steak für einhundertsiebenundsechzig Dollar akzeptiert plus noch mal genauso viel für Wein."

„Steak?", fragte Yra.

Anne konnte sich noch gut an das erste Essen mit Yra erinnern. Da hatte ihr Mann Olaf auch Steak essen wollen, was eine heftige Diskussion mit Yra ausgelöst hatte. Yra aß niemals Fleisch und auch keine Pflanzen, denn sie betrachtete beides als empfindsame Lebewesen, denen man keine Schmerzen zufügen und sie erst recht nicht für eine Mahlzeit töten sollte.

„Bei uns ist einiges anders als in deiner früheren Welt", sagte Anne. „Du wirst dich an unsere Gewohnheiten anpassen müssen, wenn du dich in unserer Zeit zuhause fühlen willst."

„Anpassen? Soll ich etwa auch Lebewesen essen? Vielleicht einen Kellner braten?"

„Wenn nicht anpassen, dann wenigstens akzeptieren. Nur so kann es funktionieren, wenn man in eine andere Kultur umzieht. Du kannst nicht erwarten, dass sich eine ganze Kultur dir anpasst."

Yras Augen nahmen wieder dieses tiefe dunkle Schwarz an. Sie sah zu Walter hinüber, als ob sie ihn mit ihren Blicken aufsaugen wollte.

„Dann lass dir deine Tierleiche schmecken. Ich esse jedenfalls nichts, wenn hier am Tisch Blut fließt."

Bakshi äußerte sich nicht zu einem Essenswunsch, aber Anne hatte den Eindruck, dass ihm Essen guttäte. Nur kannte sie ihn zu wenig, um zu wissen, was er mochte, denn auch bei Menschen konnte man nie wissen, was sie nicht aßen. Moslems aßen kein Schwein, Hindus kein Rind, aber Chinesen aßen Hunde, was für Europäer nicht in Frage kam. Vegetarier aßen generell kein Fleisch und Veganer überhaupt nichts Tierisches. Es war tatsächlich nicht einfach, also bestellte sie ihm eine Tomatensuppe. Sie kannte niemanden, der dagegen etwas haben konnte, selbst Yra nicht, für die Tomaten ja keine Pflanzen, sondern die Früchte der Pflanze waren.

„Was hast du im Hauptquartier herausgefunden?", versuchte Anne das Gespräch wieder auf ein konstruktives Thema zu bringen.

„Es war nicht ganz einfach, denn die Leute sind wirklich gut auf Geheimhaltung getrimmt, aber für meine Art der Befragung sind sie nicht gewappnet." Yra konnte sogar schon wieder lächeln, immerhin war ja auch noch kein Blut auf dem Tisch. „Myers steht mächtig unter Druck. Die Lantis-Forschung hat für die amerikanische Regierung höchste Priorität, weshalb man ihn mit weitreichenden

Vollmachten ausgestattet hat. Die Amerikaner wollen um jeden Preis als Erste die bedeutenden technologischen Neuentwicklungen haben. Sie machen Myers persönlich für einen Erfolg verantwortlich, und deshalb ist er auch selbst vor Ort. Wenn nun die Chinesen Korgh und seine Geräte entführt haben, ist das ganz übel für unseren General. Das ist das Allerletzte, das passieren durfte."

Walter nickte. „Klingt logisch. Sie können nicht offen agieren und haben sich deshalb für die NSA als Hauptakteur entschieden. Aber nach den letzten Ereignissen wird auch die öffentlich propagierte Harmonie mit den Chinesen einen mächtigen Riss erhalten. Lange können sie die Sache mit Korgh nicht geheim halten."

Er zog etwas aus seiner Hemdentasche, das wie ein zwanzig Zentimeter langes Rohr aussah. Er betätigte am oberen und unteren Ende einen Clip, und das Rohr entrollte sich zu einer DIN-A4-Blatt großen Folie, ein flexibler Bildschirm, der mit seiner Smartwatch gekoppelt war.

„Mal sehen, was man so über den Flugzeugabsturz verbreitet."

„Auf so einem primitiven Teil?", fragte Yra.

Walter sah sie über den Tisch hinweg an. „Das ist Hightech. Von den neuen Smartwatches mit 3D-Projektion aus dem Lantis Know-how gibt es erst Prototypen. Du musst leider noch mit unserer Steinzeit-Technik vorlieb nehmen."

„Die Technik ändert nichts an den Nachrichten", sagte Anne. „Was zeigen sie?"

Sie rutschte näher zu Walter, Yra kam um den Tisch herum, Bakshi rührte sich nicht von seinem Stuhl. Walter hatte schnell einen Nachrichtenkanal gefunden, der auf das Thema einging. Die Kernaussagen liefen als Text an der Seite, während ein unsichtbarer Moderator aktuelle Bilder kommentierte.

„Sie haben an der Absturzstelle Trümmer gefunden", las Walter vor. „Erste Analysen vor Ort haben ergeben, dass es sich wirklich um das Flugzeug von General Haishan handelt."

Für einen Moment herrschte Stille. Sie verfolgten die weiteren Meldungen.

„Was ist mit Leichen?", fragte Yra. „Ich glaube erst, dass Korgh tot ist, wenn ich seine Leiche vor mir sehe."

Sie warteten einen Moment, bis der Beitrag auf dieses Thema einging. Leichen oder Teile davon gebe es keine, erklärte der Moderator, was aber normal sei, da es in dieser Gegend von Haien nur so wimmele.

Anne drehte sich zu Yra um, die hinter ihr stand. „Und was glaubst du jetzt?"

„Wahrscheinlich das Gleiche wie du. Korgh hat sich viel Mühe gegeben, seinen Tod vorzutäuschen, aber er lebt."

„Und du, Walter?"

„Es wäre zu schön, wenn sich die Angelegenheit so einfach erledigt hätte, aber es scheint mir zu einfach." Er fuhr sich mit beiden Händen durch seine Stoppelhaare und atmete tief ein und aus. „Dieser Kerl ist wirklich extrem raffiniert."

„Was meinst du, was Myers denkt? Du kennst ihn am besten."

„Myers ist nicht dumm, so schnell gibt er nicht auf. Aber dieser Trümmerfund nährt Zweifel, wenn nicht bei ihm, dann bei anderen, und es wird für ihn schwieriger werden, Ressourcen für eine weltweite Suche zu mobilisieren. Darüber hinaus hat Myers jetzt gar keine Spur mehr, der er folgen kann. Er kann nur noch auf Verdacht hin auf der ganzen Welt im Nebel herumstochern."

Das Essen wurde serviert, Yra wandte sich demonstrativ von Walter ab. „Kannibale!"

Sie stellte sich hinter Bakshi, schloss die Augen und legte ihre Hände in seinen Nacken.

Anne wusste, dass Yra mehr tat als nur Massieren. Wahrscheinlich versuchte sie, die Folgen von Korghs Synapsenblocker zu beseitigen, und vermutlich tat sie noch einiges darüber hinaus, aber das war nur am Rande wichtig. Anne hatte noch nie so exklusiv gegessen - und gleichzeitig hatte sie sich noch nie so wenig für das interessiert, was sie aß. Ihre Gedanken kreisten nur um Korgh. Wie konnte man diesen Mörder seines Volkes fassen? Wie konnte man überhaupt eine Spur von ihm finden?

Mit einer dezenten Tonfolge signalisierte Walters Smartwatch, dass es aktuelle Meldungen gab.

Anne schob ihren Teller beiseite und rückte wieder zu Walter. Yra kam dieses Mal nicht; sie blieb hinter Bakshi und massierte ihn weiter, als sei nichts geschehen. Auf Walters Teller lag noch ein Stück Steak in einer kleinen Pfütze von Blut.

Der Moderator von eben war schon wieder auf dem ausgerollten Display zusehen. „Es gibt Gerüchte, dass in dem Flugzeug von General Haishan Lantis-Technologie transportiert wurde. Erste Aufnahmen, die im Internet kursieren, scheinen dies zu bestätigen."

Das Bild wechselte. Zu sehen war eine wacklige, laienhafte Filmsequenz mit einem Flugzeug, in das Behälter verladen wurden. Das Ganze schien in großer Eile stattzufinden. Wenn man genau hinsah, erkannte man ein Wesen, das deutlich kleiner als die anderen Gestalten war und auf die Treppe zum Flugzeug zuging. Details konnte man keine erkennen, der Zoom der Kamera war zu schwach und die Geschehnisse zu weit weg. Jetzt wurde die Kamera hastig bewegt. Schemenhaft sah man einige Baracken, wie Anne sie vom militärischen Bereich des Flughafens von Lantika kannte. Dann wurde der Bildschirm schwarz.

„Interessant", sagte Walter. „Da hat wohl einer der Soldaten auf dem Flughafen heimlich mitgefilmt und hatte am Schluss Angst, erwischt zu werden."

„Das wird eine Menge Konsequenzen haben", sagte Anne.

Das Gleiche dachte wohl auch der Moderator. „Wenn sich diese Gerüchte bestätigen, liegt der Verdacht nahe, dass die chinesische Regierung Lantis-Technologie entführen wollte." Er wollte weiterreden, unterbrach aber, fasste sich ans Ohr und schien aufmerksam auf etwas zu hören. „In prominenten Blogs wird bereits spekuliert, ob die Amerikaner das chinesische Flugzeug abgeschossen haben, um einen Technologiediebstahl zu verhindern." Er machte eine kurze Pause. „Aber das ist natürlich nur Spekulation und keinesfalls erwiesen." Er machte eine etwas längere Pause. „So etwas möchte man eigentlich nicht glauben."

„Nein, das möchte man nicht", bestätigte Anne. „Aber viele Menschen *werden* es glauben."

„Damit ist unser geliebter Frieden wohl dahin", sagte Walter. Er schüttelte den Kopf. „Da ist dieser Lantis erst ein paar Tage auf unserer Welt, und schon ist sie ein schlechterer Ort geworden. Die Arbeit von Jahrzehnten ist zerstört, in wenigen Stunden. Was ist das bloß für ein verdammter Teufel!"

„Es ist nicht nur Korgh", sagte Anne. „Es gibt zu viele Menschen, die eifersüchtig auf ihre eigenen Interessen schauen. Korgh ist bloß der Zündfunke."

„Trotzdem wäre mir eine Welt ohne Zündfunken lieber. Meinst du, dass die Initiative von Korgh oder den Chinesen ausging? Die Aktion scheint mir nicht sonderlich gut geplant, die Chinesen hätten wissen müssen, dass man sie beobachtet."

„Vielleicht war das Zeitfenster für eine gute Planung zu kurz, oder das Risiko war es den Chinesen wert." Anne lehnte sich auf ihrem Stuhl zurück. „Oder es war sogar geplant, dass die Sache auffliegt."

„Das konnten die Chinesen nicht wollen. Wozu sollte das gut sein?"

„Nicht von den Chinesen. Von Korgh. Er ist intelligenter als alle chinesischen Strategen zusammen. Vielleicht hat er einen Plan."

Sie sah zu ihrem Teller mit dem noch nicht aufgegessenen Nudelgericht. Jetzt hatte sie gar keine Lust mehr darauf. „Aber das ist alles Spekulation und bringt uns nicht weiter. Vielleicht hat Yra etwas darüber herausgefunden, was im Labor passiert ist, dann hätten wir eine Spur."

Sie drückte auf den Knopf, worauf schon wenige Sekunden später ein Kellner erschien.

„Bitte räumen Sie ab", sagte Anne.

„Möchten Sie noch ein Dessert?", fragte der Mann.

„Nein, danke. Wir sind fertig."

Als der letzte Teller abgeräumt war, öffnete Yra die Augen. Sie setzte sich wieder an ihren Platz, Bakshi sah in die Runde. Er wirkte fast wieder normal, Yras Behandlung hatte geholfen.

„Freut mich, dass es Ihnen wieder besser geht, Doktor Bakshi", sagte Anne.

Er stand auf, was bei ihm nicht allzu viel Unterschied machte, und deutete eine Verbeugung an. „Sagen Sie Aroon zu mir. Es wäre mir eine Ehre und eine Freude, Sie zur Freundin zu haben. Sie haben so viel für mich getan."

„Gerne, Aroon", sagte Anne. „Im Prinzip gehörst du ja zur Familie. Du hast Yra schließlich in unserer Zeit zur Welt gebracht. Dann sag auch Anne zu mir."

„Yra", sagte er und sah die kleine grüne Lantis intensiv dabei an. „Ja, das habe ich, aber es war nur ein kleiner Beitrag zu ihrem Leben."

„Ein entscheidender Beitrag", sagte Yra und legte ihre Hand auf die von Aroon. „Ohne dich säße ich nicht hier."

„Ich vermute, du kannst dich an nichts erinnern, was im Labor vorgefallen ist", sagte Anne.

„Leider nein. Ich würde sehr gerne helfen, aber ich kann es nicht. Ich habe ganz normal gearbeitet und dann war plötzlich alles weg. Als ob man mich ausgeschaltet hätte. Ich kann nicht erklären, was passiert ist."

„Das können *wir* dir erklären, aber nicht hier." Anne sah zur Decke. „Für das, was in diesen Nischen geredet wird, interessieren sich garantiert viele Leute. Lasst uns in unser Appartement gehen; aber vorher muss ich zur Toilette."

Das Appartement sah so aus, wie sie es verlassen hatten. Man konnte nicht glauben, dass bis vor wenigen Minuten hier Leute gearbeitet hatten, um Abhöranlagen zu deinstallieren.

„Glaubst du, dass Myers das Appartement wirklich gesäubert hat?", fragte Anne Walter.

Dieser zuckte die Schultern. „Ich vermute, dass er Wort gehalten hat, aber sicher sein können wir nicht. Der Druck, unter dem er steht, ist ziemlich groß, da vergisst man schon mal seine Versprechen."

„Okay", sagte Anne. „Gehen wir davon aus, dass er sein Wort hält."

Sie erklärte Bakshi die Funktion des Synapsenblockers, damit er verstand, was mit ihm geschehen war. Dann wandte sie sich an Yra. „Konntest du etwas über die Ereignisse im Labor herausfinden?"

„Nur wenig, Bakshis Langzeitgedächtnis ist für die Zeit nach dem Einsatz des Synapsenblockers leer. Das war zu erwarten. Sein Kurzzeitgedächtnis ist schon sehr verblasst, aber da er in den letzten Stunden kaum Reize aufgenommen hat, sind noch Fragmente erhalten. Es sind kurze verschwommene Eindrücke von Menschen, die mit etwas wie ein Netz auf dem Kopf herumlaufen."

„Alles klar", sagte Anne. „Das bestätigt unsere Vermutungen."

„Mir ist nichts klar", beschwerte sich Walter.

„Ein spezielles Metallnetz schirmt die Strahlung des Synapsenblockers ab", erklärte Anne. „Solche Netze muss Korgh in seiner Ausrüstung gehabt haben. Die hat er dann an die Leute verteilt, die mit ihm zusammenarbeiten. Er selbst braucht so ein Netz nicht, weil er Lantisgehirne und Menschengehirne durch die Programmierung des Blockers voneinander unterscheiden kann."

Walter nickte. „Jetzt wissen wir, dass die Chinesen ihn unterstützen. Das ist übel."

„Stimmt nicht ganz", korrigierte Anne. „Wir wissen nur, dass *diese* Chinesen ihn unterstützt haben, einschließlich Möbius, der deutsche Ingenieur. Ob die chinesische Regierung wirklich über die Zusammenhänge informiert war, bleibt offen."

„Haishan soll ohne Wissen seiner Regierung gehandelt haben?" Walter schüttelte den Kopf. „Das glaube ich nicht. Diese Aktion ist zu umfangreich und zu sehr durchgeplant."

„Haishan besitzt weitreichende Kompetenzen. Er kann eine Menge bewegen, ohne um Erlaubnis zu fragen."

„Richtig", sagte Walter. „Wir wissen es nicht. Für die Menschen da draußen hat es aber den Anschein, dass die Chinesen die Übeltäter sind. Das reicht für eine handfeste Krise."

Er blickte in die Runde. „Und jetzt? Was können wir tun?"

„Jetzt gehst du einkaufen", sagte Anne.

„Einkaufen? Was willst du einkaufen? Wir können uns alles bestellen, was wir wollen."

„Das hier nicht." Anne zog einen Zettel hervor, den sie in der Toilette geschrieben hatte. „Hier ist eine kleine Liste mit Erledigungen, um die ich dich bitte."

Sie gab Walter das Blatt Papier. „Du wirst eine Zeitlang zu tun haben, aber es ist wichtig. Gib dir Mühe."

Walter warf einen kurzen Blick darauf und stöhnte. „Glaubst du, ich kann Wunder vollbringen?"

4.

Die Suche nach einer geeigneten Unterkunft hatte einen Tag zu lange gedauert, aber man musste Tatsachen so nehmen, wie sie waren. Die Menschen waren einerseits leicht zu durchschauen und zu beeinflussen, aber andererseits war einiges doch komplizierter, als er es mit seinen begrenzten Kenntnissen abschätzen konnte. Aber er lernte schnell, und vieles würde sich ändern, wenn erst die Ressourcen geklärt waren. Im Moment musste er noch vorsichtig agieren, aber nicht mehr lange.

Korgh setzte seinen Weg um das Haus herum fort. Er war nackt und spürte förmlich, wie die Energie der heißen Sonne über das Chlorophyll seiner Zellen in seinen Körper strömte. Er fühlte sich gut, im Gegensatz zu den anderen, die bei jeder Gelegenheit den Schatten suchten und über die Hitze stöhnten, am lautesten Möbius. Das Team war schwach, aber auch das gehörte zu den Tatsachen, die er akzeptierte.

Die ehemaligen Besitzer des Hauses hatten zu wenig Geld gehabt, um für Luxus zu sorgen. Die Klimaanlage war kaputt, aber wer brauchte so etwas schon. Hauptsache, die Lage war gut, und das war sie tatsächlich. Nachdem er das Internet auf einem Plan der Hauptstadt von Angola kartiert hatte, hatte er einige Gegenden eingekreist, die für einen ersten Standort in Frage kamen, und General Haishan hatte das Beste aus diesen Informationen gemacht. Das Haus lag nicht weit entfernt von einem der bedeutendsten Internetknoten des Kontinents, was für seine Pläne entscheidend war. Dazu hatten die Besitzer Wert auf Diskretion gelegt. Um das Anwesen herum gab es eine zwei Meter hohe Mauer, die zwar im Verfall begriffen war, aber jegliche Einblicke verwehrte. So konnte er sich frei auf dem Gelände bewegen und Energie tanken.

Möbius kam ihm aus dem Haus entgegen. Wenn er die Mimik der Menschen richtig deutet, war er mürrisch. Aber das war der Ingenieur immer.

„Hey, Boss. Warum muss ich im Keller arbeiten? Da ist es feucht und es stinkt."

„Die Feuchtigkeit macht den Geräten nichts aus und der Geruch auch nicht. Wo ist das Problem?"

„*Mir* macht das was aus. *Das* ist das Problem."

„Der Brüter ist das Wichtigste, das wir haben, und deshalb steht er am sichersten Ort."

„Ich dachte, die Gorillas passen auf uns auf." Er deutete zu dem chinesischen Agenten, der auf der Vorderseite des Grundstücks patrouillierte. Der andere bewachte die Rückseite.

„Sicherheit geht über Komfort."

Möbius spuckte aus. „Komfort. Dass ich nicht lache. Die ganze Gegend hier ist ein dreckiges Loch. Hättest du dir keine andere Stadt aussuchen können?"

Korgh spürte Ärger in sich aufsteigen. So redete man nicht mit ihm. Aber Möbius nahm in seinem Plan eine entscheidende Rolle ein, er konnte ihn nicht einfach austauschen. Trotzdem ...

„Wenn du dir mir gegenüber keinen anderen Ton angewöhnst, schneide ich dir die Zunge raus. Arbeiten kannst du auch ohne."

Möbius hatte wohl eine Bemerkung auf den Lippen, die er aber nicht aussprach. Gut so. Er lernte.

„Dann will ich wenigstens verstehen, was die anderen sagen. Sie sollen Englisch reden und kein Chinesisch."

„Morgen wirst du Chinesisch können, das macht unsere Arbeit im Team sowieso einfacher."

Möbius sah ihn verblüfft an. „Du willst mich verarschen. Willst du mir über Nacht Chinesisch beibringen? Dass ich nicht lache."

Schon wieder dieser freche Ton, Möbius konnte wohl nicht anders. Korgh beschloss, diesen Wesenszug genauso wie manches andere als unabwendbare Tatsache hinzunehmen. Wichtig waren die Fakten, und die sprachen für den Ingenieur.

„Morgen wirst du Chinesisch können und noch einiges mehr, das ich brauche."

„Das *du* brauchst ...?"

„Nur das zählt, und das ist deine Lebensversicherung. Wenn du nicht daran interessiert bist, sag es gleich. Es würde mir viel Spaß machen, dir einige Körperteile abzuschneiden."

„Schon gut, schon gut", Möbius hob beschwichtigend die Hände. „Du bringst mir über Nacht Chinesisch bei, und ich gehe wieder in den Keller. Es ist sowieso eine Scheißhitze hier draußen."

Er drehte sich um und ging ins Haus. Auf dem Weg dorthin kickte er einen Stein gegen eine Regentonne. Es gab ein blechernes, hohles Geräusch. Die Tonne hatte schon lange kein Wasser mehr aufgefangen; wie auch, bei den rostigen Löchern an der Seite.

Kurze Zeit später hupte es am Eingangstor. Die Wache sah durch den Spalt zwischen den Torflügeln und war mit dem vereinbarten Code zufrieden. Sie öffnete das Tor, und herein rollte ein großer, staubbedeckter SUV.

Durch die Windschutzscheibe erkannte Korgh nur einen Fahrer mit Sonnenbrille, die Seitenscheiben waren abgedunkelt.

Korgh wartete, bis die Torflügel wieder geschlossen waren, und ging dann zu dem Fahrzeug. General Haishan war inzwischen ausgestiegen.

„Eine gute Wahl", sagte Korgh. „Damit kann ich mich in der Stadt bewegen, ohne aufzufallen. Was hast du mit dem alten Lastwagen gemacht?"

„Der ist von alleine in eine abgelegene Tankstelle gefahren, wie abgesprochen. Es hat eine ordentliche Explosion gegeben, da findet niemand mehr Spuren von uns."

Korgh nickte. „Und die Internetrouter und die andere Ausrüstung?"

„Sind im Kofferraum."

„Gut. Die Wachen sollen sie ins Haus bringen und auspacken. Wir bauen sie dann mit Möbius zusammen."

Haishan gab die nötigen Befehle und folgte Korgh ins Haus.

Wenig später saßen alle im Wohnzimmer. Meng Kang und die beiden Wachen packten aus, Möbius und Haishan begannen, die einzelnen Teile nach Anweisung von Korgh zu montieren. Die Router mussten mit Solarzellen, dem Bewegungssensor und einer kleinen Sprengladung verbunden werden. So waren sie autark, und falls jemand sie finden und untersuchen wollte, würde er eine Überraschung erleben.

„Für dieses Zeug ist mein restliches Geld draufgegangen", sagte Haishan. Er blickte auf seinen Geldkoffer, der geöffnet in einer Ecke stand und nur noch ein dünnes Bündel Dollarnoten enthielt. „Die kleinen Sprengladungen waren viel zu teuer, aber ich habe hier keine Kontakte und musste nehmen, was ich kriegen konnte. Das Haus hat ziemlich viel gekostet, und der Wagen war auch nicht billig."

„Wir haben alles, was wir für den nächsten Schritt brauchen", sagte Korgh. „Das genügt."

„Könntest du uns nicht mal in deine Pläne einweihen? Ich habe alles für dich riskiert, und du behandelst uns wie Dreck."

Korgh sah auf. „Liegt Meckern in eurer Mentalität? Ist schlechte Laune bei euch Menschen ansteckend? Ich hasse Diskussionen."

Haishan straffte sich. „Ich war General und jetzt sitze ich irgendwo in Afrika in einer besseren Hütte wie ein armseliger Guerilla, der irgendwas in Handarbeit bastelt. Und von dem Upgrade, dass du mir versprochen hast, merke ich nichts."

Korgh stand auf. Die Spannung im Raum stieg schlagartig an.

„Komm mit nach oben!", herrschte er Haishan an.

Die anderen arbeiteten weiter, aber die Anspannung blieb.

„Möbius!", sagte Korgh.

Der sah auf.

„Du weißt, was ihr zu tun habt?"

Möbius nickte.

„Dann bring die Arbeit voran. Wir haben noch viel vor."

Korgh ging die Treppe hinauf, Haishan folgte ihm mit versteinertem Gesicht.

Korghs Zimmer besaß kaum Mobiliar, die Vorhänge waren zugezogen, damit man von außen nicht hineinsehen konnte. Sie waren nicht besonders dicht, so dass die Abendsonne das Zimmer trotzdem ausreichend beleuchtete. Die Luft im Raum war trotz der geöffneten Fenster schwül, denn die Vorhänge verhinderten einen ausreichenden Luftaustausch.

Korgh zeigte auf einen Holzstuhl in einer Ecke.

„Setz dich!"

Haishan zögerte.

„Ich kann Widerstand nicht ausstehen", sagte Korgh scharf. „Das weißt du."

„Ich bin es nicht gewohnt, befehligt zu werden. *Ich* habe Befehle erteilt. Ich hatte tausendmal so viele Untergebene wie du. Ich habe über Tod und Leben entschieden. Aber das ist vorbei, du hast mein Leben ruiniert." Haishan zögerte einen Moment. „Wie willst du mich umbringen? Denn das hast du doch vor."

„Halt deinen Mund und setz dich!", befahl Korgh erneut. Haishan gehorchte.

Korgh baute sich vor ihm auf. Jetzt, wo der chinesische General saß, konnte er auf ihn herabsehen.

„Du hast viel für mich aufgegeben? Alles riskiert? Dass ich nicht lache. Du musst nicht glauben, dass ich nichts über dich wüsste."

Korgh tippte Haishan an die Stirn.

„Ich habe dein Gehirn gescannt. Ich weiß alles über dich. Alles. Verstehst du das?"

Der Chinese sah ihn ausdruckslos an.

„Einen Richter kannst du belügen, deine Regierung kannst du belügen - aber mich, mich kannst du nicht täuschen. Ich kenne dich bis in den hintersten Winkel deines Gehirns, wo du deine finstersten Geheimnisse aufbewahrst. Ich kenne die Namen von allen, die du auf dem Gewissen hast."

In Haishans Miene trat eine Spur von Trotz.

„Ich weiß, wie deine Karriere zustande gekommen ist. Du hast deine Ausbildung nur bestanden, weil dein Vater General war. Er hat jeden bestochen oder aus dem Weg geräumt, der dich nicht befördert hat. Du hättest es niemals alleine nach oben geschafft. Du hast nicht das Format für einen Oberbefehl."

Haishan wollte etwas erwidern, aber Korgh sagte streng: „Schweig! *Du* weißt es - und andere wissen es auch, alle deine Konkurrenten. Und jetzt ist dein Vater tot. Du bist auf dich allein gestellt, und die anderen sägen an deinem Stuhl, wie man bei euch Menschen wohl sagt. Du hattest die Hoffnung, in Lantika den großen Befreiungsschlag zu machen. Du wolltest mich als Beute mit nach Hause nehmen, um deinen eigenen Kopf zu retten. Ich habe viel über dein Land gelesen. Mit Versagern geht man nicht zimperlich um. Wenn du deinen Posten verloren hättest, hätte man dir irgendwas angehängt - und bald wärst du tot

Die dunkle Seite des Erbes

oder würdest in einem Arbeitslager noch viel erniedrigendere Sachen machen als bei mir."
Haishan sah schweigend zu Boden.
„Sieh mich an!", forderte Korgh.
Der General gehorchte.
„Ist das so?", fragte Korgh scharf.
Haishan schwieg.
„Ich will eine Antwort hören. Aus deinem Mund."
„Ja", sagte Haishan.
Es war, als würde ihn dieses ausgesprochene Wort um Zentimeter schrumpfen lassen. Die letzten Anzeichen von Widerstand wichen aus seinem Gesicht, seine Schultern sanken herab.

Es war interessant, zu beobachten, wie sich die psychische Verfassung eines Menschen an seinem Körper ablesen ließ. Für jemand, der die neuronalen Zusammenhänge verstand und sogar manipulierte, waren diese äußeren Reaktionen eine wunderbare Analysebasis. Haishan wartete immer noch auf seinen Tod. Das stand in seinen Augen wie in Großbuchstaben geschrieben. Und es wäre ein Leichtes gewesen, ihn jetzt zu töten. Er hätte sich nicht gewehrt, er war zerbrochen. Er hatte sein Gesicht verloren, was für die asiatischen Teile der Menschheit schlimmer war als der Tod. So stand es in Beratern zum Umgang mit fremden Kulturen geschrieben, und Korgh konnte ihnen nur zustimmen. Haishan war zerstört, ein armseliger Haufen Zellen mit einer einzigen Hoffnung: Dass der Tod nicht zu schmerzhaft sein würde.

Aber diesen gebrochenen Mann umzubringen, hätte weniger Spaß gemacht, als eine Ratte zu schlachten. Korgh hatte einen Plan und ein Ziel. Dem musste sich alles unterordnen. Töten hat seine Zeit - aber die war jetzt nicht. Jetzt ging es darum, diesen hoffnungslosen Zellhaufen in ein schlagkräftiges Werkzeug zu formen.

Korgh beugte sich vor, legte seine Hände um Haishans Hals und drückte mit beiden Daumen gegen den Kehlkopf.

Haishan ließ es geschehen. Er schloss die Augen und wartete auf den letzten, entscheidenden Druck.

„Sieh mich an!", forderte Korgh. Er erhöhte den Druck.

Haishan öffnete die Augen. Er hatte keinen eigenen Willen mehr.

„Die Henker deines Volkes würden deinen Kehlkopf in deinen Hals pressen. Wenn dein Volk dich findet, wird es dir dein Leben nehmen. Aber du bist bei mir - und ich werde dir ein neues Leben geben."

Korgh machte eine Pause. In Haishans Augen war zu lesen, dass er die Worte überhaupt nicht verstand. Korgh verringerte den Druck auf den Kehlkopf.

„Du wirst zu mir gehören. Du wirst mehr Macht haben, als du jemals gehabt hast. Und dieses Mal wirst du der Macht würdig sein. *Ich* werde dir die Fähigkeiten geben, die du brauchst."

Korgh sah Haishan intensiv in die Augen, dann nahm er die Hände von seinem Hals und richtete sich auf.

„Steh auf!", befahl er.

Haishan reagierte nicht.

„Sind deine Ohren abgestorben? Du sollst aufstehen."

Haishan zuckte zusammen, als würde er plötzlich aus einem tiefen Schlaf gerissen.

Er sah Korgh ungläubig an. „Warum tötest du mich nicht?"

„Das habe ich dir eben erklärt."

„Ich mag es nicht, wenn du mich selbst vor dem Tod noch verspottest."

„Ich schenke dir ein neues Leben. Das habe ich gesagt, und das tue ich auch. Jetzt steh endlich auf! In diesem neuen Leben gibt es eine Menge Arbeit."

Langsam schien Haishan zu realisieren, dass er jetzt nicht sterben würde. Er rieb sich den Hals und erhob sich, immer noch einen ungläubigen Ausdruck im Gesicht.

„Und wieso soll ich dir glauben?", fragte er. „Woher weiß ich, dass du kein Spiel mit mir spielst?"

Korgh lachte, ihm hatte die Szene außerordentlich gut gefallen. „Erstens, weil du noch lebst, und zweitens, weil ich dir jetzt meinen Plan erklären werde. Wenigstens den ersten Teil."

Er nickte in Richtung Tisch, auf dem sein Computer stand. Er sah ungefähr so aus wie ein typischer Laptop, nur war er nicht zum Aufklappen. Die Anzeige erfolgte in einer dreidimensionalen Darstellung, die einige Zentimeter über dem Gerät zu schweben schien.

Als sie vor dem Rechner standen, sagte Korgh: „Zeig uns Luanda."

Sofort entstand vor ihnen ein Plan der Hauptstadt von Angola.

Er sagte: „Unser Standort", und ein roter Punkt erschien. Er lag gerade noch im engeren Hauptstadtbereich, aber nahe bei der Gegend, die von einem unkontrollierten Wildwuchs an Gebäuden geprägt war. Die Küste des Atlantiks war nicht weit.

„Die Internet-Backbones."

Mehrere kräftige blaue Linien entstanden.

Korgh deutete auf die, die nach Westen im Atlantik verschwand. „Hier kommen die Unterseekabel aus Südamerika an, dieses hier geht nach Südafrika, und jenes hier versorgt Nordafrika einschließlich Lantika und führt dann weiter bis nach Europa."

Haishan gewann langsam wieder die Kontrolle über sich. „So kenne ich deinen Computer gar nicht. Im Labor hast du ihn immer nur manuell bedient."

„Meinst du etwa, ich lege alles vor den Kameras eurer Geheimdienste offen?"

„Seit wann wusstest du, dass du beobachtet wirst?"

„Vom ersten Moment an, als ich die Augen aufgeschlagen habe. Es war zu offensichtlich, wer da alles um mich herumstand. Waffen erkennt man auch, wenn man aus einer anderen Zeit kommt, und militärische Befehle genauso."

Haishan deutete auf den Rechner. „Hört der auf jeden, der zu ihm spricht?"

„Nur auf mich. Stimmerkennung. Und auch nur dann, wenn ich ihn ansehe. Iriserkennung. Für andere ist der Computer bloß ein toter Klotz."

„Raffiniert."

„Wenn ich dumm wäre, würden wir nichts erreichen."

„Was hast du vor? Wir sind nur wenige und fast pleite."

„Wir werden bald mehr Geld haben, als du zählen kannst. Und was die Menge der Leute betrifft: Sie spielt keine Rolle. Auf die Intelligenz kommt es an. Wir werden die Lebensader der Menschheit angreifen. Wenn wir die beherrschen, liegt uns die Welt zu Füßen."

„Du meinst, wir greifen das Internet an?"

Korgh lächelte. „Aha. Das Gehirntuning scheint doch etwas genützt zu haben. Ja, wir werden uns das Internet unterwerfen. Die ersten Schritte werden wir unternehmen, sobald die da unten fertig sind."

Korgh blendete eine weitere Grafik ein. Jetzt war Luanda mit einer nicht zählbaren Menge an gelben Punkten überzogen.

„Das hier sind die WLAN-Router in der Stadt. Über die werden wir ins Internet gehen, und zwar so ..."

Wieder eine Grafik. Dieses Mal waren es grüne Sterne, die überall da auftauchten, wo sich die gelben Punkte der Router konzentrierten.

„An diesen Stellen platzieren wir unsere eigenen Router, über die wir die Fremdrouter infizieren. Alles werden wir von hier aus steuern und somit weit über eintausend

Zugangspunkte gleichzeitig bedienen. Damit kann man schon etwas anfangen."

„Die meisten der fremden Router werden verschlüsselt sein", wandte Haishan ein.

„Nicht für mich", sagte Korgh. Er deutete auf seinen eigenen Rechner. „Verschlüsselung ist nur eine Frage der Rechenkapazität."

„Verstehe", sagte Haishan. „Und mit deinem Know-how sorgst du auch dafür, dass man die Datenflüsse nicht zurückverfolgen kann."

„Selbstverständlich", sagte Korgh. Er sah Haishan an. „Merk dir die Standorte, damit du die Router nachher verteilen kannst."

Plötzlich wirkte Haishan unsicher. Er sah mehrfach zwischen der Grafik und Korgh hin und her.

„Das sind ziemlich viele Standorte ..."

Korgh lächelte. „Da ist noch ein Geheimnis, von dem du meinst, dass nur du es kennst. Dein schlechtes Gedächtnis."

Haishan zögerte, aber dann nickte er. Langsam schien er einzusehen, dass er vor Korgh absolut nichts verbergen konnte.

„Du konntest dir nicht mal die fertigen Antworten auf deine Prüfungsfragen merken, die dein Vater besorgt hat", sagte Korgh. „Du hast sie auf kleine Zettel geschrieben. Einmal hast du aus Angst, erwischt zu werden, zwei Zettel aufgegessen." Korgh sah Haishan in die Augen. „Du siehst, ich weiß alles über dich. Aber ich habe dafür gesorgt, dass du solche lächerlichen Spickzettel nicht mehr brauchst. Sieh dir die Karte an, und du wirst dich daran erinnern, wenn es so weit ist."

Haishan machte immer noch einen ungläubigen Eindruck. Seine Schwächen hatten sich fest in sein Gehirn eingebrannt. Es würde etwas dauern, bis er tatsächlich realisierte, dass dieser Teil seines Lebens Vergangenheit war. Aber es würde umso tiefgreifender sein. Haishan würde ihm so treu ergeben sein, dass der Slave-Chip gar nicht mehr nötig wäre.

Haishan ging ins Erdgeschoss, um den Fortschritt der Arbeit zu kontrollieren. Korgh sah ihm hinterher. Der Chinese ging aufrecht, man konnte jetzt schon eine selbstbewusste Ausstrahlung spüren, die von innen heraus kam.

Korgh war zufrieden.

Ich bin besser als dieser Teufel aus den alten Geschichten. Ich kann nicht nur Menschen zerstören, ich kann neue Menschen schaffen.

5.

Aroon Bakshi stand etwas verloren in dem gemeinsamen Appartement herum. Die Folgen des Synapsenblockers waren verschwunden, aber jetzt war er allein mit Anne und Yra, zwei Frauen.

Anne kannte Aroons Geschichte inzwischen recht gut. Der Wissenschaftler war hochintelligent, aber weil er kleinwüchsig war, hatte er stets damit zu kämpfen gehabt, ernst genommen zu werden. Solange die Wissenschaftsgemeinde nur etwas von ihm zu lesen bekam, wurde er hochgepriesen. Dann war er zu Vorträgen eingeladen worden, und die Anerkennung schmolz dahin. Wer erst auf ein Podest klettern musste, um über den Rand des Rednerpults sehen zu können, und in Diskussionen mangels Körpervolumen nur mit schwacher, hoher Stimme reden konnte, hatte es schwer, als Autorität zu wirken. Aroon wusste wie kein anderer, was es bedeutete, dass man auf ihn herabsah.

Das hatte ihn in die Hände von Professor Hawker getrieben. Dieser hatte seine Fähigkeiten erkannt und sie zu nutzen gewusst. Dabei musste der große Professor vom kleinen Aroon keine Konkurrenz fürchten, weder auf wissenschaftlichem Gebiet noch bei den Frauen, denn das war die zweite schmerzhafte Konsequenz aus Aroons mangelnder Körpergröße. Von einer normalen Frau konnte er nur träumen.

Aroon träumte häufig davon.

Ein einziges Mal hatte er eine Frau gefunden, die nur unwesentlich größer war und bei der es auch vom Wesen her passte. Sie hatten eine Tochter bekommen, und Aroon war der glücklichste Mann auf der Welt gewesen - bis betrunkene Jugendliche mit ihrem Auto das Glück zerstörten. Bakshi bedauerte es, nicht auch gestorben zu sein, aber es traf nur Asha, seine Frau, und Devi, seine Tochter. Danach war Aroon allein geblieben.

Anne hatte sich die traurige Geschichte auf dem ersten Flug von Lantika nach Frankfurt angehört. Nach einem zögerlichen Beginn waren die Worte nur noch so aus dem kleinen Mann herausgequollen. Es hatte ihm gut getan, dass ihm jemand zuhörte und mitfühlte, was wohl nicht oft vorkam.

Sie beobachtete ihn, wie er an der Fensterfront entlangging, aber kaum Augen für den phantastischen Ausblick über die Stadt und die dahinterliegende Wüste hatte. Stattdessen sah er immer wieder zu Yra, die die letzten Strahlen der untergehenden Sonne genoss.

Er hatte zugesehen, wie Yra im Brüter herangewachsen war. Er hatte sie vor Hawkers übergroßem Ehrgeiz beschützt, der Yras Wachstum beschleunigen wollte und dabei keine Rücksicht auf die damit verbundenen Risiken nahm. Und er hatte um sie gekämpft, als Yra doch noch fast gestorben wäre, weil ihr Brüter gar nicht für Lantis, sondern für Tiere gedacht war.

Yra hatte Aroon zuerst an seine Tochter und später an seine Frau erinnert. Es war nicht zu übersehen, dass er Yra bewunderte. Sie war nur wenig größer als er selbst, aber sie war eine überaus starke Frau, die sich von nichts und niemandem einschüchtern ließ. Gleichzeitig war sie eine Fremde aus einer anderen Zeit, den Menschen ähnlich und doch kein Mensch.

Yra kam von der Dachterrasse herein und lächelte ihm zu. Aroon sah schnell hinaus auf das Panorama der Stadt.

Anne schmunzelte. Das war nicht mehr das Verhalten eines Wissenschaftlers, der Yra ehrfürchtig als Wunder betrachtete. Aroon hatte sich verliebt und wagte nicht, es zu zeigen. Er, der kleine Wissenschaftler, und sie, die äußerlich kleine, aber innerlich so große Frau.

Anne konnte ihn sehr gut verstehen. Yra war begehrenswert, das empfand sie sogar selbst. Eigenartigerweise. Normalerweise empfand sie nichts für Frauen, aber Yra passte in keine Norm.

Ob Yra etwas von Aroons Gefühlen gegenüber ihr ahnte? Eigentlich müsste sie das, denn sie hatte in sein Gehirn hineingeschaut. Anne würde zu gerne wissen, wie Yra damit umging, aber für Gefühle hatten sie leider keine Zeit.

„Wir müssen weitermachen", sagte sie. „Korgh schläft nicht, und wir müssen Myers Informationen liefern, damit er eine Chance hat, ihn zu finden."

Yra sah zu Aroon.

Sie weiß es, dachte Anne. Kein Wunder, Yra war nicht dumm. Sie kam zwar aus einer anderen Zeit und aus einer anderen Gesellschaft mit anderen Werten, aber sie war doch eine Frau.

„Stell schon mal zusammen, was du bereits weißt", sagte Yra. „Ich zeige Aroon sein Zimmer. Die Folgen des Blockers sind zwar beseitigt, aber er muss sich ausruhen."

Yra ging zu Aroon und nahm ihn bei der Hand. „Komm mit mir!"

Aroon zuckte zusammen, als Yra ihn berührte, aber er folgte ihr.

Es fiel Anne schwer, sich auf die Arbeit zu konzentrieren, ihre Gedanken wanderten ständig ein Zimmer weiter. Die Seiten füllten sich nur langsam mit Informationen, aber bis Yra wiederkam, waren es doch schon vierundzwanzig.

„Du warst lange weg", sagte Anne leise.

„Ach. Ist mir gar nicht aufgefallen", entgegnete Yra. Sie lächelte und sah zufrieden aus. „Du musst nicht flüstern. Aroon schläft, er ist sehr erschöpft."

„Hast du ...?"

„Neugierig?"

„Ich frage ja nur." Anne sah auf ihren Rechner mit dem begonnenen Dossier. „Wir haben viel zu tun."

„Aroon hat wirklich verdient, dass es ihm gutgeht", sagte Yra und setzte sich Anne gegenüber.

„Ja", sagte Anne. „Das Schicksal hat es nicht gut mit ihm gemeint. Bisher."

Sie schob ihren Rechner beiseite, rückte ein Stück nach vorne und stützte ihre Ellenbogen auf der Tischplatte ab.

„Bist du bereit?"

Yra lächelte. „Für dich immer."

Dann wurde Yra plötzlich ernst. „Bist *du* denn bereit?"

„Warum sollte ich es nicht sein?"

„Du wirkst etwas abgelenkt."

Anne zögerte eine Sekunde. „Ich bin voll da."

Jetzt lächelte Yra wieder. Sie sah Anne an, und ihre Iris zeigte plötzlich verlockende Farben, ein dunkles Grün, das in Gold überging. „Du kannst bekommen, was du willst. Du musst es nur wollen."

Gedanken bahnten sich einen Weg an die Oberfläche. Gedanken, die nicht zu ihrer Aufgabe passten. Das durfte nicht sein. Anne fing sie ein und verbannte sie in eine entfernte Kammer ihres Kopfes. Die Tür zu dieser Kammer zu verschließen, war nicht einfach, aber dann legte Anne energisch ein dickes Schloss davor.

„Los jetzt!"

„Was auf dich wartet, ist keine Routine", sagte Yra. „Du hast bisher nur an der Oberfläche gekratzt, jetzt führt dein Weg tiefer. - Pass auf dich auf."

Anne zögerte noch einmal. Was wollte Yra ihr damit sagen? Egal. Sie hatten eine Aufgabe zu erledigen.

Ihre Handflächen berührten sich, und sofort begann das bekannte Prickeln. Es dauerte nur noch Sekunden, bis sich ihre sensibilisierten Nervenzellen aufeinander eingestimmt hatten und begannen, Signale auszutauschen und weiterzuleiten. Für Anne war es durch das viele Training inzwischen so selbstverständlich, als wenn man eine Tür öffnete. Sie schritt gedanklich hindurch und betrat Yras Gehirn.

Anne empfand den Anblick immer wieder neu wie ein Wunder. Überall leuchteten Punkte, mal hell, mal weniger hell – so weit sie sehen konnte, und sie war sich sicher, dass es danach noch viel weiter ging. Ähnlich wie bei einem Blick ins Universum. Mit bloßem Auge sah man eine Unzahl von Sternen, nahm man aber ein Fernglas, sah man noch viel mehr. Und wenn man Aufnahmen mit einem lichtstarken Teleskop und langer Belichtungszeit machte, entdeckte man sogar an den bis dahin schwarzen Stellen neue, weit entfernte Sterneninseln.

Jeder dieser Punkte war ein Stück Erinnerung oder Wissen, in das man eintauchen und das man erkunden konnte. Alle diese Punkte waren mit anderen über feinste Fäden verbunden und bildeten so in kleinen Gruppen einen Wissensblock oder eine Szene aus der Vergangenheit ab.

Bisher war Anne immer in der näheren Umgebung geblieben, um die Orientierung nicht zu verlieren. Heute musste sie tiefer eintauchen.

Für einen Moment dachte sie daran, einen Abstecher in die jüngste Vergangenheit zu machen, nachzusehen, was Yra und Aroon getan hatten. Ganz automatisch wandte sich ihr Blick in die entsprechende Richtung. Sie stutzte. Wo dieses Erlebnis gespeichert sein sollte, konnte sie keinen strahlenden Punkt erkennen. Es war wie bei einer Sternenbeobachtung, wenn vor einem Himmelssegment eine Wolke hing. Man sah einfach nichts. Sie widerstand der Versuchung, es über einen Umweg zu versuchen. Yra hatte diese Wolke vorgezogen. Sie *wollte* nicht, dass Anne etwas sah.

Anne zog sich zurück. Yra hatte sie noch nie irgendwo ausgesperrt. Anne hatte gar nicht gewusst, dass das möglich war. Nun wusste sie es - und spürte Misstrauen aufkeimen.

Warum verbarg Yra etwas vor ihr? Das hatte sie vorher noch nie getan.

Das Leuchten all der anderen Punkte wurde schwächer, sie schienen sich zu entfernen. Nein, *Anne* entfernte sich. Sie driftete weg von Yras Gedanken. Das durfte nicht passieren.

Anne zweigte einen Teil ihrer Energie ab und drängte ihre eigenen, störenden Gedanken zurück. Sie musste sich voll und ganz auf Yra einlassen. Langsam nahm das Strahlen der Punkte zu, sie war wieder bei der Lantis.

Wohin sollte sie sich jetzt wenden? Der einzige Bereich aus Yras ferner Vergangenheit war die Szene mit Korgh in ihrem Wohnzimmer und ihr Besuch bei der Dinosaurierherde kurz zuvor. Beides kannte Anne durch den Kristallsplitter, den sie auf dem Mond gefunden hatte und der genau diesen Teil von Yras Erinnerung abgespeichert enthielt.

Anne ließ sich dorthin fallen. Das geschah fast automatisch, denn durch das lange Tragen des Kristallsplitters war dieses Erlebnis schon zu einem Teil ihrer eigenen Erinnerung geworden.

Kurz bevor sie diesen Bereich betrat, bremste sie ab. Es war nicht einfach, denn da gab es einige Stellen, die eine hohe erotische Ausstrahlung besaßen und Anne lockten. Aber sie wusste auch um die furchtbar dunkle Seite dieses Erlebnisses. Hier hatte sie für einen winzigen Moment einen Blick auf Korghs Denken und seine Pläne werfen können. *Das* wollte sie nie wieder erleben.

Sie driftete in sicherem Abstand um diesen Bereich herum und fand einen Faden, der mit anderen Erinnerungen über Korgh verbunden war. Sie folgte ihm.

Sie kam an zahllosen weiteren Erinnerungspunkten vorbei, an denen das Stichwort „Korgh" haftete, die aber nur wenig Ausstrahlung besaßen. Sie konnte unmöglich alle besuchen, auch wenn Myers Wert auf ein vollständiges Bild inklusive der Alltagserlebnisse legte. Immer wieder gab es Abzweigungen in alle Richtungen. Es war ähnlich einem riesigen dreidimensionalen Spinnennetz. Jedes Mal musste sie sich entscheiden, und Wegweiser gab es nicht.

Irgendwann entdeckte sie in der Ferne einen Bereich, der viel heller strahlte als alles andere bisher. Hier gab es intensive Erinnerungen, hier musste etwas Herausragendes passiert sein.

Anne musste nicht lange überlegen. Voller Neugier steuerte sie dieses Leuchtfeuer an. Sie suchte sich einen Eintrittspunkt am Rand, denn obwohl dieses Erlebnis keine Gefahr ausstrahlte, wollte sie vorsichtig vorgehen.

Sie befand sich in Yras Wohnung. Das war gut, denn die kannte sie schon, und dort war es ungefährlich.

Yra hatte sich gerade wieder unter einer Dusche erfrischt und betrat ein Zimmer, das Anne noch nicht gesehen hatte. Vor einer Glasscheibe hing etwas wie Teppiche aus vielen bunten, lebendig wirkenden Blumen. Yra ging herum, so dass sie die Teppiche besser betrachten konnte. Sie strich mit den Händen über die Blüten - sie lebten tatsächlich! Vor einem Teppich, dessen Blüten wie weiß-lila Orchideen aussahen, blieb sie stehen. Dann nahm sie ihn von dem Bügel, auf dem er hing, ab und streifte ihn über.

Anne war überrascht. Das war kein Blumenteppich, das war ein Kleid aus lebendigen Blumen! Unfassbar. Der Rückenteil bestand aus einem feinen Gewebe, das Flüssigkeit und Nährstoffe enthielt und die Blüten auf der Vorderseite versorgte.

Yra trat vor einen Spiegel, um sich zu betrachten.

Anne staunte. Wie konnte jemand so schön sein?

Yra richtete einzelne Ranken aus, ihre Pupillen passten sich farblich den Blüten an, und es war fast, als würden Yra und die Blumen miteinander verschmelzen.

Anne spürte, wie der Duft der Blüten ihr in die Nase drang und die Geruchsnerven überwältigte. Für einen winzigen Augenblick tauchten eigene Erinnerungen an die teuersten Parfüms auf, die sie besaß - und sie kamen ihr dabei billig vor. Sie drängte die Gedanken beiseite, um diesen überwältigenden Eindruck von Yra nicht zu beschädigen.

Zu Annes großem Bedauern wandte Yra sich ab. Sie ging zum Aufzug und fuhr bis ins Erdgeschoss. Yra wollte ausgehen, zu einem besonderen Ereignis.

In solch einem Kleid?, dachte Anne. *Die Welt wird ihr zu Füßen liegen.*

Schnell fing sie ihre Gedanken wieder ein. Sie durfte sich nicht von Yra entfernen. Sie *war* jetzt Yra. In diesem Kleid!

Ein Schweber wartete schon. Yra stieg ein und setzte sich. Das ging erstaunlich problemlos und war sogar angenehm. Das Gewebe mit den Nährstoffen schmiegte sich weich an ihren Körper an, es war, als würde man auf einem Kissen sitzen. Die Blüten nahmen dabei keinen Schaden.

„Zur Arena", sagte Yra, und der Schweber setzte sich in Bewegung.

Die Fahrt führte sie ins Stadtzentrum. Der Verkehr wurde dichter, aber die Schweber wichen einander so geschickt aus, dass man fast nichts davon spürte. Durch die Fenster beobachtete Anne Szenen, wie sie sich auch in ihrer Zeit zutragen konnten. Lantis flanierten einzeln oder paarweise an Schaufenstern entlang. Meistens trugen sie vielfarbige Kleidung, manchmal aber auch nichts. Sich ohne Kleidung in der Öffentlichkeit zu bewegen, schien für Lantis genauso eine Option zu sein wie mit Kleidung. Niemand störte sich an denen, die unbekleidet gingen, niemand drehte sich nach ihnen um. Die Lantis sahen das offensichtlich überaus locker, jeder ging einfach so, wie es ihm gefiel.

Zuerst bemerkte Anne es gar nicht, aber dann fiel ihr auf, dass einige der Passanten nur vor einem der Geschäfte hin und her liefen. Anne sah genauer hin. Das waren gar keine Lantis, es waren dreidimensionale Projektionen von Schaufensterpuppen! Sie führten die Mode direkt auf dem Bürgersteig vor, mitten unter den Passanten.

Ein Bummel durch diese Einkaufspassagen musste aufregend sein - aber Yra hatte andere Pläne. Der Schweber hielt auf einen Berg zu, der sich exakt in der Mitte der Stadt befand. Erkennen konnte Anne es nicht, aber aus Yras Erinnerungen wusste sie, dass dieser Berg das Regierungsgebäude des Hohen Rats der Lantis war. Von hier aus herrschten sie über die ganze Welt. Das Gebäude war einem Vulkan nachempfunden. An einer Flanke lief sogar Lava herunter, aber das war nur eine Projektion, allerdings eine täuschend echte. Oben auf dem Berg sah man Wolken. Sie wurden künstlich erzeugt und mit Geruchsstoffen versetzt, um die Flugsaurier vom Inneren des Kraters fernzuhalten. So sehr man die Flugsaurier liebte, wollte doch niemand, dass sie sich über die hängenden Gärten an den inneren Kraterwänden hermachten.

Am Beginn der äußeren Kraterwand, ganz in der Nähe des Lavaflusses, hielt der Schweber. Hier war also die Arena, die einem kleineren Berg nachempfunden war und als Eingang eine große Pforte besaß, die an einen Höhleneingang erinnerte. Es herrschte kaum Gedränge, denn die gewöhnlichen Lantis wurden durch andere Eingänge geschleust. Hier wurden die VIPs empfangen, und eine davon war Yra.

Ein Mann in einem moosgrünen Umhang wartete schon auf sie. Er neigte kurz den Kopf und deutete dann mit einer schwungvollen Bewegung seiner Hand an, dass sie ihm folgen sollte.

Es ging durch Gänge, an deren Wänden Bilder von Ereignissen hingen, die in der Arena stattgefunden hatten, und von bedeutenden Persönlichkeiten, die hier aufgetreten waren.

Zuletzt führte ein Durchgang auf eine Bühne. Anne konnte gar nicht alle Eindrücke aufnehmen, es waren einfach zu viele.

Ähnlich einer antiken Arena gab es Sitzreihen, die halbkreisförmig angeordnet wie in einem Trichter nach oben zu wuchsen. Im Zentrum des Trichters war die Bühne - und sie. Tausende Lantis sahen auf sie herab, aber seltsamerweise reagierte niemand auf ihr Eintreten. Erst bei genauerem Hinsehen erkannte Anne die transparente Wand, die zwischen ihr und dem Publikum stand und einen Teil der Bühne abtrennte. Das musste ein großer, halbdurchlässiger Spiegel sein. Yra und Anne konnten alles sehen, aber niemand sah sie.

Das allgegenwärtige Gemurmel erstarb und machte einer gespannten Stille Platz. Ein Torbogen aus Licht entstand, Fanfaren tönten. Vieles bei den Lantis unterschied sich von der heutigen Zeit, und doch gab es auch erstaunliche Ähnlichkeiten.

Der Torbogen aus Licht wurde wellenförmig heller und dunkler, im gleichen Rhythmus änderte sich die Lautstärke der Fanfaren. Obwohl Anne diese Inszenierung fremd war, spürte sie, dass sich der Höhepunkt näherte.

Der Lichtbogen wölbte sich nach außen, wuchs, bis er explodierte - und dann stand da plötzlich der Lantis, auf den alle warteten: Korgh.

Anne war einen Moment in Gedanken wie eingefroren. Sie spürte das Bedürfnis nach Ärger und Wut - aber die kamen nicht. Yra verspürte sie nicht, und deshalb konnte Anne sie auch nicht empfinden. Stattdessen *freute* sich Yra und empfand Stolz.

Anne war so verwirrt, dass sie die Konzentration verlor. Die Halle verblasste vor ihren Augen und sie musste sich mit Gewalt zur Beherrschung rufen. Auf ihre Gefühle kam es hier nicht an, es ging um Yra und ihre Erinnerungen. Und Yra fühlte nun einmal so, wie sie es gerade gespürt hatte. Yra freute sich, Korgh zu sehen. So war es gewesen, und an dieser Tatsache gab es nichts zu rütteln. Anne konnte nur versuchen, Yra zu verstehen, deshalb ließ sie sich wieder ganz auf Yra ein.

Durch den Moment der Unkonzentriertheit hatte sie die ersten Worte von Korgh verpasst. Sie mussten auf jeden Fall gut angekommen sein, denn das Publikum applaudierte begeistert.

Musik setzte ein, fremde elektronische Klänge, die Anne mit nichts Bekanntem vergleichen konnte. Der Applaus ebbte ab, während die Musik intensiver wurde.

Anne schlüpfte für eine Sekunde in einen Nebenraum von Yras Erinnerung. Sie wollte wissen, um was es hier ging. Korgh präsentierte eine neue Entwicklung: die Gehirnoptimierung. Er hatte dazu nicht nur diese Arena gemietet, sondern vergleichbare Arenen auf dem ganzen Planeten, in die die Präsentation live übertragen wurde. Diese Präsentation war der Höhepunkt einer langen und teuren Werbekampagne, die die Erwartungen der Lantis aufgeheizt hatte. Die Kampagne hatte einen Großteil seines Firmen- und Familienvermögens aufgezehrt, aber es war ihm die Sache wert gewesen. Korgh setzte große Hoffnungen in diese neue Technologie, und mit ihm Yra.

Als die Musik ihren Höhepunkt erreichte, zog Korgh einen dünnen Stab wie den eines Dirigenten hervor und hielt ihn in die Luft. Schlagartig verstummte die Musik, die plötzliche Stille tat fast weh. In die Stille hinein machte es „Pling", und aus Korghs Stab tropfte ein winziger Lichtfunken. Er stieg in die Luft und schwoll auf mehrere Meter an. Das Licht nahm Formen an, Anne erkannte Windungen wie bei einem Gehirn. Nein, es *war* die Abbildung eines Gehirns.

Jetzt schwebte dieses überdimensionale Gehirn in der Luft, und das Leuchten ließ nach, so dass man es ohne Anstrengung betrachten konnte. Details wurden vergrößert, und Korgh erklärte, wie das Gehirntuning funktionierte. Er sprach mit angenehmer Stimme und einer gelassenen Ruhe, die gleichzeitig Kompetenz vermittelte, die einen jedes Wort glauben ließ. Die Lantis hörten aufmerksam zu, auch wenn es speziell wurde. Sie mussten insgesamt sehr gebildet sein und großes Interesse an wissenschaftlichen Zusammenhängen haben.

Während die Lantis Korghs Vortrag folgten, wurden sechs Kabinen auf die Bühne gebracht. Sie bestanden komplett aus Glas, durch das man aber nicht hineinsehen konnte.

Auf einen Wink mit Korghs Stab hin verschwand die große Projektion des Gehirns. Das Glas der ersten drei Kabinen wurde durchsichtig und zeigte die Lantis, die in den Kabinen saßen. Gleichzeitig wurde ihr Abbild überlebensgroß in die Mitte der Halle projiziert. Korgh stellte die drei vor, erklärte ihre Ausbildung und Tätigkeit und ließ bei jedem einen Wert einblenden: der offiziell festgestellte Intelligenzquotient vor der Teilnahme an seinem Optimierungsprogramm. Anne rechnete die Zahlen unbewusst sofort in menschliche Werte um. Alle drei besaßen einen IQ zwischen einhundert und einhundertzehn, also typischer Durchschnitt.

Dann wurden die nächsten drei Kabinen durchsichtig und es gab einige Ahs und Ohs aus dem Publikum. Diese Lantis waren bekannte Persönlichkeiten, die man nicht mehr groß erklären musste. Alle hatten einen offiziellen IQ zwischen einhundertzwanzig und einhundertdreißig, waren also überdurchschnittlich intelligent.

Anne ahnte, wie es weitergehen würde, es gab einen Wettbewerb. Korgh wandte sich an die Zuschauer im Saal und in den weltweit verstreuten Arenen. Sie sollten aus einem Katalog Fragen und Aufgaben auswählen, die von einem bekannten und neutralen Gremium zusammengestellt worden waren. Auf einer für alle sichtbaren Skala wurden die am häufigsten gewünschten ausgewählt und an die Kandidaten weitergereicht.

Die folgende Wartezeit wurde durch ein buntes Showprogramm überbrückt Währenddessen schwebten Abbildungen der sechs Köpfe der Kandidaten im Raum und an einer anderen Stelle sechs Fortschrittsbalken für die erreichte Punktzahl, eine Zuordnung gab es nicht. Zunächst blieben alle ungefähr gleichauf, dann zeigten sich erste Unterschiede.

Als die Zeit abgelaufen war, herrschte gespannte Stille. Selbst Korgh wirkte ein wenig nervös. Es war tatsächlich mehr als eine Show, bei der alles bis ins Kleinste durchgeplant war. Hier entschied sich die Zukunft seiner Familie und die aller damit verbundenen Unternehmen. Korgh musste sich schon sehr sicher über den Erfolg seines Optimierungsprogramms sein, um dieses Risiko einzugehen.

Er trat bis an den Rand der Bühne, hob den Stab und gab ein Zeichen. Die Fortschrittsbalken ordneten sich den Köpfen zu.

Anne hatte es nicht anders erwartet, und doch war sie erstaunt. Die bis vor kurzem nur durchschnittlich Begabten hatten die eigentlich intelligenteren Prominenten allesamt geschlagen.

Die Lantis im Halbrund der Arena spendeten begeisterten Applaus.

Korgh entspannte sich sichtlich. Er ging mit erhobenen Armen hin und her und genoss die Ovationen. Als er genug davon hatte, sorgte er mit einem Zeichen seines Stabs für Ruhe. Dann verbeugte er sich vor dem Publikum und sagte nur einen Satz: „Diese Möglichkeiten stehen ab sofort allen offen."

Ein Raunen ging durch die Arena. Dann wieder tosender Applaus, aber die Show war noch nicht beendet. Korgh sah in Yras Richtung. Er lächelte.

Mit seinem Stab, den er in einem großen Halbkreis schwenkte und der dabei einen strahlenden Lichtbogen produzierte, sorgte er für erneute Stille.

„Ich möchte eine weitere Überraschung ankündigen."

Wieder wurde es still. Jeder hatte wohl damit gerechnet, dass die Präsentation mit der Ankündigung, am Optimierungsprogramm teilzunehmen zu können, beendet sei. Alle sahen gespannt auf Korgh.

„Die Familie Korgh hat nicht nur eine Verbesserung der Intelligenz aller Lantis in naher Zukunft im Blick. Wir denken weiter."

Korgh machte eine kleine Pause, um die Spannung zu erhöhen. Anne wusste, dass der Begriff ‚Familie' bei den Lantis weit gefasst war. Neben den verwandten Mitgliedern umfasste er alle Geschäfte und Unternehmungen; und die ‚Familie' bekam dann jeweils den Namen des prominentesten Mitglieds. Das war in diesem Fall zweifellos Korgh.

Er fuhr mit seiner Ankündigung fort. „Dazu möchte ich Ihnen eine besondere Zusammenarbeit vorstellen."

Eine Bewegung seines Stabs in Yras Richtung machte die bis dahin für die Zuschauer undurchsichtige Wand transparent. Das konnte Anne zwar nicht direkt wahrnehmen, aber an der Reaktion des Publikums war es unübersehbar abzulesen. Alle sahen in ihre Richtung. Und damit es auch die Zuschauer in größerer Entfernung gut sehen konnten, entstand mitten in der Arena eine mehrere Meter hohe Projektion von ihr.

Yra stand auf.

Jetzt wurde sie erkannt - und mit tosendem Applaus begrüßt.

Anne staunte. Sie wusste, dass Yra eine außergewöhnliche Lantis war, aber so bekannt? Und so hohes Ansehen? Das war viel mehr, als man dieser für menschliche Verhältnisse kleinen, grünen Frau zutraute.

Yra ging nach vorne, dorthin, wo auch Korgh stand.

Sie winkte den vielen Lantis zu.

„Ich grüße euch!", hallte es durch die Arena, was den Applaus nochmals anschwellen ließ.

Anne sah auf der großen Projektion, dass Yra atemberaubend aussah.

Korgh schien sich ehrlich zu freuen, sie zu sehen. Und Yra freute sich auch.

Anne wusste nicht, was sie denken sollte, aber dafür war jetzt sowieso nicht der richtige Zeitpunkt.

Jetzt machte Yra den Lantis ein Zeichen, dass sie ruhig werden sollten.

„Die Familien Korgh und Yra haben beschlossen, in einem großen Gemeinschaftsprojekt zusammenzuarbeiten", sagte sie. „Wir werden gemeinsam dafür arbeiten, dass daraus dauerhaft Gesundheit und Fortschritt für alle Lantis entstehen - weit über das Optimierungsprogramm hinaus."

Korgh hatte die Begeisterung der Zuschauer entfacht, und Yra weckte jetzt ihre Neugier, aber sie erlöste sie nicht daraus.

„Noch ist es zu früh für Einzelheiten. Aber ihr wisst, dass unsere Namen hervorragende Ergebnisse garantieren."

Yra strahlte das Publikum an. Sie war fest davon überzeugt, dass dieser Schritt etwas Gutes für alle Lantis bedeutete. Niemand wusste das besser als Anne, die Yras Empfindungen hautnah erlebte. Aber ihr Lächeln und ihr Auftritt ließen das auch alle Zuschauer glauben.

„Bleiben Sie bei uns!", sagte Korgh.

Es war nur eine Formel, wie sie von Lantis verwendet wurde, um potenziellen Interessenten zu sagen, dass sie in Kontakt mit der jeweiligen Firma treten sollten. Aber für Anne klang es wie eine echte Einladung, und sie war überzeugt, dass sich jeder der Zuschauer weltweit für Korghs Firma interessieren würde. Seine Investition in diese Präsentation hatte sich gelohnt, und er würde nicht nur gute, sondern allerbeste Geschäfte machen. Er hatte den Leuten etwas gezeigt, zu dem keiner Nein sagen konnte; er hatte bewiesen, dass es funktionierte; er hatte eine Zukunftsperspektive aufgezeigt; und dabei hatte er noch deutlich gemacht, dass dies alles dem Wohle aller Lantis diente. Korgh hatte seine Sache perfekt gemacht, das musste Anne anerkennen. Und Yra erkannte es genauso an. Ihre Freude über die gelungene Präsentation war echt, und sie freute sich sehr über die kommende, enge Zusammenarbeit mit Korgh.

Korgh stellte sich dicht neben sie - und dann legte er ihren Arm um ihre Taille.

Anne wollte zusammenzucken bei der Berührung durch diesen Mann, aber es ging nicht, denn Yra zuckte nicht zusammen. Sie lehnte sich sogar leicht an ihn und legte ihren Arm ebenfalls um seine Taille.

Mit ihren freien Händen winkten sie dem Publikum ein letztes Mal zu und verließen die Bühne. Der Applaus war selbst durch die geschlossenen Türen zu hören.

Für die Besucher der Präsentation gab es noch ein attraktives Showprogramm, an dem Yra und Korgh kein Interesse hatten. Wichtiger war für sie die After-Show Party, die jetzt schon begann. Hier trafen sich die wichtigsten Geschäftspartner, Mitarbeiter und andere aus den beiden Familien. Alles war großzügig organisiert in der Hoffnung auf einen Erfolg.

Als Erste kamen ihnen Murku und Burla entgegen. Burla - das war doch die, die an den Tafeln auf dem Mond mitgeschrieben hatte. Anne machte wieder einen kurzen Ausflug zur Seite, um aus einem benachbarten Bereich von Yras Gedächtnis mehr über Burla zu erfahren.

Burla, das war ... Anne zuckte überrascht zurück. Das konnte nicht sein. War es möglich, sich beim Verstehen von Yras Erinnerungen zu täuschen? Sie versuchte, innere Distanz zu gewinnen, und betrachtete den Bereich erneut.

Burla war die kleine Schwester von Yra. Es gab keinen Zweifel. Sie hatte eine bedeutende Position in Yras Familie inne und arbeitete schon länger mit Korgh zusammen, hauptsächlich, um die Zusammenarbeit vorzubereiten.

Anne betrachtete Burla durch Yras Augen. Sie war etwas kleiner als Yra, aber ansonsten gab es viele Ähnlichkeiten. Gerade umarmte Burla ihre Schwester und gratulierte ihr zu dem eindrucksvollen Auftritt. Sie küssten sich auf die Wangen und den Mund. Ein eigenartiges Gefühl.

Murku beglückwünschte Yra nur mit Worten. Er war mit einem kleinen Gerät an seinem Arm beschäftigt. Murku war Korghs Stellvertreter in dessen Firma. Aus einem weiteren Abstecher erfuhr Anne, dass er sich nur für Zahlen interessierte. Dazu passte, dass er jetzt einige Grafiken präsentierte. Sie entstanden als dreidimensionale Abbildungen über seiner Hand.

„Die Zugriffszahlen auf unsere Kontaktseiten sind überragend", sagte er. „Wir kommen mit dem Registrieren von Interessenten kaum nach. Wenn die Buchungen für das Optimierungsprogramm nur annähernd so gut sind, werden wir das Geschäft unseres Lebens machen." Er blendete eine neue Grafik ein. „Und wie es aussieht, wird das selbst unsere optimistischsten Prognosen übertreffen."

Korgh wandte sich zu Yra und strahlte sie an. „Das haben wir dir und deiner Familie zu verdanken. Ohne deine Unterstützung hätten wir diese weltweite Präsentation niemals finanzieren können."

Er umarmte Yra und küsste sie ebenfalls.

Anne zog sich zurück. Sie mochte dieses Gefühl nicht, ganz im Gegensatz zu Yra, die den Kuss leidenschaftlich erwiderte.

Anne beschloss, dass sie genug gesehen hatte. Sie hatte wenig Lust auf die After-Show Party, noch weniger Lust auf weitere Erfolgszahlen - und am wenigsten Lust auf Korghs

Nähe. Sie ahnte, worauf es an diesem Abend hinauslaufen würde, und das wollte sie sich um jeden Preis ersparen.

Anne wusste nicht, wie viel Zeit vergangen war. Sie hatte jegliches Zeitgefühl verloren, und es gab auch nichts, das ihr einen Anhaltspunkt gegeben hätte. Irgendwann fand sie sich außerhalb der Erinnerung an dieses besondere Erlebnis wieder. Der Bereich strahlte hinter ihr so hell wie zu der Zeit, als sie angekommen war.

Sie sah sich um. Überall leuchteten weitere Punkte in der unendlichen Weite von Yras Gedächtnis. Sie alle standen für Erlebnisse, an die sie sich erinnerte, und jede war eine kleine Welt für sich. Manche leuchteten ein wenig heller als andere, aber keiner stach bedeutsam heraus. So war das nun mal mit Alltagserinnerungen, nur wenige waren wie ein Leuchtturm, der aus allem anderen herausragte.

Anne wollte sich auf den Weg zurück machen, in ihre Gegenwart, in die Welt, die ihr vertraut war. Nur, wohin musste sie? Sie drehte sich gedanklich um ihre eigene Achse, einmal horizontal, einmal vertikal. Nichts. Keinerlei Anhaltspunkt.

Wie dumm war sie eigentlich gewesen, so ganz ohne Plan in Yras Vergangenheit einzutauchen? Auf dem Hinweg hatte sie sich leiten lassen von diesem hellen, alles andere überstrahlenden Leuchten. Davon wollte sie jetzt weg, aber in welche Richtung?

Sie rekapitulierte das vergangene Ereignis. Nein, sie hatte tatsächlich keinerlei Hinweis auf irgendeine Zeit gefunden. Erinnerungen wurden im Gedächtnis nicht mit Datum abgelegt, wie das bei einem Dokument im Computer geschah. Man konnte sich an Erlebnisse erinnern, ohne zu wissen, in welchem Jahr sie geschehen waren. Ihr war auch nicht bewusst, während ihres Besuchs in der Präsentation so etwas wie einen Kalender gesehen zu haben, obwohl die Lantis das haben mussten. Jede fortgeschrittene Zivilisation brauchte eine exakte Zeitrechnung, sonst hätte sie nichts planen können. Überrascht stellte sie fest, dass sie über die Zeitrechnung der Lantis rein gar nichts wusste. Sie hatte nie etwas darüber gelesen, obwohl sie tausende Dokumente studiert hatte. Das bedeutete, selbst wenn sie eine Zeitangabe finden würde, würde ihr das nicht helfen, weil sie diese nicht in einen größeren Zusammenhang stellen konnte.

Sie schloss gedanklich die Augen und dachte intensiv: *Ich will zurück.*

Sie öffnete die Augen wieder, aber alles war unverändert. So einfach ging es nicht. Sie musste eine Richtung angeben, die sie aber nicht kannte.

Ihr eigener Körper. Wenn sie dem befehlen würde, den Kontakt zu Yra abzubrechen, konnte das funktionieren? Und was würde dann passieren? Sie war schließlich mit einem Teil ihres eigenen Bewusstseins in Yra eingetaucht. Wäre es bei einer Trennung rechtzeitig zurück? Oder würde sie einen geistigen Schaden davontragen? Sie hatte sich in ein Abenteuer gestürzt, ohne wirklich etwas über die Zusammenhänge zu wissen.

Sie entschied: Risiko zu groß.

Anne hatte sich immer ihr kühles, logisches Denken bewahrt – und das sagte ihr jetzt: Du weißt nicht, *wo* du bist, du weißt nicht, *wann* du bist. Und: Du weißt nicht, *wohin* du sollst.

Verdammt! Ich sitze fest!

6.

Frank Wienands trommelte nervös mit seinen Fingern auf die Armlehnen. Am liebsten hätte er Gas gegeben, aber das war bei den autonomen Car-Sharing-Mobilen nicht möglich. Auch ein Lenkrad, das ihm das Gefühl vermittelt hätte, die Sache im Griff zu haben, gab es nicht. So konnte er nichts tun außer zusehen, wie das Auto-Car exakt mit den vorgeschriebenen dreißig Stundenkilometern durch das weitläufige Wohngebiet kroch. Normalerweise genoss er dieses entspannte Fahren. Pünktlich zur bestellten Zeit stand das Auto-Car morgens vor der Haustür des Appartmenthauses, in dem er mit seiner Frau und seinem Sohn wohnte. Man stieg ein, konnte Zeitung lesen, seine E-Mails checken oder etwas Schlaf von einer zu kurzen Nacht nachholen. Der Berufsverkehr floss immer noch dicht und trotz der Kommunikation der Autos untereinander in einem trägen Stop and Go, aber das störte nicht mehr, wenn man sich nicht ständig auf die anderen Fahrzeuge konzentrieren musste. Vor seiner Firma angekommen stieg man einfach direkt am Eingang aus, und das Auto-Car verschwand zum nächsten Kunden. Keine Parkplatzsuche mehr und keine Lauferei. Vor seiner Entscheidung für ein Abonnement für ein Auto-Car hatte Frank alles gründlich durchkalkuliert. Es war nicht billig, aber die Einsparungen durch Parkplatzgebühren, den nicht benötigten Stellplatz in der Tiefgarage des Appartmenthauses und nicht zuletzt die Kosten für ein eigenes Auto wogen das Abonnement bei Weitem auf. Dazu kam die eingesparte Zeit. Früher hatten ihn die Parkplatzsuche in der Bürostadt von Niederrad und der anschließende Weg zur Arbeit mindestens eine halbe Stunde täglich gekostet. Bei etwa zweihundert Arbeitstagen kam man auf fast drei Wochen eingesparte Zeit pro Jahr.

Ein ganzer Urlaub. Frank hatte die Entscheidung noch nie bereut, bis auf heute. Das Auto-Car ließ sich nicht überreden, schneller zu fahren.

Frank sah zum wiederholten Mal auf seine Smartwatch. Halb sechs. Um acht Uhr ging die Party los. Da kamen seine Schwester mit ihrem Mann und noch zwei weitere befreundete Ehepaare. Frank hatte eingeladen, gemeinsam ein Spiel der Eintracht zu sehen. Nein, nicht *ein* Spiel, *das* Spiel. Das Spiel des Jahrzehnts, oder besser noch: des Jahrhunderts. Zum ersten Mal, seit er denken konnte, hatten sie die Chance, die Champions League zu gewinnen. Das war der eine Grund für die Party. Der andere war, dass er dabei seinen neuen 3D-Fernseher präsentieren konnte. Echtes 3D aus einem Lantis-Projektor. Diese Geräte waren der absolute Hit. Alle rissen sich darum, auch Ronaldo, sein Schwager. Dieser Angeber hatte immer die Nase vorn, wenn es um neue Sachen ging. Manchmal konnte man denken, dass er der Meinung war, weil er von seinen Eltern den Namen eines früher berühmten Fußballers bekommen hatte, stünde es ihm zu, immer der Erste zu sein. So benahm er sich jedenfalls. Aber dieses Mal war er, Frank, der mit dem stinknormalen Namen, der Erste. *Er* hatte die Zusage für einen neuen Lantis-3D-Projektor *vor* Ronaldo bekommen. Was gab es für einen besseren Grund, als dieses Ereignis mit einem Fußballspiel zu feiern. Der Mann seiner Schwester kam aus Offenbach und konnte die Eintracht nicht leiden. Alles passte perfekt, eine solche Gelegenheit kam nie wieder.

Hoffentlich kommt sie überhaupt.

Frank presste die Kiefer aufeinander. Wenn dieser Abend ein Reinfall würde, ginge der Schuss gewaltig nach hinten los. Er wäre bis auf die Knochen blamiert, und Ronaldo würde diese Pleite noch bei seiner Grabrede herumposaunen.

Frank sah wieder auf seine Watch. 17:31 Uhr. Und dieser Opa mit seinem altmodischen Selbstfahrauto vor ihm fuhr noch langsamer als dreißig.

„Überhol ihn doch!", schimpfte er in die Fahrerkabine hinein. Natürlich reagierte das Auto-Car nicht darauf. Der Überholvorgang wäre bei dem geringen Geschwindigkeitsüberschuss und dem zu berücksichtigenden Sicherheitsabstand vor der nächsten Kreuzung nicht vollständig abgeschlossen. So etwas hatte er früher nicht so eng gesehen, Auto-Cars sahen das dagegen sehr eng. Sie kannten Verkehrsregeln, die er schon lange vergessen hatte, und sie hielten sich zu einhundert Prozent daran. An alle. Immer.

Frank wusste, dass die gesamte Planung sehr knapp war - aber es war doch *die* Gelegenheit. Das war seine Chance auf eine Revanche für die vielen Male, bei denen sein Schwager die Nase vorn gehabt hatte und mit denen er ihn bei jedem Besuch aufzog. Frank tippte auf die Haus-App seiner Smart-Watch, mit der er sein gesamtes Appartement kontrollieren konnte. Bisher hatte noch niemand die Eingangstür geöffnet, und die Feuermelder hatten noch keine Wärmesignatur registriert, die auf die Anwesenheit eines Menschen hindeutete. Auch so eine Neuerung, an die er sich inzwischen gewöhnt hatte. Dieses Mal kam sie nicht von den Lantis, sondern war eine ureigene menschliche Entwicklung. Das Internet der Dinge. Alles war mit allem vernetzt, und man hatte alles von überall im Griff. Seine anfängliche Sorge vor ständiger Überwachung war im Alltagsgeschäft verblasst, und ändern konnte man es sowieso nicht.

Niemand war zu Hause. Das hieß, Klarissa war noch nicht da, um etwas für die Gäste vorzubereiten, aber viel schlimmer noch: Henrik war auch nicht da. Sein Sohn sollte den neuen 3D-Projektor im Lantis-Shop auf der Zeil abholen. Er hatte sich extra einen Tag freigenommen und war schon früh losgefahren. Eigentlich hätte er um elf Uhr den Projektor in Empfang nehmen und ihn dann zu Hause aufbauen sollen. Ohne Henrik würde die ganze Sache platzen ... Nicht auszudenken.

Warum geht der Kerl nicht ran?

Frank tippte immer kräftiger auf die Wahlwiederholung, was natürlich nichts brachte.

Endlich parkte das Auto-Car vor dem Eingang ihres Appartementhauses. Fast gleichzeitig kam ein weiteres, größeres an. Henrik.

Frank fiel ein Stein vom Herzen.

„Wo bleibst du solange?", fragte er heftiger als beabsichtigt.

„Du ahnst nicht, was im Lantis-Shop los war, verdammt." Henricks rechtes Augenlid flackerte, wie es das immer tat, wenn er mit den Nerven am Ende war. „Die Leute standen die halbe Zeil entlang Schlange, als würde es morgen keine Lantis-Geräte mehr geben."

„Wir hatten eine Zusage für elf Uhr."

„ALLE hatten eine Zusage für heute Vormittag. Ihnen wäre ein Drucker kaputtgegangen, haben sie im Shop gesagt."

„Blödsinn", schimpfte Frank. „Die können bloß den Hals nicht vollkriegen. Haben die Termine drei- oder vierfach belegt. Das ist denen doch egal, wie lange die Leute warten. Du hättest trotzdem früher hier sein müssen."

„Weiß ich." Henrik fuhr sich mit der Hand über die Stirn. Das tat er immer, um sein Augenlid zu beruhigen, aber das wollte nicht ruhiger werden. „Um eins ist ihnen das Pulver für die 3D-Drucker ausgegangen. Das ist wohl wirklich so gewesen, kein Mensch hat überhaupt was aus dem Laden getragen. Es hat einen Tumult gegeben. Ganz Frankfurt scheint sich heute Abend das Spiel auf einem Lantis-Gerät ansehen zu wollen."

„Das Spiel. Scheiße, wir müssen uns beeilen!"

Frank riss die Heckklappe des Auto-Cars auf. Da stand er, der Karton mit dem begehrten Projektor. Er war etwas größer als ein Umzugskarton und trug nur die Beschriftung des Lantis-Shops, keinen Hinweis auf den Projektor. Das war normal, denn der Shop wusste nicht unbedingt, was die Kunden abholten. Jeder konfigurierte sein Wunschgerät individuell bei der Bestellung über Internet, und am Abholtermin wurde es dann mit 3D-Druckern hergestellt. Nötig war nur der Einbau einiger Module mit Chips, für die die Drucker noch nicht exakt genug arbeiteten. Lagerhaltung gab es nicht mehr.

„Fass mal mit an!", forderte Frank.

Gemeinsam hoben sie den Karton aus dem Kofferraum. Sobald Frank die Heckklappe schloss, fuhr das Auto-Car davon. Der Auftrag war erledigt und das Geld wahrscheinlich schon abgebucht.

Kurze Zeit darauf standen sie in der Wohnung vor einem Quader, der nur wenig kleiner als der Verpackungskarton war. Die Pappe und das Styropor lagen achtlos verstreut herum.

Frank ging einmal um das neue Teil. Vielleicht hätte er doch etwas mehr Geld in die äußere Erscheinung investieren sollen. Er hatte die billigste Variante gewählt, weil der Rest schon teuer genug war. So sah der Projektor tatsächlich nur aus wie eine graue Metallkiste.

„Sieht nicht cool aus", bemerkte Henrik dann auch.

„Es kommt drauf an, was drin ist", sagte Frank. „Wie wird er installiert? Was haben sie dir im Shop dazu gesagt?"

Henrik zuckte mit den Schultern. „Nicht viel. Soll alles von allein gehen."

Franks Hoffnung, doch noch auf den letzten Drücker fertig zu werden, schrumpfte merklich. Er war Software-Entwickler und hatte es schon zu oft gehört - und kaum weniger oft selbst gesagt: Das geht wie von selbst. Sie müssen nur ...

Ja, man musste nur. Und dann passte da eine Schnittstelle nicht, oder die Anwendung kam mit einem bestimmten Betriebssystem-Upgrade nicht zurecht, oder, oder.

„Wie sieht es denn hier aus?", kam eine Stimme von der Tür. Klarissa. „Habt ihr noch alle Tassen im Schrank? Wir kriegen gleich Besuch. Und ihr schmeißt einfach alles in der Gegend herum."

„Wo kommst du eigentlich her?", versuchte Frank von der Unordnung abzulenken. „Ich hatte gedacht, du wärst schon lange an den Vorbereitungen."

Klarissa lief rot an. Er wäre wohl doch besser bei der Unordnung geblieben.

„Wo ich herkomme, fragst du? Von der Arbeit natürlich. Was denkst du denn? Von einem Kaffeekränzchen? Ich musste Überstunden machen, und das alles nur wegen diesem Scheiß Lantis-Kram. Seitdem alle Welt dieses Zeug haben will, arbeiten wir rund um die Uhr."

Das hatte Frank schon mitbekommen, und es passte zu dem, was Henrik berichtet hatte. Klarissa arbeitete im Industriepark Höchst in einem großen Chemieunternehmen, das einer der Hauptanbieter für die verschiedenen Sorten Pulver war, das die 3D-Drucker für die Herstellung der Lantis-Geräte benötigten. Irgendwie arbeitete jeder in irgendeiner Art und Weise an Aufgaben, die mit den Lantis zu tun hatten. Die Menschen stürzten sich so sehr auf diese neuen Technologien, dass es sich kein Unternehmen leisten konnte, die Ergebnisse der Lantis-Forschung zu ignorieren. Wer es doch tat, wurde an der Börse sofort abgestraft. Und man musste schnell sein. Die Ersten machten die größten Geschäfte, die Gesundheit der Mitarbeiter kam erst an zweiter Stelle. Die Gewinne waren enorm. Sie wurden nur noch übertroffen von den Versprechungen, die gemacht wurden - wie auch im Lantis-Shop auf der Zeil.

Frank wusste, dass bloße Worte Klarissa nicht besänftigen konnten. Er bückte sich und begann, Styropor aufzusammeln.

„Wir räumen sofort auf", sagte er. „Henrik, du kümmerst dich um die Pappe."

Henriks Augenlid flackerte wieder. Auseinandersetzungen mit seiner Mutter mochte er nicht.

„Das Ding ist hässlich", sagte sie.

„Auf das Aussehen kommt es nicht an", beschwichtigte Frank. „Wichtig ist, was es bringt. Dann wirst du alles andere vergessen."

„Und? Was bringt es?"

Frank und Henrik sahen sich an.

Klarissa deutete den Blickwechsel richtig. „Ihr wisst es noch nicht? Gleich kommt mein Bruder und ihr steht hier mit einem hässlichen Kasten und wisst noch nicht mal, ob das Ding funktioniert. Ich fasse es nicht!"

„Ich hab's nicht eher geschafft ...", wollte Henrik erklären, aber Frank schnitt ihm das Wort ab.

„Du kannst später alles erzählen, jetzt müssen wir dieses Teil in Betrieb nehmen. Oder willst du, dass der Abend ein Reinfall wird?" Er sah Klarissa an.

Die sah grimmig zurück. „*Ich* werde dafür sorgen, dass *mein* Teil funktioniert. Und das Gleiche rate ich euch auch."

Klarissa verschwand in der Küche.

Frank atmete auf.

„Los jetzt! Was müssen wir tun?"

Henrik malte mit seinen Fingern eine Zahlenkombination auf ein markiertes Feld auf der Oberfläche. Bis auf eine kleine LED-Anzeige, die aufleuchtete, geschah nichts. Frank wurde nervös. Bei Computern gab es immer irgendwelche Schalter oder Schlitze, in die man etwas stecken konnte. Am besten war eine Tastatur. Hatte er so etwas unter seinen Fingern, leistete ihm kein Computer lange Widerstand, aber hier gab es rein gar nichts. Er fühlte sich hilflos.

Nach einer gefühlten Ewigkeit begann die Luft über dem Kasten zu flimmern, aber nur in einem schmalen Bereich.

„Es tut sich was", sagte er erleichtert.

Symbole erschienen. Eines war eindeutig der 3D-Projektor. Das zweite Symbol identifizierte Frank als den Adapter für die drahtlose Energieversorgung des Appartements. Zwischen beiden Symbolen stand eine feine Linie. Der Projektor hatte sich an die Energieversorgung angeschlossen. Nacheinander erschienen weitere Symbole.

„Der Projektor scannt unser Netzwerk", sagte Henrik. „Das da müssen unsere Rechner sein und das die Soundanlage."

Es folgten die Heizung, der Kühlschrank, die Klimaanlage, bis zuletzt alle elektronischen Geräte erfasst waren. Das war gut, aber noch nicht, worauf Frank wartete. Endlich erschien ein Symbol für externe Verbindungen.

Frank tippte mit dem Finger darauf.

Augenblicklich bildete sich eine endlos erscheinende Liste mit verfügbaren Kanälen. Das ging tatsächlich einfacher als gedacht. Frank gruppierte sie nach Themen und wählte schließlich „Sport". Das Cricket-Turnier in Brighton interessierte ihn wenig, aber die Eingrenzung auf Fußball und anschließend die Champions League war kein Problem. Die Vorberichterstattung hatte schon begonnen.

„In der Werbung sah das anders aus", bemerkte Henrik. „Und bei den Mustern, die wir uns angesehen haben, auch."

Tatsächlich war die Wiedergabe in 3D, aber viel flacher als erwartet und ganz offensichtlich künstlich aufbereitet.

„Das wird schon noch", tröstete Frank - und hoffte, dass es wirklich so sein würde. So kurz nach der Einführung von echtem 3D gab es noch nicht allzu viele umgerüstete Kamerasysteme, entsprechend mager war das Angebot an wirklichen 3D-Filmen. Das meiste Material wurde künstlich aufbereitet. Das war der Grund, weshalb man mit Sendungen von Live-Material bei Fußballspielen begonnen hatte. In den Stadien gab es ohnehin einen ganzen Wald von Kameras, und bei den hohen Zuschauerzahlen lohnten sich die Investitionen in die neue Technik.

Der Beitrag wechselte von der Wiedergabe historischer Szenen zum aktuellen Spielfeldgeschehen und zeigte die Spieler, wie sie sich auf dem Platz warm schossen. Gleichzeitig wuchsen kleine Säulen an den Ecken der Oberfläche des Kastens, bis sie etwa fünfzehn Zentimeter hoch waren. Man konnte fast spüren, wie die Spannung zwischen ihnen stieg. Die Luft flimmerte, und dann wuchs der Kubus der Darstellung auf die dreifache Größe. Es sah aus, als ob er über dem Kasten schwebte. Das war jetzt das wirkliche 3D. Die Spieler sahen täuschend echt aus, wie lebendige Menschen, nur kleiner.

„Wow!", stieß Henrik aus.

„Es funktioniert!" Frank hatte sich selten so leicht gefühlt. Jetzt konnten die Leute kommen, der Abend würde garantiert kein Reinfall werden - jedenfalls von der Technik her nicht. Es kam immer noch darauf an, wie die Eintracht spielte, bei denen wusste man nie. Auf geniale Momente folgten ebenso geniale Katastrophen. Aber das war fast schon nicht mehr so wichtig. Jetzt konnte sich nur noch die Eintracht blamieren, aber nicht er mit einem nicht funktionierenden Gerät.

Henrik und er sahen fasziniert zu, was ihnen der Projektor zeigte - bis sie von einer lauten, ärgerlichen Stimme aus der Küche gestört wurden.

„Kann endlich mal jemand von euch aufmachen? Es klingelt schon zum dritten Mal."

Offensichtlich hatte Klarissa auch nicht zum ersten Mal gerufen. Frank hatte es gar nicht bemerkt. Widerwillig riss er sich von dem Bild des Projektors los und ging zur Tür.

Die dunkle Seite des Erbes

Der kleine Monitor der Schließanlage zeigte Ronaldos breites Gesicht, dahinter standen weitere Leute. Frank betätigte den Öffner.

„Na? Haben wir dich aus dem Bett geklingelt?", fragte Ronaldo, als er zur Appartementtür hereinkam.

„Mach den anderen Platz, die wollen auch noch rein", sagte Frank nur.

Nach der allgemeinen Begrüßung ging es ins Wohnzimmer. Ronaldo voran, wie immer. Aber plötzlich blieb er stehen, so dass Frank fast gegen ihn gelaufen wäre.

„Was ist das denn?", fragte Ronaldo.

„Siehst du doch", sagte Frank, „oder kennst du sowas noch nicht?"

„Wow.,ich fasse es nicht! Ein echter Lantis 3D-Projektor. Wahnsinn!"

Die anderen drängten hinterher, weil sie auch etwas sehen wollten. Frank genoss die begeisterten Ausrufe. Warum hatte er bloß keine Videoaufzeichnung programmiert, damit er sich das später noch mal ansehen konnte?

„Wie bist du denn da dran gekommen?", wollte Ronaldo wissen.

Frank zuckte betont lässig mit den Schultern. „Man muss eben schnell sein. Und gut."

Ronaldo überhörte die Anspielung. Er ging ganz nah an das Gerät heran und piekste mit seinem Finger in das Bild.

„Willst du den Schiedsrichter kitzeln?", witzelte Cornelius, ein Freund von Frank.

Ronaldo lachte. „Das hebe ich mir für das Spiel auf. Vielleicht hat die Eintracht ja dann eine Chance."

Frank fragte sich, ob es wirklich eine gute Idee gewesen war, Ronaldo einzuladen. Hoffentlich vermasselte er nicht den ganzen Abend, indem er über die Eintracht herzog.

„Setzt euch, es fängt gleich an."

Die Leute nahmen auf den Sitzgelegenheiten Platz, Henrik verteilte Bier und Klarissa Teller mit Häppchen.

Ronaldo hatte sich natürlich sofort den Fernsehsessel geschnappt, stellte Frank fest. Aber er beschloss, sich nicht zu ärgern. Das hier sollte sein Abend werden.

Das Spiel wogte hin und her. Mal jubelte Frank, mal Ronaldo. Er war nicht für die gegnerische Mannschaft, der FC Arsenal interessierte ihn wenig. Er war generell für alle, die gegen die Eintracht spielten.

Frank beschloss, Ronaldo nie wieder zu einem Fußballspiel einzuladen, aber darüber wollte er jetzt nicht nachdenken. Es war einfach zu spannend. Die Eintracht machte ihre Sache gut, allerdings war offensichtlich, dass die Spieler müde wurden. Hatten sie das Spiel anfangs dominiert, kippte es immer mehr. Besonders der Torwart zeigte Schwächen.

Frank hatte feuchte Hände. Die Technik war vergessen. Immer wieder warf er einen Blick auf die oben links eingeblendete Uhr. Es stand zwei zu zwei. Unentschieden. Hoffentlich kassierten sie nicht in den letzten Minuten noch einen Treffer. Das war eine alte Schwäche der Eintracht. Auch eine Nachspielzeit würden sie kaum überstehen. Nicht so, wie sie jetzt spielten.

Frank wurde immer stiller. Im Gegensatz jubelte Ronaldo bei jedem guten Zug der Gegner, und davon gab es einige.

Da. Wieder ein mächtiger Schuss. Die Abwehr der Eintracht hatte gepennt. Frank blieb fast das Herz stehen. Der Schuss krachte gegen die Latte. Ronaldo fluchte.

Der Ball prallte zurück, Max Hofer, dem Kapitän der Frankfurter, direkt vor die Füße. Der tat das einzig Richtige: Er drehte sich um und lief los. Die Abwehrspieler des Gegners nahmen sofort die Verfolgung auf, der Abstand wurde zusehends kleiner.

„Warum schießt der nicht?", rief Frank verzweifelt.

„Der kann nicht mehr", sagte Ronaldo. Und Frank sah, dass er recht hatte. Hofer lief schon nicht mehr rund. Ein

Krampf. An der Strafraumgrenze. Und immer noch kein Schuss. Es wirkte, als wollte er den Ball ins Tor tragen. Ein Abwehrspieler war jetzt heran. Der Frankfurter versuchte einen Schuss, aber der gegnerische Spieler rempelte ihn an. Hofer stolperte, der Schuss ging daneben.

„Scheiße, Scheiße, Scheiße!", brüllte Frank.

Ronaldo lachte. „Weicheier. Fallobst."

Dann die Wiederholung. Der Abwehrspieler war Hofer sehr heftig angegangen. Es gab Diskussionen zwischen den Schiedsrichtern. Auf einem kleinen Monitor sahen sie sich die Szene aus mehreren Perspektiven noch einmal an, die Zuschauer im Stadion sahen das Gleiche auf den großen Videowänden.

Frank ballte die Fäuste, dass die Knöchel weiß hervortraten. Er biss die Zähne zusammen. Jetzt war auch Ronaldo still. Alle warteten auf die Entscheidung. Die lag trotz des Videobeweises bei den Unparteiischen.

Elfmeter!

Frank sprang auf und brüllte immer wieder „Ja! Ja!", so laut, dass es die ganze Siedlung hören musste.

Ronaldo fluchte nicht weniger laut.

Auch auf dem Spielfeld herrschte Unruhe. Es dauerte, bis der Ball auf dem Elfmeterpunkt lag.

Frank kroch fast in das Bild des Projektors, Ronaldo genauso, nur von der gegenüberliegenden Seite. Die anderen verteilten sich rundum.

Die Kamera konzentrierte sich auf den Frankfurter Spieler. Sie zoomte näher und näher heran, bis Hofers Kopf lebensgroß vor Frank stand. Er sah seinem Fan direkt in die Augen.

„Der ist fertig", bemerkte Ronaldo.

Frank sah es auch. Der Kapitän hatte sich in dem Spiel über seine Grenzen hinaus verausgabt, in den Augen stand nur noch die Kraft der Verzweiflung.

„Das schafft der nie", stichelte Ronaldo.

„Halt den Mund!"

Ronaldo griff in das Bild hinein und tat so, als würde er den Ball vom Elfmeterpunkt wegschnippen.

„Lass das! Oder ..."

„Oder was?"

„Oder du warst das letzte Mal bei mir eingeladen."

Ronaldo zog seine Hand lachend zurück. „Hast Recht. Der schießt auch ohne mich daneben."

Jetzt gab der Schiedsrichter den Ball frei. Eine andere Kamera übernahm das Bild. Jetzt sah Frank Hofer von hinten, fast so, als würde er selbst vor dem Tor stehen.

Der gegnerische Torwart reckte die Arme, erst hoch und dann zur Seite. Er machte sich groß und trat einen Schritt vor.

Hofer lief an und - traf den Ball nicht richtig.

„Hah!", brüllte Ronaldo.

Durch den seltsamen Tritt flog der Ball nicht so, wie der Torwart sich das gedacht hatte. Er kam nur noch mit den Fingerspitzen dran. Der Ball trudelte gegen den Pfosten - und rollte mit letzter Kraft über die Linie.

„Tor! Toor! TOOOOOOR!"

Frank brüllte alles hinaus, was in ihm steckte, die anderen nahm er gar nicht mehr wahr.

Er sprang um den Projektor herum wie ein kleines Kind. Ronaldo sah ihm grimmig zu, die anderen klopften ihm auf die Schultern.

Als die Wiederholungen vorüber waren und er sich wieder beruhigt hatte, entschied er voller Glück: „Das muss gefeiert werden."

Bier hatte es vorher schon reichlich gegeben, aber jetzt machte er seine Bar auf. Darin standen etliche Flaschen Whisky, einige davon ziemlich teuer. Ronaldo nahm sich sofort den teuersten.

Die Feier im Stadion, aber auch die bei Frank zog sich lange hin. Die Reihe der leeren Flaschen wuchs. Noch ein

Vorteil der Auto-Cars: Die Gäste mussten auf ihren Alkoholpegel keine Rücksicht nehmen. Ein gravierender Nachteil für den Gastgeber: Dieser Abend wurde teuer, aber was zählte bei solch einem Sieg schon das Geld?

Irgendwann wachte Frank auf, es musste gegen Morgen sein. Wie er ins Bett gekommen war, wusste er nicht. Klarissa lag neben ihm, im Appartement war es ruhig, die Gäste waren weg. Schon lange? Unwichtig.

Frank drehte sich zur Seite und dann wieder zurück. Ein erneutes Einschlafen wollte nicht gelingen. Also stand er auf, einiges von dem Bier wegbringen, das er getrunken hatte. Der Projektor lief noch, zeigte aber kein Bild. Den hatte er wohl vergessen auszuschalten. Er berührte das Symbol, um den Projektor herunterzufahren. Nichts tat sich. Noch ein Versuch. Wieder nichts. Frank schüttelte den Kopf, um wacher zu werden. Au! Das tat weh!

Der Projektor wollte ihm immer noch nicht gehorchen. Dann fiel Frank auf, wie warm es in der Wohnung war. Die Heizung lief auf vollen Touren, die Klimaanlage auch. Das durfte es nach den Regeln der Haussteuerung eigentlich nicht geben. Er ging in die Küche. Auch hier: Alle Geräte waren an. Frank konnte sich nicht erinnern, sie eingeschaltet zu haben. Im Bad brannte Licht. Hatte es das im Wohnzimmer und in der Küche nicht auch getan?

Frank ging in sein Arbeitszimmer. Auch hier war es hell. Sein Laptop lief, die Festplatte machte irgendetwas. Er setzte sich davor und betätigte eine Taste. Der Rechner reagierte wie gewohnt. Frank rief das Programm der Haussteuerung auf. Das wollte nicht.

Plötzlich wurde es dunkel.

Frank stand auf und schaltete das Licht wieder an. Er sah in die anderen Räume, auch hier war es dunkel. Die Geräte in der Küche hatten sich abgeschaltet, der Projektor im

Wohnzimmer auch. Er horchte auf die Klimaanlage, aber die war still. Alles war so, wie es immer war.

Hatte er das alles nur geträumt? Sein Kopf pochte. Die Feier gestern ... sie hatten eine Menge getrunken, seine Vorräte waren fast alle. Aber es war auch zu gut gewesen. Dieser neue Lantis 3D-Projektor war der helle Wahnsinn, er war jeden der vielen Euros wert. Es war, als würde man mit seinen Spielern auf dem Feld stehen. Und dann noch dieser dramatische Sieg der Eintracht und gleichzeitig die Niederlage Ronaldos. Das musste ordentlich begossen werden - aber deshalb Halluzinationen bekommen?

Unwillkürlich tauchten Gedanken auf, die er am Anfang gehabt hatte, als sie in das Appartement gezogen waren. Was wäre, wenn jemand die Haussteuerung hacken würde? Dieser Jemand würde alles über seine Familie erfahren können.

Frank sah zum Feuermelder hoch, der als unscheinbares rundes Kästchen unter der Decke hing. Jeder Wohnungsbesitzer musste einen haben, und dass man ihn über die Haussteuerung an ein Alarmnetz anschloss, war üblich. Was man allein mit Hilfe dieses winzigen Dings herausfinden konnte. Nicht nur, wenn es brannte. Auch, wenn in der Küche etwas überkochte, wenn Klarissa vergessen hatte, das Bügeleisen auszumachen, überhaupt, wenn jemand im Appartement war. Sogar, wenn sie Sex hatten. Leicht erhöhte Temperatur im Schlafzimmer.

Frank war nicht wohl gewesen bei diesen Gedanken, aber Klarissa hatte nur gelacht. „Was macht das schon, wenn ein Hacker herausfindet, dass wir Sex hatten? Das sieht man dir sowieso an, wenn du morgens mit einem Grinsen im Gesicht aus dem Haus gehst."

Die Vorteile waren einfach übermächtig, und moderne Appartements oder Häuser ohne Steuerung waren nicht mehr zu bekommen. Außerdem waren diese Programme durch Firewalls abgesichert.

Frank nahm sich noch einmal die Haussteuerung vor. Sie startete sofort. Er rief die Anzeige für die vergangene Stunde auf, denn so ein Programm protokollierte alles mit. Meistens war das überflüssig, aber manchmal ganz brauchbar. Die Daten zeigten nichts Ungewöhnliches an. Hatte er sich tatsächlich das alles nur eingebildet?

Er prüfte die Firewall. Alle Anzeigen standen auf grün, ihr Appartement war sicher.

Eine letzte Kontrolle gab es noch. Der Stromverbrauch der letzten zwölf Stunden. Diese Daten waren besonders geschützt, weil die Stromversorger sie zur Abrechnung benutzten. Die Verlaufskurve war eindeutig: Während der Party war der Verbrauch etwas erhöht gewesen, aber dann gegen null gesunken. Nur der Kühlschrank hatte sich einmal in der Nacht mit minimalem Verbrauch eingeschaltet.

Der Whisky war wohl doch zu viel gewesen.

Frank schleppte sich zurück ins Bett.

7.

Sie war orientierungslos. Dieses Gefühl kannte Anne nicht. Sich immer und überall orientieren zu können, war eine ihrer Stärken. Sie hatte den Kurs von Sonden durch die Weiten des Sonnensystems berechnet. Oder auf dem Mond, dort hatte Fang Si, die chinesische Agentin, sie in eine ausweglose Lage manövriert. Fang hatte sie und Olaf an einer entfernten Stelle abgesetzt, ohne Funk und nur mit einem Rest Sauerstoff, der nicht für den Rückweg reichte. Nur wegen ihrer besonderen Orientierungsgabe hatte Anne eine Abkürzung gefunden, über eine nach irdischen Maßstäben unüberwindbare Schlucht hinweg. Aber jetzt? Jetzt saß sie in Yras Erinnerungswelt fest und wusste nicht mehr weiter.

Den herausragend leuchtenden Erinnerungspunkt mit Yra und Korgh in der Arena hatte sie lange hinter sich gelassen. Sie hatte unzählige andere Erinnerungen Yras besucht, aber keine hatte ihr weitergeholfen. Das Gehirn merkte sich Ereignisse ohne Zeitangabe. Das war ihr nicht bewusst gewesen. Da gab es herausragende Erlebnisse, an die man sich erinnerte, als wären sie gestern erst geschehen, während anderes verblasste und einfach nur da war. Wann etwas geschehen war, konnte man nur aus dem großen Zusammenhang erkennen. Dann wusste man, dass man diesen bestimmten Urlaub nach der Abschlussprüfung gemacht hatte oder dass das erste Date mit dem netten Jungen aus ihrer Klasse nach ihrem Schulausflug in die Rhein-Main-Therme stattgefunden hatte. Diese Zusammenhänge kannte man aber nur bei sich selbst und nicht als Besucher in den Erinnerungen von jemand anderem.

Nach einiger Zeit hatte sie es dann doch versucht und ihrem Körper befohlen, sich von Yra zu trennen, Risiko hin oder her.

Nichts war geschehen. Einfach nichts.
Ich bin nicht mehr Herr über meinen eigenen Körper!
Dieser Gedanke hatte sie weit in Yras Erinnerungswelt hineinkatapultiert. Wahrscheinlich noch weiter weg vom Ausgang.

Große Sorgen machte sie sich keine, denn ihr Problem würde sich auf natürliche Weise lösen. Ihr Körper konnte nicht ewig an diesem Tisch im Appartement sitzen bleiben und den Kontakt zu Yra aufrechterhalten. Es war also nur eine Frage der Zeit, was allerdings schlimm genug war. Korgh saß sicherlich nicht tatenlos herum.

Wie lange kann man bewegungslos auf einem Fleck sitzen?
Anne wusste es nicht. Normalerweise stand sie nach einer Stunde auf, ging umher und lockerte sich. Aber das war immer eine bewusste Entscheidung, und die zählte hier nicht.

Irgendwann spürte Anne ein Ziehen. So musste es vermutlich sein, wenn man schwerelos im Weltraum dahintrieb und dann in die Anziehungskraft eines Planeten geriet. Anne gab dem Zug nach. Sie hätte sich dagegen wehren können, aber was hätte das gebracht?

Neugierig, wohin der Weg sie führen würde, beobachtete sie, wie die Erinnerungspunkte immer schneller an ihr vorüberzogen. Irgendwann ahnte sie, wohin es ging: Zum Ausgang!

Endlich! Konnte ihr Körper nicht mehr still sitzen? Oder hatte jemand von außen etwas in Gang gesetzt, um sie zurückzuholen?

Langsam kehrte das Gefühl für ihren eigenen Körper zurück. Er fühlte sich fremd und vertraut zugleich an.

Sie öffnete die Augen. Vor ihr saß Yra. Was war das schön, dieses grüne Gesicht zu sehen. Von außen. Yra saß immer noch mit geschlossenen Augen da, die Handflächen gegen Annes gepresst.

Anne gab ihren Händen den Befehl, sich zurückzuziehen. Es funktionierte! Erst jetzt bemerkte sie, wie jemand ihren Nacken massierte und leise zu ihr sprach: Aroon Bakshi.

Sie drehte sich um. Bakshi wirkte erleichtert.

„Danke!", sagte Anne mit einem tiefen Seufzer.

Aroon nickte. „Ich gehe jetzt zu Yra."

Aber das war nicht mehr nötig. Yra schlug von sich aus die Augen auf. Für einen Moment glaubte Anne, in Yras Pupillen die Punkte zu sehen, wie sie auch in Yras Erinnerungen gewesen waren. Sie gingen in einem Wirbel unterschiedlicher Grüntöne unter. Anne deutete es so, dass auch Yra sich erst orientieren musste.

Ihr Nacken tat weh. Trotz Aroons Massage waren ihre Muskeln vollkommen verspannt.

Sie versuchte vorsichtige Bewegungen mit den Schultern. „Meine Güte, ich glaube, ich werde alt. Stundenlang bewegungslos rumsitzen ist nichts mehr für mich."

Aroon starrte sie an. „Stundenlang? Heute ist der dritte Tag."

„Drei Tage?" Anne wurde schwindlig. „Das ist unmöglich!"

Aroon zeigte auf die Digitaluhr an der Wand. Unter der Zeitanzeige stand klein das Datum. „Es ist so."

Annes Gedanken kamen erst langsam wieder in Gang. „Die ganze Zeit haben wir so dagesessen, ohne uns zu bewegen?" Sie horchte in sich hinein. „Ich spüre kaum Durst, nur etwas Hunger."

„Ich habe euch Flüssigkeit eingeflößt. Multivitaminsaft."

„Du scheinst dich gar nicht so sehr zu wundern. Andere wären in Panik geraten und hätten einen Arzt gerufen."

Aroon rutschte auf einen Stuhl, was bei ihm so wirkte, als würde er größer. „Ich habe mir gedacht, ihr macht so eine Art Meditation. Ich kenne das aus meinem Dorf in Indien, in dem ich aufgewachsen bin. Da hatten wir einen

Guru, der draußen auf einer Lichtung im Wald gelebt hat. Der hat manchmal wochenlang nur dagesessen, ohne sich zu bewegen. Seine Jünger haben ihn mit Wasser versorgt, sonst nichts."

„Sie haben ihn nicht geweckt?"

„Das war nicht so einfach. Einmal, als seine Jünger beschäftigt waren, sind wir mit ein paar Jungs hin und haben ihn angestoßen. Er ist umgekippt wie eine Statue."

Anne stellte sich das bildlich vor und musste lachen. „Und davon ist er dann wachgeworden?"

„Keine Ahnung. Die Jünger haben es bemerkt - und wir hatten nur noch im Sinn, unsere Haut zu retten. Als wir später nachgesehen haben, hat er wieder dagesessen wie vorher. Ob er das selbst gemacht hat oder seine Jünger ihn wieder hingesetzt haben, weiß ich nicht."

„Wir haben nicht meditiert", sagte Anne. „Bei uns ist das etwas anderes. Wir können über unsere Nerven kommunizieren."

„Oh, darüber wüsste ich gerne mehr. Auf jeden Fall waren eure Körperfunktionen herabgesetzt, sonst hättet ihr nicht so lange durchgehalten."

„Warum hast du uns dann geweckt?"

„Myers", erklärte Aroon. „Er hat jeden Tag zweimal angerufen und war zuletzt richtig böse. Er hat gesagt, wenn ihr euch nicht bald meldet, kommt er mit seiner Truppe vorbei."

„Myers, verdammt! Der wartet auf unseren Bericht."

Er hatte jedes Recht, wütend zu sein. Sie hatte immer gedrängt, und jetzt war sie selbst so lange überfällig. Sie konnte Unzuverlässigkeit nicht leiden, und jetzt war sie es selbst gewesen. Das würde sie rechtfertigen müssen.

Seit der Splitter von Yras Lebenskristall ihr Gehirn verändert hatte, konnte sie schneller denken als andere Menschen, aber jetzt war es für ihren Geschmack noch viel zu langsam. Sie spielte alle Optionen durch, die sie gegenüber

Myers besaß, aber keine davon war zufriedenstellend. Einfach alles offenzulegen, was mit ihr und Yra möglich war, kam nicht in Frage. Eine gewisse Privatsphäre wollte sie sich bewahren, gerade Myers gegenüber, dem Chef aller Schnüffler. Sich hinter Lügen und Ausflüchten zu verstecken, war nicht ihre Art, und wegen Myers würde sie sich nicht verbiegen. Sie musste die Dinge einfach auf sich zukommen lassen.

„Ich rufe Myers sofort an", sagte sie und wollte aufstehen.

Aber ihr Körper wollte nicht. Es ging nur ein bisschen und tat höllisch weh. Sie fiel auf die Sitzfläche zurück.

„Au!"

„Langsam", bremste Aroon. „Dein Körper muss sich erst wieder an Bewegung gewöhnen."

„Ich hab es aber eilig!"

Aroon schüttelte den Kopf. „Wenn du es jetzt übertreibst, wirst du Probleme bekommen, die dich noch viel mehr ausbremsen werden."

Anne seufzte. „Dann bring mir wenigstens das Telefon."

Aroon runzelte die Stirn. „Ein Guru bist du definitiv nicht. Was du in einer Minute erledigen willst, dafür brauchen die einen ganzen Tag."

„Wir haben ja auch nicht meditiert, selbst wenn es so aussah. Wir sind auf der Jagd nach einem hochgefährlichen Lantis, der jede Minute für seine Pläne nutzt. Wir haben dagegen drei Tage verbraucht, ohne wirklich weitergekommen zu sein."

Anne winkte Aroon, dass er sich beeilen sollte. Diese einfachen Bewegungen gingen schon wieder. Das Telefon zu halten, ging auch, die Nummern einzugeben war schon schwieriger. Sie musste sich voll konzentrieren, um sich nicht zu vertippen.

„Myers", klang es aus dem Hörer.

Es war nur dieses eine Wort, aber es war angefüllt mit unterdrückter Wut und kaum gebändigtem Stress. Myers schien unter ungeheurem Druck zu stehen, mehr, als Anne erwartet hatte.

„Anne Winkler hier, bitte entschul..."

„Wer Sie sind, sehe ich im Display, und eine Entschuldigung können Sie sich sparen. Dafür habe ich keine Zeit."

„Hat Korgh schon so viel angerichtet?"

„Sie meinen diesen kleinen grünen Lantis? Der ist wirklich nicht mein größtes Problem."

„Was ist los?"

Anne hörte eine Stimme im Hintergrund nach Myers rufen.

„Keine Zeit für lange Erklärungen", sagte er. „Kommen Sie vorbei, aber allein. Diese andere Lantis, diese Yra, kann ich nicht gebrauchen."

Knack. Die Verbindung war unterbrochen.

Anne sah das Telefon in ihrer Hand an. Das war anders gelaufen, als sie gedacht hatte. Sie hatte mit einer Zurechtweisung gerechnet, mit einer Forderung nach Erklärungen oder mit einem Ende der Zusammenarbeit. Und jetzt das.

„Was ist los?", fragte Yra. „Du siehst nicht gut aus."

„Ich soll zu Myers kommen. Es muss einiges passiert sein in den letzten Tagen."

Yra reckte vorsichtig ihre Arme, auch sie war verspannt. „Eigentlich wollte ich wissen, was du in den letzten Tagen herausgefunden hast. Du hast ziemlich lange gebraucht. Aber du kannst es mir ja unterwegs erzählen."

„Ich soll allein kommen."

Yra konnte auch schnell denken. „Ich habe ihn wohl zu sehr geärgert. Er kann niemanden ausstehen, der sich nicht von ihm herumkommandieren lässt. Hm. Walter will er auch nicht sehen?"

„Myers wird wissen, dass er nicht mehr in Lantika ist."

„Schnüffler!"

„Das ist sein Job." Anne sah in Yras Augen mit ihren stets wechselnden Mustern. „Ich würde auch gerne über das sprechen, was ich in dir gesehen habe. Ich verstehe es nämlich nicht. Und ich würde gerne wissen, warum ich es nicht zurückgeschafft habe." Sie stützte ihre Hände auf der Tischplatte ab. „Aber ich muss los. Ich sollte Myers jetzt nicht nochmal warten lassen."

Mit Unterstützung ihrer Arme gelang es, aufzustehen. Für die wenigen Schritte bis zur Appartementtür brauchte sie ihre ganze Konzentration. Aber allmählich ging es schon etwas besser, ihr Körper kehrte in den Normalzustand zurück. Nicht nur ihre Muskeln, auch ihr Magen. Er knurrte bedrohlich.

„Verstehe", sagte Aroon, lief zur Obstschale und kehrte mit einem Bündel Bananen zurück. „Eigentlich müsstest du mit Suppe anfangen, aber das passt jetzt wohl nicht."

„Nein", sagte Anne und nahm das Bündel.

Die Fahrt mit dem Aufzug ins Erdgeschoss schien eine Ewigkeit zu dauern. Sie hatten drei Tage verloren.

Im unterirdischen Hauptquartier der NSA wimmelte es wie in einem Ameisenhaufen. Mindestens die doppelte Anzahl Mitarbeiter wie bei ihrem ersten Besuch wuselten durcheinander und verursachten einen anhaltenden Geräuschpegel. Über alldem thronte der Leitstand, von dem aus General Myers alles überblicken konnte. Ein kleiner drahtiger Mitarbeiter hatte Anne am Eingang in Empfang genommen und brachte sie jetzt zu Myers. Ihre Fragen überhörte er, als hätte sie sie gar nicht gestellt.

Als Anne die wenigen Stufen zum Leitstand hochging, hatte sie das Gefühl, dass sich die Anspannung, die sie in dem ganzen großen Saal spüren konnte, hier oben fokussierte wie die Strahlen der Sonne im Zentrum eines Sonnenkraftwerks. Der General sah nicht gut aus. Die Ränder um seine Augen zeugten von zu wenig Schlaf, der rote Kopf von zu hohem Blutdruck. Anne wusste, dass Myers einiges vertragen konnte, und wenn er so aussah, musste es ziemlich ernst sein, und das schon seit Tagen. Außer Myers war nur noch Briggs im Leitstand, anscheinend einer der engsten Mitarbeiter des Generals. Er sah kaum besser aus als sein Chef.

Myers bemerkte Anne und sah auf seine Uhr. „Immerhin pünktlich. In fünfzehn Minuten habe ich eine Videokonferenz mit Washington."

„Daran soll ich teilnehmen?", fragte Anne überrascht.

„Nein, bis dahin will ich mit Ihnen fertig sein."

Das war eine klare Ansage. Myers schien nicht mehr viel auf ihre Anwesenheit zu zählen. „Interessiert Korgh Sie nicht mehr?"

Myers ließ sich auf einen Drehstuhl fallen und tippte etwas in die vor ihm liegende Tastatur. „Glauben Sie mir", sagte er wie nebenbei, „ich habe wahrlich dringendere Probleme als einen entlaufenen Lantis. Für den interessiert sich in Washington niemand mehr. Darüber hinaus habe ich nicht den Eindruck, dass Sie eine unverzichtbare Hilfe sind. Ich kann Mitarbeiter nicht ausstehen, die nicht pünktlich liefern und für mich nicht erreichbar sind. Sie sind seit Tagen überfällig, haben Sie überhaupt etwas zu bieten?"

Er sah nicht einmal von seiner Arbeit auf, als er fragte.

„Zuerst möchte ich mich entschuldigen ...", versuchte Anne es noch einmal.

„Stopp!", sagte Myers verbunden mit einer energischen Handbewegung. „Danach habe ich nicht gefragt. Ich habe keine Zeit für nutzlose Erklärungen. Sie haben noch zwölf Minuten."

„Okay. Also, es hat eine Zeit gegeben, in der Korgh vollkommen anders war als heute ..." Anne berichtete von dem Event zur Einführung der Gehirnoptimierung, wobei sie darauf achtete, dass es wirkte, als Yra ihr davon erzählt..

Myers hörte mit dem Schreiben auf, drehte sich zu Anne - und lächelte. „Wunderbar. Korgh war also eine Art Genie und konnte die Massen begeistern. Für diese Ausbeute haben Sie drei Tage gebraucht? Dafür würde ich jeden Praktikanten entlassen." Er lächelte immer noch. „Aber das Beste ist: Sie haben sich als damit als seriöser Partner disqualifiziert. Sie verlassen sich auf diese Lantis als einzige Informationsquelle."

„Sie heißt Yra", warf Anne ein.

„Unwichtig. Wichtig ist, dass sie mit diesem Korgh zusammen war. Das ist wohl Geschichte, und jetzt findet sie ihn nicht mehr so beglückend, hat seltsame Gefühle, wenn es um Korgh geht, und findet ihren ehemaligen Lover gefährlich." Er deutete mit seinem Zeigefinger auf Anne. „Und *Sie* sind bei alldem nicht unbefangen. Sie sind irgendwie mit Yra verbandelt und glauben ihr alles."

Er lehnte sich zurück, sein Lächeln verschwand. „Sowas Ähnliches habe ich mir gedacht. Ich brauchte aber einen konkreten Beweis, denn möglicherweise muss ich mich rechtfertigen, warum ich nicht mit Ihnen zusammenarbeiten will. Den haben Sie mir geliefert. Danke für Ihren Besuch."

„Es muss etwas passiert sein, das Korgh so verändert hat. Das ist ein entscheidender Punkt."

„Wahrscheinlich", sagte Myers beiläufig und wandte sich wieder seinem Text zu. „Falls Sie es herausfinden, können Sie mir ja schreiben. Vielleicht lese ich es sogar."

So einfach wollte Anne sich nicht abspeisen lassen. „Und wie weit sind *Sie* mit *Ihren* Methoden gekommen?"

Anne bemerkte, wie sich Briggs anspannte. Sie wusste, dass er immer so tat, als wäre er beschäftigt, aber dabei aufmerksam zuhörte. Myers' Finger schwebten für eine Sekunde über der Tastatur, ohne zu tippen.

„Treffer", sagte Anne. „Sie haben noch weniger erreicht als ich."

„Erklären *Sie* ihr das, Briggs", sagte Myers und nahm seine Arbeit an der Tastatur wieder auf.

Briggs räusperte sich. „Nun ja, unser Plan war, Facebook, Twitter und die anderen Socialmedia-Networks nach Fotos eines Lantis zu durchforsten. Dem liegt die Annahme zugrunde, dass, wenn jemand einen Lantis sieht, er ihn sofort fotografiert und das Bild öffentlich macht. Oder er hat sogar eine Datenbrille, die alles aufnimmt, was ihm begegnet. Heute behält keiner mehr etwas für sich, und jeder will der Erste sein. Dagegen kann sich auch niemand wehren, denn wenn er es bemerken sollte, ist es schon zu spät. Insgesamt sind diese Netzwerke die ideale Informationsquelle. Milliarden Augen beobachten stellvertretend für uns an allen denkbaren Orten der Welt. Wir müssen nur noch abwarten, bis uns unsere Filter die wichtigen Sachen auf den Tisch legen."

„Danke für diese Einführung in Ihre Arbeit", sagte Anne, „aber das war es nicht, was ich wissen wollte. Was haben Sie denn jetzt mit Ihrer hochgezüchteten Technik herausgefunden?"

Briggs zögerte. „Wir haben etwa fünf Millionen Lantis-Fotos aus dem Netz gefischt."

Anne war sich nicht sicher, bei den ganzen Hintergrundgeräuschen die Zahl richtig verstanden zu haben. „Fünf Millionen?"

Briggs machte ein säuerliches Gesicht. „Mindestens. Die Lantis sind extrem populär. Jeder will die Saurier sehen, jeder will ihre Technik. Dann kam die Nachricht von einem entflohenen Lantis - und jetzt spielt die ganze Welt ‚die Lantis sind unter uns'. Die Leute machen sich einen Spaß daraus, sich grün anzumalen oder grüne Masken aufzusetzen und sich in besonderen Posen zu fotografieren. Es gibt regelrechte Wettbewerbe, und die besten Fotos werden wieder millionenfach geteilt."

Anne wusste nicht, ob sie lachen oder weinen sollte. „Ihre ganzen Such-Algorithmen und -filter sind wertlos. Abgesoffen in der Masse." Sie wandte sich an Myers. „Sie haben also noch weniger erreicht als ich. Es ist sogar viel schlimmer geworden. Wenn ich das Ganze weiterdenke, kann Korgh jetzt sogar öffentlich herumlaufen, ohne von den Menschen oder von Ihnen als Lantis erkannt zu werden. Jeder wird denken, er ist nur eine gute Kopie."

„Dafür können wir nichts", sagte er, ohne seine Arbeit zu unterbrechen.

„Meinen Sie, *ich* kann etwas für meine mageren Ergebnisse? Korgh ist ein schwieriger Fall."

„Im Prinzip ist es egal. Das Interesse an diesem grünen Typen aus der Vergangenheit befindet sich im freien Fall. Wir haben wichtigere Probleme. Selbst wenn ich wollte, würde man mir keine Ressourcen mehr für die Suche nach Korgh bewilligen."

„Was sind denn Ihre Probleme?"

Myers seufzte und sah auf die Uhr. „Nur, weil ich Sie in drei Minuten für alle Zeiten los bin: Die Chinesen machen uns dafür verantwortlich, dass wir ihren General abgeschossen haben. Das posaunen sie überall herum und hetzen die Öffentlichkeit gegen uns auf. Die Netzwerke quellen über vor negativen Posts über uns, und jeder einzelne löst weitere aus."

„Verstehe", sagte Anne. „Dieser Sympathieverlust kostet ihre Wirtschaft Milliarden, nicht gerechnet den politischen Einfluss, den Sie verlieren." Sie sah sich in der ausgedehnten Halle um. „Das hier ist dann wohl die Zentrale Ihres Propagandakriegs, den Sie zu verlieren drohen, weil die beweisbaren Fakten nicht gut für Sie aussehen."

„Wenn das alles wäre, könnten wir es aussitzen. Das öffentliche Interesse hält nur bis zur nächsten Katastrophe, dann gibt es neue Schlagzeilen. Schlimmer ist, dass wir eine zunehmende Anzahl von Sabotageakten beobachten.

Stromnetze werden attackiert, man greift Wissen aus wichtigen Industrien ab, man hat versucht, in die Steuerzentralen von Kernkraftwerken einzudringen, sogar zwei Silos von Atomraketen sind angegriffen worden. Das machen die Chinesen wirklich, aber wenn wir das den Leuten erzählen, glaubt uns das niemand mehr. *Das* sind die wahren Probleme, um die ich mich kümmern muss. Wissen Sie, warum ich hier bin und nicht in Washington? Weil ich hier wenigstens zwei Stunden Schlaf pro Nacht bekomme. In Washington würde ich rund um die Uhr in Meetings und Regierungsanhörungen sitzen."

Er zeigte zum Ausgang des Leitstands. „Ihre Zeit ist um, ich habe zu tun."

Anne lächelte. „*Divide et impera.*"

„Was soll das?", sagte Myers ärgerlich. „Ich verstehe kein Latein."

„Teile und herrsche. Eine Strategie, die schon die alten Römer erfolgreich praktizierten. Übersetzt: Bring deine Gegner dazu, sich zu streiten, und du wirst siegen."

In Myers schien es zu arbeiten. Er war intelligent genug, um aus dieser Bemerkung eigene Schlüsse zu ziehen. Er saß mit verschränkten Armen da, seine Kiefern mahlten. Dann wandte er sich zu Briggs. „Verschieben sie die Videokonferenz um zehn Minuten."

„Aber, Sir, der ...", wollte Briggs protestieren.

„Tun Sie, was ich sage! Fünf Minuten Luft haben wir noch, und fünf Minuten Verspätung sind immer drin."

Briggs schien nicht sehr glücklich, aber er griff zum Hörer.

Myers wandte sich wieder zu Anne: „Erklären Sie mir, was Sie damit sagen wollen, aber schnell."

Anne zog sich einen Stuhl heran und setzte sich ebenfalls. „Das ist eigentlich ziemlich einfach, und im Grunde wissen Sie es auch schon selbst. Ihre Regierung hat es häufig genug praktiziert und Ihre NSA war wohl jedes Mal ein beliebtes Werkzeug dazu. Wenn sie einen Gegner schwächen wollen, säen sie Uneinigkeit und binden damit dessen Kräfte. Im Idealfall bekämpfen sich Teile ihrer Gegner selbst, und sie müssen nur noch zusehen und sich zufrieden die Hände reiben. Genau das macht Korgh mit Ihnen und den Chinesen. Er liefert den Chinesen Beweise, dass die USA ihren General abgeschossen haben, und umgekehrt legt er Spuren, dass die Chinesen Sie sabotieren. Beides ist nicht allzu schwer, weil das gegenseitige Misstrauen sowieso da ist. Korgh musste die Sache nur ein bisschen anschubsen, dann läuft sie von selbst und schaukelt sich hoch. Dann kämpfen die Amerikaner im Internet wirklich gegen die Chinesen, und die sabotieren aus Rache tatsächlich. Eigentlich hätten Sie das von Anfang an im Blick haben müssen, aber es ist nun mal leider so, dass der Mensch gerne in eingefahrene Denkmuster zurückfällt. Davor sind auch Regierungen nicht gefeit."

„Natürlich kenne ich dieses Spiel", sagte Myers, „aber wir sind in dieser Welt aufgewachsen, Korgh ist gerade erst angekommen. Für diese Strategie muss man die politischen Zusammenhänge und die Psychologie der Menschen kennen."

Anne nickte. „Das zeigt einmal mehr, wie gefährlich er wirklich ist. Korgh ist ein Machtmensch, und die haben einen sicheren Instinkt für Machtverhältnisse. Eine Mondexpedition und die anschließende Arbeit im Labor können nur von dominierenden Mächten durchgeführt werden. Und dann tauchen Sie als Amerikaner und General Haishan als Chinese mit einer bewaffneten Eskorte im Labor auf. Da muss man nicht hochintelligent sein, um zu erkennen, dass sich Ihre Mächte misstrauen. Ich bin sicher, dass Korgh schon nach wenigen Minuten Bescheid wusste. Er musste sich nur noch die Detailinformationen über den Stand der Technik und die politische Lage besorgen, aber das ist mit dem Internet kein Problem."

„Das könnte sein", sagte Myers, „aber wir können es nicht beweisen, oder können Sie das?"

Anne verneinte. „Das ist Ihr Job."

„Dann bleibt es eine Hypothese, und damit kann ich in Washington niemand hinter dem Ofen hervorlocken."

„Die haben keine Ahnung von Korgh, aber dafür umso mehr Angst vor den Chinesen und deren Konkurrenz um die Vormachtstellung in der Welt. Also werden sie sich auf das konzentrieren, was sie kennen und wovor sie schon immer Sorge gehabt haben."

Myers runzelte die Stirn. Er ahnte wohl, dass Anne mit ihren Vermutungen nicht ganz danebenlag, oder dass sie zumindest eine erwägenswerte Wahrscheinlichkeit besaßen.

„Sie werden den Brand nicht löschen können, wenn der Brandstifter frei herumläuft", sagte Anne.

„Sir", sagte Briggs. „Washington wartet. Sie sind verärgert."

„Damit muss ich leben", sagte Myers und stand auf.

„Darf ich Briggs einen kleinen Auftrag erteilen?", fragte Anne.

„Tun Sie, was Sie nicht lassen können. Ich werde Sie wohl nie los."

„Sie sind der Boss hier, Sie können mich jederzeit hinauswerfen."

8.

Korgh saß zufrieden vor seinem Computer. Es lief gut, sogar noch sehr viel besser als erwartet. Er hatte damit gerechnet, in einer unbekannten Situation aufzuwachen, und deshalb hatte er sich auf jede Eventualität vorbereitet. Dass er so weit in der Zukunft landen und mit einer gänzlich fremden Zivilisation zu tun haben würde, hatte ihn überrascht, aber es hatte nichts geändert. Wer in der Lage war, seine Container vom Mond zu bergen, besaß einen Grundstock an Technologie, die er für seine Pläne brauchte. Andererseits war diese Technologie noch nicht so weit fortgeschritten, dass sie seiner überlegen wäre. Hinzu kam die Mentalität der Menschen. Sie waren überaus neugierig und gleichzeitig wunderbar zerstritten.

„Auswertung!", befahl er. „Gesamtüberblick!"

Der Rechner projizierte über seiner Oberfläche einen Globus von etwa vierzig Zentimetern Durchmesser. Er zeigte die Umrisse der Kontinente, auf denen sich in schneller Folge kleine Punkte verteilten.

Auch in dieser Hinsicht ging es voran. Bisher hatte Korgh sich zurückgehalten, was die Möglichkeiten seines Computers betraf. Menschen, die nicht zu hundert Prozent abhängig von ihm waren, mussten nicht wissen, was das Gerät konnte. Die Tipperei war mühselig gewesen, informationstechnisches Altertum. Mit der Sprachverarbeitung und der dahinterliegenden künstlichen Intelligenz kam er bedeutend schneller voran. Korgh bedauerte, noch nicht auf die Gehirn-Computer-Schnittstelle zugreifen zu können. Zu ihr gehörte ein biosensibler Chip mit Sender, den man nicht im Brüter züchten konnte. Er hatte mehrere davon in seinem Gepäck, denn diese stecknadelkopfgroßen Dinger nahmen nicht viel Platz weg, aber sie mussten nach-

träglich ins Gehirn implantiert werden. Im Moment war das zu riskant, aber bald nicht mehr.
Der Globus war inzwischen mit Punkten übersät.
„Eingrenzen auf Internetknoten!"
Die Darstellung wurde übersichtlicher. Die verbliebenen Punkte waren gut verteilt mit Schwerpunkten auf den USA, Europa und Ostasien. Sie zeigten die Knoten, auf die er bei Bedarf Zugriff hatte und die er dann kontrollieren konnte.
„Anzeige wechseln. 3D-Projektoren."
Wieder erschien eine unübersehbare Anzahl von Punkten. Vor allem die Ballungsgebiete leuchteten strahlend hell.
„Kumulieren auf Zehntausend!"
Das Zehnersystem der Menschen war gewöhnungsbedürftig, aber er wollte sich diese Arbeit machen. Diese Zeit und die hier vorherrschende Kultur waren sein neues Zuhause, und das erforderte eben gewisse Anpassungen. Er lächelte. Viele Menschen glaubten, dass die Stärksten gewannen, aber damit lagen sie falsch. Am Ende siegten die Anpassungsfähigsten. Das hatte er sogar bei einem ihrer berühmtesten Forscher gelesen, Charles Darwin, aber irgendwie kam diese Erkenntnis bei vielen Menschen nicht an. Er selbst kannte sie schon seit fünfundsechzig Millionen Jahren.

Jetzt stellte jeder Punkt zehntausend 3D-Projektoren dar, aber es waren immer noch viele.

„Entwicklungstendenz!"

Eine steil ansteigende Kurve erschien. Sehr gut. Die Menschen waren vernarrt in die neue Technologie, und sie waren fleißig. Die größten Unternehmen schufteten rund um die Uhr, um den riesigen Bedarf abzudecken. Hier gab es zwar noch viel Luft nach oben, aber die entscheidenden Stellen waren bedient. Die Geräte waren teuer, so dass sich zuerst die wohlhabenden Haushalte eindeckten – und das waren für gewöhnlich die Einflussreichsten.

Korgh lehnte sich entspannt zurück. Jeder Haushalt mit einem Lantis 3D-Projektor stand unter seiner Kontrolle. Sein Einfluss wuchs von Stunde zu Stunde, und niemand merkte etwas davon.

Er sah auf den Projektor, der in der Ecke seines Zimmers stand. Ein klobiges Ding im Vergleich zu den eleganten Geräten, die er in der alten Zeit benutzt hatte, aber diese fortgeschrittene Technologie konnten die aktuellen 3D-Drucker noch nicht darstellen. Kein Problem. Auch die klobigen Teile erfüllten ihren Zweck, und später würden die verbesserten Geräte eine erneute Gewinn-Welle in Gang setzen, die nicht spurlos an ihm vorübergehen würde.

„Institutionen und Sicherheitseinrichtungen!", befahl er.

Das Programm wählte automatisch die Einstellungen, die Korgh beim letzten Mal verwendet hatte. Nur die bedeutenden Einrichtungen wurden angezeigt. In dem Meer von weißen Punkten gab es einige wenige rote. Das waren die, zu denen er bereits Zugang hatte.

Korgh hatte die politische Situation gründlich analysiert. Es gab verschiedene Nationen unter den Menschen, die eine tiefsitzende Angst voreinander besaßen und sich misstrauisch beobachteten. Deshalb taten sie alles Erdenkliche, um ihre Informationen und Netzwerke vor den anderen zu schützen, was natürlich auch seine Programme bei der Infiltration behinderte. Das schenkte den Menschen Zeit, mehr aber auch nicht. Seine evolutionären Algorithmen rannten ununterbrochen gegen die Firewalls an, wenn nötig Millionen Mal, und aus jedem Versuch lernten sie, verbesserten sich und tauschten ihre Erkenntnisse automatisch aus. So war es einfach schlichte Logik, dass sie es irgendwann schaffen würden. Seinen Berechnungen nach musste es in wenigen Tagen so weit sein.

Ein roter Punkt interessierte Korgh besonders. Er war größer als die meisten anderen, er stand in Lantika. Das betroffene Rechenzentrum war eines der am besten gesicherten der ganzen Welt, es gehörte einem alten Bekannten. Korgh erinnerte sich daran, dass General Myers eines der ersten Gesichter war, die er nach seiner Erweckung gesehen hatte.

Myers' Leute hatten sich Mühe gegeben, ihr Rechenzentrum in eine uneinnehmbare Festung zu verwandeln. Für menschliche Verhältnisse. Aber er war kein Mensch. Er war Korgh. Manche Türen konnte man von außen nur äußerst schwer knacken, aber von innen musste man nur einen Schlüssel herumdrehen.

Die Amerikaner hatten ihn regelrecht eingeladen. Gerade sie wollten immer auf dem neuesten Stand der Technik sein. Sie hatten die 3D-Projektoren genau untersucht, aber eben nur mit menschlichen Werkzeugen, was genauso sinnvoll war, als wollte man eine Smartwatch mit Schraubenzieher und Lötkolben analysieren.

Der rote Punkt in Lantika verband sich mit einem anderen roten Punkt in Washington. Es war so weit.

„Verbindung auf den Projektor schalten!"

Das Gerät neben Korgh erwachte zum Leben, ein Projektionskubus baute sich auf. Da war es wieder, das Gesicht von Myers, das er nie vergessen würde. Er sah müde aus, was sogar Korgh bemerkte, dem die Physiognomie der Menschen noch nicht richtig vertraut war.

Das Programm blendete nacheinander die anderen Teilnehmer ein.

„Stopp!", befahl Korgh, als der Projektor ein Gesicht zeigte, das Korgh aus zahlreichen Internetbeiträgen kannte. Das Bild zeigte jetzt nur noch diesen einen Mann.

Das war er also, der mächtigste Mann der Welt, der Präsident der Vereinigten Staaten von Amerika. Er hatte markante Gesichtszüge und leicht ergrautes Haar. Ja, dieser Mann besaß Macht, das konnte Korgh auf den ersten Blick feststellen.

Korgh lächelte wieder. Das war ein würdiger Gegner. Ohne gute Gegenspieler machte das Spiel keinen Spaß. „Du bist schwarz, ich bin grün. Mal sehen, welche Farbe am Ende gewinnt." Dann gab es auch noch Gelb, aber das würde er sich später vornehmen. Immer schön der Reihe nach.

Die Videokonferenz verlief zu Korghs vollster Zufriedenheit. Schwarz und Weiß gegen Gelb. Korgh gefiel dieses Farbenspiel. Das hatte es zu seiner Zeit nicht gegeben, da war alles eintönig gewesen. Myers versuchte einmal, Grün ins Spiel zu bringen, aber er konnte seine Position nicht mit Fakten untermauern und wurde abgewiesen.

„So hast du gegen die anderen keine Chance", kommentierte Korgh.

Besonders nicht gegen diesen anderen General, den weißen mit den vielen metallenen Abzeichen auf der Brust. Der präsentierte eine lange Liste mit Ereignissen, die für seine Position sprachen, gegen Gelb.

Korgh überflog die Liste. Nur die wenigsten Vorfälle hatte er selbst initiiert, die Eigendynamik gewann an Fahrt. Er musste kaum noch etwas tun, eigentlich schade. Und seine Gegenspieler waren sich selbst im gleichen Lager uneins. Das war ja schon fast langweilig.

Korgh vergewisserte sich, dass die Aufnahme lief. Er hatte noch anderes zu tun, die Ressourcenfrage musste geklärt werden. Er brauchte Geld.

Jack O'Connor fieberte der Hauptversammlung entgegen. Ein ungewohntes Gefühl. Meistens war ihm diese Ansammlung von Aktionären lästig, immer gab es etwas zu meckern, und dauernd musste man sich rechtfertigen. Hatte man zehn Prozent Rendite erwirtschaftet, erwarteten sie zwölf, nie waren sie zufrieden. Heute dagegen konnte er es kaum erwarten, den Aktionären gegenüberzutreten. Sie hatten es geschafft. Sie waren volles Risiko gegangen, hatten teure Entwickler eingekauft und alle Kapazitäten auf die Umsetzung der Technologien der Lantis gesetzt. Dabei hatte er sogar die Lieblingsprojekte einiger Großaktionäre geopfert, und wenn das schiefgegangen wäre, hätte es seinen Kopf gekostet. Aber es war nicht schiefgegangen. Die Gewinne explodierten in einem Maß, das er in seiner langen Karriere als Vorstandsvorsitzender noch nie erlebt hatte. Sie kamen mit der Produktion der 3D-Drucker nicht hinterher, was sich natürlich auf den Preis auswirkte. Das Beste aber waren die Lizenzen. Die Drucker benötigten Schablonen, nach denen sie die Produkte fertigten. Waren diese Schablonen einmal erstellt, musste man sie nur noch im Internet zum Download bereitstellen und konnte zusehen, wie man bei jedem Klick Geld verdiente. Die Lizenzen seines Unternehmens für die 3D-Projektoren waren Lizenzen zum Gelddrucken. Geld, das durch seine üppige Gewinnbeteiligung auch in seine Taschen floss. In Gedanken stellte er sich die Entwicklung seines Kontos vor. Die Kurve zeigte steil nach oben.

Neben den herausragenden Gewinnen hatte O'Connor eine Überraschung vorbereitet, von der selbst seine Vorstandskollegen nichts wussten.

Er zog eine Mappe aus seinem Schreibtisch und schlug sie auf. Sie enthielt nur ein Blatt, das Logo des neuen Firmennamens: Lantec Industries. Die Technologie der Lantis war zum Kerngeschäft seines Unternehmens geworden und zum Garant zukünftiger Gewinne. Die Menschen warteten begierig auf neue Produkte. Die Lantis standen für Zukunft, und was sein Unternehmen betraf, für eine goldene Zukunft.

O'Connor nahm die Mappe und machte sich auf den Weg zum Videokonferenzraum auf der anderen Seite der Vorstandsetage. Unterwegs stießen seine Kollegen hinzu. Der Erste war Giuseppe Chessa, Vorstand für das Europageschäft. Er trug wie immer einen Designeranzug, war schlank und zog mit seinem italienisch eleganten Auftreten Frauen magisch an, weshalb ihn O'Connor beneidete. Heute hatte dieses negative Gefühl ausnahmsweise keinen Platz. Wenig später trafen sie Elena Sorokina, äußerlich schön, aber von ihrem Charakter her ein Besen, was für einen Personalvorstand nicht schlecht war, nur der Umgang mit ihr war nicht einfach. Zuletzt kam Leandro Santos, Vorstand für das Südamerikageschäft. Er war ähnlich füllig wie O'Connor und rauchte nach jedem Erfolg eine dicke kubanische Zigarre. Er hatte oft geraucht in letzter Zeit.

„Madre de Dios", sagte er noch lauter als sonst. „Was für ein Jahr." Er klopfte O'Connor kräftig auf die Schulter, dann auch Elena. Sie verzog keine Miene, aber O'Connor bemerkte, dass ihr diese Annäherung nicht gefiel. Normalerweise hätte sich Leandro eine scharfe Bemerkung eingefangen, aber heute war sogar Elena gnädig gestimmt.

Sie betraten den Videokonferenzraum. Sie mussten die Vorstandssitzung hier abhalten, denn Akeno Takimoto, ihr Vorstand für das Asiengeschäft, fehlte. Asien machte fast genauso viel Umsatz wie der Rest der Welt, die wohlhabenden Schichten dort waren noch begieriger auf die neue Technologie als die Amerikaner. Aber die Konkurrenz der Chinesen war in Asien besonders hart, und es gab einige Vorfälle, die den Absatzmotor ins Stottern brachten. Die einzigen Flecken auf der ansonsten strahlend weißen Weste des Unternehmens. Diesen Fleck zu beseitigen, war Chefsache und ließ eine Teilnahme von Akeno bei der Hauptversammlung nicht zu. Das Geld ging vor.

Jeffrey Miller, einer der drei Vorstandsassistenten, begrüßte sie. „Es ist alles vorbereitet."

O'Connor nickte. „Danke. Heute bleiben wir intern."

Miller ging, ohne sich zu beschweren.

Sie verteilten sich rund um den schweren Mahagonitisch. An der Stelle, an der normalerweise Akeno Takimoto saß, stand ein 3D-Projektor aus neuester Produktion. O'Connor fand es irgendwie passend, dass dieses Teil an der Vorstandssitzung teilnahm. Der Projektionskubus baute sich auf, der Kopf von Akeno erschien. Die Qualität war so gut, dass man denken konnte, er wäre persönlich anwesend. Er sah angespannt aus, die Probleme mit den Chinesen waren nicht einfach. Er war auch der Einzige, der sich möglicherweise kritische Fragen gefallen lassen musste.

Die Vorbereitung einer Hauptversammlung war Routine, der Ablauf war klar. Es ging um die wesentlichen Geschäftszahlen und die Erwartungen für die Zukunft.

Die von Miller vorbereitete Präsentation lief ab. Sie zeigte, was alle schon wussten: Es stand gut um die Firma. Wichtig war nur, wie die Zahlen herüberkamen, denn sie sollten die Aktionäre möglichst stark beeindrucken. Dann würden alle weiteren Expansionspläne durchgewinkt werden, und die Bonuserhöhung auch.

Zuletzt kam Akeno an die Reihe. Er wollte gerade mit seinem Bericht beginnen, aber bevor er etwas sagen konnte, verschwand sein Kopf. Ein anderer erschien, und der war grün.

Für ein paar Sekunden war es still, dann redeten Giuseppe und Leandro gleichzeitig.

„Ruhe!", forderte O'Connor und klopfte kräftig auf den Tisch.

„Was soll das? Wer sind Sie?", wandte er sich dann an den grünen Kopf. „Wie kommen Sie da rein?"

„Intelligente Fragen", sagte die Gestalt. „Dann will ich sie auch beantworten. Mein Name ist Korgh und ich bin ein Lantis, wie Sie unschwer an meiner Farbe erkennen können. Mein Grün ist echt." Er lächelte und entblößte dabei zwei Reihen weißer Zähne. „Was das soll? Ich bin Ihr zukünftiger Anteilseigner und Mitglied Ihres Vorstands. Daher steht mir ein Platz bei Ihnen zu. Wie ich hier reinkomme? Ich habe Ihr System gehackt."

Wieder war es einige Sekunden still. Dann redeten alle auf einmal, sogar O'Connor.

Korgh sagte nichts. Er beobachtete nur und wartete ab.

O'Connor wollte Leute von der Sicherheit rufen, aber dann fiel ihm ein, dass es hier ja niemanden zu verhaften gab. Der Lantis war nur eine Projektion. Dass es ein Lantis war, stand für ihn außer Frage, er hatte sich ausführlich mit den Lantis beschäftigt, als es darum ging, sich ihre Technologie für das Unternehmen zu sichern. Einen leibhaftigen Lantis zu sehen, wenn auch nur als Projektion, war etwas Außergewöhnliches. Trotzdem durfte der nicht einfach so in ihr Allerheiligstes eindringen. Und wie hatte er das fertiggebracht?

Die Schrecksekunden waren vorbei, und sein logischer Verstand setzte ein. Dass er schnell umschalten konnte, hatte ihm bei seiner Karriere nicht unwesentlich geholfen.

„Setzt euch wieder hin", sagte er zu den anderen, die noch wirr durcheinanderredeten. „Lasst uns die besondere Gelegenheit nutzen und mit einem Vertreter dieses Volkes reden."

Die anderen nahmen Platz, und der Überraschung folgte die Neugier.

„Ich sehe, ich habe es mit intelligenten Vertretern der menschlichen Rasse zu tun", sagte Korgh. „Das ist gut für unsere Verhandlungen."

„Verhandlungen? Wir können gerne miteinander reden, aber ich wüsste nicht, was es zu verhandeln gäbe."

„Eine ganze Menge", sagte Korgh. „Zum Beispiel die Anzahl meiner Anteile und die Höhe der Gewinnausschüttung."

O'Connor schwieg verblüfft. So eine Frechheit war ihm schon lange nicht mehr begegnet. Er versuchte, in dem Gesicht des Lantis zu lesen. Er hatte schon viele Verhandlungen geführt und dabei gelernt, seine Gegenüber zu beurteilen. Was er in *diesem* Gesicht sah, war wenig erfreulich. Der Lantis meinte ernst, was er sagte. Er bluffte nicht.

„Erklären Sie mir zuerst, wie Sie in unser System eingedrungen sind", versuchte er, das Gespräch wieder an sich zu ziehen. „Wir arbeiten mit hervorragend abgesicherten Verbindungen."

Korgh lachte. „Ein Vorstandsvorsitzender sollte sich nicht mit solchen Details beschäftigen. Dass ich hier bei Ihnen bin, beweist, dass meine Möglichkeiten größer sind als Ihre. Das muss Ihnen genügen."

Gut, das konnten sie später noch herausfinden, sagte sich O'Connor. Jetzt galt es zu klären, was dieser Typ wirklich wollte. Er konnte nicht im Ernst davon ausgehen, dass man ihn am Unternehmen beteiligte. Er wirkte aber auch nicht wie ein durchgeknallter Hacker, der einfach nur seine Fähigkeiten zur Schau stellen wollte.

„Wie kommen Sie darauf, dass Ihnen Anteile an unserem Unternehmen zustehen? Und warum glauben Sie, dass wir Ihnen Teile unserer Gewinne ausschütten sollten?"

Korgh wurde schlagartig ernst. „Sehr gut. Kommen wir zum Geschäft. Sie haben in Ihrer Präsentation hervorragend dargestellt, welch enorme Gewinne Sie mit der Ausbeutung der Lantis-Technologie erzielen. Sie verwenden Technologie, die wir entwickelt haben, und deshalb steht uns ein gebührender Anteil zu. Das ist sehr einfach zu verstehen, nehme ich an. Als Vertreter meines Volkes fordere ich jetzt diesen Anteil. Um es konkret zu machen: Ohne uns wäre Ihr Unternehmen nur halb so viel wert oder sogar noch weniger. Mir stünden also Anteile in Höhe von fünfzig Prozent und eine ebenso hohe Gewinnausschüttung zu."

Er machte eine kurze Pause, um seine Worte wirken zu lassen.

„Ich will Sie aber nicht überfordern, sondern als neues Mitglied Ihres Vorstands großzügig sein: Ich gebe mich mit zwanzig Prozent der Unternehmensanteile und zwanzig Prozent der Gewinnausschüttung zufrieden."

O'Connor rang nach Luft. Er hatte Mühe, die Fassung zu bewahren.

„Das ist unerhört", brüllte Leandro.

„Ich verhandele mit Ihrem Chef", tönte es aus dem Projektor. Viel lauter, als sie eingestellt hatten. Und der Lantis sah gar nicht mehr großzügig aus, sondern herrisch. „Setzen Sie sich hin und hören zu!"

Leandro schwieg verblüfft. So hatte noch nie jemand mit ihm geredet.

O'Connor atmete tief ein und ganz langsam wieder aus. So bekam er seine Emotionen immer unter Kontrolle.

„Ich schließe mich meinem Kollegen an", sagte er, jetzt wieder ruhig. „Ihre Forderung ist unerhört. Wir werden sie nicht erfüllen und auch nicht weiter darüber verhandeln."

„Sie ist nicht verhandelbar, da stimme ich Ihnen zu. Und Sie werden sie gerne erfüllen, da bin ich mir sicher."

„Nichts werden wir", sagte O'Connor. „Wir werden Sie jetzt einfach abschalten."

Er griff nach der Fernbedienung, die vor ihm auf dem Tisch lag und drückte auf den Aus-Knopf.

Nichts geschah.

Das grüne Gesicht im Projektionskubus sah ihn herausfordernd an. „Nicht mehr Herr im eigenen Haus?"

O'Connor erwiderte nichts. Er drückte die Taste erneut. Wieder vergeblich.

„Da Sie mich kaum kennen, möchte ich Ihnen eines erklären: Ich kann Widerstand nicht ausstehen. Wenn Sie Ihren lächerlichen Versuch, mich auszuschalten, wiederholen, erhöhe ich meine Forderung auf fünfundzwanzig Prozent."

„Lächerlich", sagte O´Connor und stand auf.

„Sicherlich haben Sie jetzt vor, das Gerät vom Netz zu trennen", sagte Korgh. „Davon möchte ich Ihnen dringend abraten."

„Wie wollen Sie mich daran hindern?", fragte O'Connor, aber er zögerte. Dieser Lantis redete ruhig, nicht wie jemand, der in einer schwachen Position war und seine Felle davonschwimmen sah. Im Gegenteil: Er war schon schmerzhaft selbstsicher.

Korgh lächelte wieder. „Weil sich mit dem nächsten Versuch, mich loszuwerden, Ihre ganzen Firmendaten in Luft auflösen werden. Ganz einfach so. Zack." Der Lantis hob die Hand und schnippte mit den Fingern.

Jetzt hat er einen Fehler gemacht, dachte O'Connor.

Er sah die anderen an. Die folgten der Unterhaltung und wussten offensichtlich nicht, was sie sagen sollten.

„Sie bluffen", sagte er. „Unsere Firmendaten sind sicher."

„So sicher wie Ihr eigener PC? Dann zeigen Sie Ihren Kollegen doch mal das neue Logo und den neuen Firmennamen. Zeigen Sie Ihnen die Mappe."

O'Connor erschrak. Woher wusste dieser Kerl davon? Er hatte jegliche Kommunikation ausschließlich von seinem PC geführt, der zu den bestgesicherten im ganzen Unternehmen gehörte. Es konnte höchstens eine Schwachstelle bei der Werbeagentur geben. Die anderen sahen ihn fragend an.

O'Connor blieb nichts anderes übrig, als die Mappe zu öffnen und das Blatt hervorzuziehen. „Das wäre mein nächster Punkt in unserer Besprechung gewesen", sagte er entschuldigend.

Bevor seine Kollegen etwas zu den Plänen sagen konnten, redete der Lantis schon weiter. „Auch die anderen haben ihre kleinen Geheimnisse."

Korghs Antlitz verschwand. Plötzlich war Giuseppe an seiner Stelle zu sehen, und ... O'Connor glaubte, seinen

Augen nicht trauen zu können. Und Elena. Beide waren nackt. Elena stöhnte.

O'Connor sah zu der richtigen Elena hin. Sie saß kalkweiß auf ihrem Platz. Giuseppe sah trotzig auf die Szene. „Na und? Was wir gemacht haben, ist nicht illegal. Mit sowas können Sie uns nicht erpressen."

Korgh kehrte auf den Bildschirm zurück. Er machte eine wegwerfende Handbewegung. „Erpressung. Für wie primitiv halten Sie mich? Sie können Sex haben, mit wem auch immer sie wollen, das ist bedeutungslos für mich. Ich wollte Ihnen nur demonstrieren, dass Ihre Geheimnisse für mich offen liegen. Ich komme an alles."

„Mit unseren Firmendaten ist das etwas anderes", sagte O'Connor.

„Ach, Sie denken an Ihr gespiegeltes Rechenzentrum in Shanghai? Dort gibt es gerade jetzt einen unerklärlichen Unfall. Sie wissen nur nichts davon, weil Sie hier in Ihrer Vorstandssitzung abgeschottet sind."

Er kennt Shanghai, dachte O'Connor, aber es kam noch schlimmer.

„Oder haben Sie an Ihre Datensicherung in der Cloud gedacht?" Korgh zuckte unschuldig mit den Schultern. „Seltsamerweise kämpft der Anbieter mit einem bösartigen Virus. Er hat nur noch nicht gewagt, es zuzugeben. Er denkt, er würde die Sache in den Griff kriegen." Korgh lachte. „Wie naiv."

O'Connors Magen verwandelte sich in einen festen Klumpen. Dieser Typ wusste entschieden zu viel. Und nicht nur das. Er schien sich tatsächlich ihrer Daten bemächtigt zu haben.

O'Connor sah auf die Fernbedienung in seiner Hand. Die rote Taste zum Abschalten sah verlockend aus, aber er konnte diesen Verbrecher nicht einfach ausschalten.

„Machen wir es kurz", sagte der Lantis. „Die Unterhaltung mit Ihnen amüsiert mich, aber ich habe noch mehr

Verhandlungen zu führen. Ich habe alle Kundendaten, Konstruktionspläne und Prozessbeschreibungen in den 3D-Projektor transferiert, den Sie vor sich sehen. Wenn Sie ihn abschalten, gehen diese Daten verloren, es gibt keinerlei Sicherung mehr. Wenn Ihre Firma überleben soll, müssen Sie den Apparat am Netz lassen, was mir gleichzeitig die Gelegenheit gibt, Sie zu kontrollieren. Ich denke, das ist einfach zu verstehen. Meine Forderung kennen Sie. Ich erwarte, dass Sie sie innerhalb von vier Stunden bestätigen." Korgh lächelte nicht mehr. Er strahlte jetzt etwas aus, das O'Connor als grimmige Freude deutete. „Sonst werde *ich* den Projektor abschalten."

O'Connor wollte etwas sagen, musste sich aber erst räuspern. Sein Hals war plötzlich staubtrocken.

„Wie stellen Sie sich das vor?", fragte er. „Wir können nicht einfach Anteile überschreiben und Gewinne überweisen. Wir müssen unsere Finanzen offenlegen."

„Ach kommen wir jetzt zu den Details? Darf ich das schon als Zustimmung auffassen?" Korgh machte eine kleine Pause. „Details sind nicht meine Sache. Ich bin für das große Bild zuständig, für die Umsetzung habe ich meine Leute. Das hier ist Ihr Job als mein Vorstand."

„Ich bin nicht *Ihr* Vorstand."

„Falsch. Als größter Anteilseigner sind Sie *mein* Vorstand und arbeiten für *mich*. Ich werde Rechenschaft von Ihnen fordern, also machen Sie Ihre Sache gut. Das Erste, was Sie als guter Vorstand tun sollten, ist, dass Sie meine Behauptungen überprüfen. Tun Sie es gründlich, ich kann Nachlässigkeit nicht leiden. Ich erwarte Ihre Antwort in vier Stunden hier in diesem Raum. Darüber hinaus erwarte ich absolute Verschwiegenheit, auch gegenüber Behörden. Wenn Sie etwas von unserem Geschäft weitergeben, werde ich es erfahren, und unser Deal ist geplatzt. Dann ist Ihre Firma Geschichte. Ach ja, noch etwas: Ich finde Ihren neuen Firmennamen gut. Den nehmen wir."

Der Projektionskubus fiel in sich zusammen. Übrig blieb eine kleine LED, die leuchtete wie ein rotes Auge.

9.

„Sie sind ja immer noch da."

Anne und Briggs drehten sich um. Sie hatten General Myers gar nicht kommen gehört, jetzt stand er hinter ihnen.

„Und Sie sind *schon wieder* da", sagte Anne. „Nicht gut gelaufen, was?"

„Wie ich vermutet habe. Für Ihre Theorie interessiert sich niemand. Wir sollen die Suche nach Korgh einstellen und alle Kräfte auf die Abwehr der Aktivitäten der Chinesen konzentrieren. Damit sind Sie raus aus dem Spiel, das ist jetzt allein unser Job."

Myers ging einen Schritt zur Seite, damit Anne besser aufstehen konnte, doch diese blieb sitzen.

„Bevor ich gehe, sollten Sie sich noch etwas ansehen." Ehe Myers etwas einwenden konnte, sagte Anne: „Briggs, zeigen Sie es Ihrem Chef."

Briggs blendete eine Grafik ein. „Wir sind der Frage nachgegangen", erklärte er, „ob es eine besondere Häufung von Google-Suchanfragen bezüglich der Lantis-Technologie gibt. Wenn wir die normalen Themen wie die Suche nach Funktionen oder Bedienungsanleitungen ausblenden, bekommen wir dieses Ergebnis." Briggs deutete auf einen Peak in einer Kurve.

Myers ging näher an den Monitor heran, um die Suchworte lesen zu können, die klein neben dem Peak standen.

„Die Haustechnik spielt verrückt, wenn die Leute einen 3D-Projektor gekauft haben", fasste Myers zusammen. „Ja und? Das passiert schon mal, wenn man ein neues Gerät integriert. Was haben wir mit Kaffeemaschinen und Kühlschränken zu tun, die sich unfreiwillig einschalten?"

„Nichts, wenn das alles wäre", sagte Anne. „Wir beobachten aber auch einen verstärkten Datentransfer zwischen den Haushalten mit einem Projektor."

„Ich verstehe immer noch nicht, worauf Sie hinauswollen."

„Nur mal angenommen, Sie wollten die Macht auf der Erde an sich reißen, wie würden Sie vorgehen?"

Myers überlegte nicht lange, hier ging es um die zentrale Aufgabe seiner Behörde. „ Sie denken, Korgh will das Internet kontrollieren."

„Vergleichen Sie mal diese Grafiken."

Briggs blendete zwei Grafiken ein.

„Die eine zeigte den schematischen Aufbau eines Gehirns, die andere eine schematische Darstellung des Internets."

Auf beiden war ein Netzwerk von unzähligen Punkten und Verbindungen zu sehen. Sie waren sich erstaunlich ähnlich.

„Man könnte sagen, dass das Internet das Gehirn der Menschheit ist", erklärte Anne weiter. „Die Industrie und das Militär wären dann die Muskeln. Ohne Internet läuft heute nichts mehr, das dürften *Sie* am besten wissen." Sie sah Myers an. „Sie investieren Milliarden, um das Internet zu kontrollieren."

Myers zuckte mit den Schultern. „Ich weiß, dass Ihnen das nicht gefällt, aber so ist es eben. Und wie Sie schon sagten: Wir investieren Milliarden, haben die besten Techniker der Welt und Berge an Rechenleistung. Korgh hat nichts davon. Er ist immer noch ziemlich allein und hat einen einzelnen, tragbaren Rechner mitgenommen. Davor sollte ich mich fürchten? Um das Internet zu kontrollieren, benötigt es vor allem eins: Rechenleistung und nochmals Rechenleistung. Selbst wir mit unseren Großrechnern schaffen es nur begrenzt."

„Haben Sie sich schon mal Gedanken über Korghs Rechner gemacht? Er ist nur so groß wie ein gewöhnlicher Laptop - aber Korgh hat Mooresches Gesetz auf seiner Seite. Rechnen Sie mal."

Myers seufzte, begann aber doch zu überlegen.

„Nach dem Mooreschen Gesetz verdoppelt sich die Leistung von Computerchips grob gerechnet alle achtzehn Monate", redete Anne weiter. „Immer, wenn man dachte, dass diese Entwicklung nicht mehr weitergeht, ist es doch passiert. Wie sieht Ihre Rechnung aus, wenn wir davon ausgehen würden, dass die Lantis uns nur eineinhalb Generationen voraus sind?"

„Das würde bedeuten, dass die Rechenleistung um eine Milliarde angestiegen ist", sagte Myers langsam.

„Vielleicht sind uns die Lantis aber zwei bis drei Generationen voraus. Wenn es bei der Computerentwicklung nur zwei wären, heißt das, dass dieser kleine Rechner, den Korgh mitgenommen hat, eintausend Milliarden mal stärker ist als einer unserer Rechner."

Anne beobachtete Myers, der plötzlich sehr nachdenklich wirkte. „Sie wissen, dass diese Zahlen keine Hirngespinste sind. Sie basieren auf Erfahrungswerten, die seit 1965 gelten und immer wieder bestätigt wurden. Gegen diese Rechenleistung schmilzt der Vorsprung der NSA schon bedenklich dahin. Das ist aber noch nicht alles."

„Was denn noch?"

„Wenn meine Befürchtungen zutreffen, ist das erst der Anfang. Ein 3D-Projektor ist kaum etwas anderes als ein extrem leistungsfähiger Computer mit einer Rechenleistung, die weit über alles hinausgeht, was sonst an normalen Rechnern in der Welt herumsteht. Korgh ist dabei, sie zu einem intelligenten Netz zu verbinden wie neuronale Knoten in einem Gehirn. Wenn ihm das gelingt, dann ist Ihre versammelte NSA-Rechenleistung nicht mehr wert als ein Rechenschieber aus einem Museum. Und das Internet steckt er sich in die Tasche."

Myers sah auf einmal sehr blass aus. Er war zu intelligent, um nicht zu erkennen, dass Anne recht hatte. Ihre Argumente basierten auf bekannten Gesetzmäßigkeiten, die man nur logisch verbinden musste.

„Wie viel Zeit haben wir noch?", fragte er.

„Die Verknüpfungsprozesse gehen rasend schnell, aber das ganze Gebilde muss harmonisiert und strukturiert werden. Wenn wir viel Glück haben, zwei Tage, wenn wir Pech haben, ein paar Stunden."

Myers sagte nichts. Er sah nur abwechselnd Anne und die grafische Darstellung des Internets an.

„Wir sollten davon ausgehen, dass wir Pech haben", sagte Anne. „Korgh scheint perfekt vorbereitet, und neuronale Strukturen sind seine Spezialität."

Myers fluchte. „Briggs, bereiten Sie nochmal eine Videoverbindung mit Washington vor. Mit dem Präsidenten."

In diesem Moment begann ein Feld auf Briggs Monitor, rot zu blinken.

„Da kommt eine Nachricht mit Code Red", sagte Briggs.

„Einblenden!", befahl Myers.

Anne kannte zwar keine Interna, aber Code Red brauchte ihr niemand zu erklären. Sie überflog mit den anderen die Nachricht, sie kam aus der Abteilung für Cyberangriffe. Conan Snyders, der Vorstand von ‚Future Packings', hatte sich an das FBI gewandt und dringend um Hilfe gebeten. Das FBI hatte es umgehend an die NSA weitergeleitet. Ein grüner Mann, der sich als Lantis ausgab, habe sich in das Firmennetzwerk gehackt und gedroht, alle wesentlichen Unternehmensdaten zu löschen. Er habe Unternehmensanteile und Gewinnbeteiligung in Höhe von zwanzig Prozent gefordert.

„Das war Korgh", sagte Myers. „Was macht ‚Future Packings'?"

Briggs sah nach. „Sie stellen die Bucky Balls her, das ist das Lantis-Material, das seit kurzem überall auf der Welt für stoßsichere Verpackungen verwendet wird. Ein Milliardengeschäft."

„Die Firma muss unbedingt vom Netz gehen. Komplett und sofort!"

Bevor Briggs die Anweisung weitergeben konnte, poppte eine neue Code-Red-Meldung auf.

„Das hier wird gerade im Internet verbreitet", erklärte Briggs Anne, die die Kürzel nicht deuten konnte.

Die Meldung besagte, dass bei der Firma ‚Future Packings' alle Firmendaten verlorengegangen waren. Auch die Back-ups seien korrumpiert und unbrauchbar.

„Zeigen Sie die Börse", forderte Myers.

Der Börsenwert von ‚Future Packings' war binnen Sekunden fast auf null gefallen, die Aktie war vom Handel ausgesetzt worden, aber wohl nicht schnell genug.

„Hochfrequenzhandel", sagte Briggs nur.

Sie konnten sehen, wie der Dow Jones ebenfalls rasant fiel. Einen Atemzug später wurde der Handel komplett gestoppt, um ein Desaster zu vermeiden.

„Oh mein Gott", stöhnte Briggs. „Bevor wir nur die Meldung gelesen haben, hat Korgh einen ganzen Konzern ausradiert und unsere Wirtschaft ins Chaos gestürzt."

Myers schwieg. Er stand mit verschränkten Armen unbeweglich da, als wäre er eine Bronzestatue.

Eine weitere Code-Red-Meldung poppte auf.

„Hört das überhaupt nicht mehr auf?", fragte Briggs und öffnete die Nachricht.

Eine Meldung über Twitter. „Die NSA geht Hinweisen nach, dass die Angriffe auf ‚Future Packings' von chinesischen Servern ausgegangen sind."

Anne sah Myers an.

„Das kommt natürlich nicht von uns, sonst wäre es keine Code-Red-Meldung", erklärte er. „Es ist ein Fake, den aber jeder glauben wird, weil es einfach zu gut passt. Da können wir dementieren, so viel wir wollen." Er machte eine kurze Pause. „Sie brauchen mir nicht mehr erklären, wie gefährlich Korgh ist."

„Was können wir tun?", fragte Briggs. „Korgh schafft schneller Fakten, als wir überhaupt denken können."

„Auf keinen Fall übereilt handeln", sagte Anne. „Mit Geschwindigkeit können wir ihn nicht schlagen, da ist er uns haushoch überlegen. Wir müssen verstehen, was er vorhat, um ihn da zu erwischen, wo er noch nicht fertig ist."

„Er ist schon ziemlich fertig", sagte Myers. „Er ruiniert unsere Wirtschaft und führt uns gleichzeitig in einen Krieg mit den Chinesen, denn darauf läuft doch alles hinaus."

„Korgh will keinen Krieg", widersprach Anne. „Er will Macht. ‚Future Packings' wird nicht die einzige Firma sein, die er erpresst. Die anderen trauen sich nur nicht mehr, es zu sagen. Er hat ihnen mit ‚Future Packings' gezeigt, wie ernst er es meint und wozu er in der Lage ist. Kein Vorstand der Welt wird mehr den Mund aufmachen, selbst wenn sie ihm eine Waffe an den Kopf halten. Sie werden seinen Forderungen nachgeben, egal, was es kostet. Korgh verschafft sich Ressourcen, und wie ich es jetzt sehe, dürfen Sie ihn zukünftig als reichsten Mann der Welt betrachten."

„Wenn Sie glauben, dass mich das jetzt tröstet, haben Sie sich getäuscht", sagte Myers bissig.

„Die falsche Spur zu den Chinesen ist ein Ablenkungsmanöver. Das heißt eindeutig, er ist noch *nicht* fertig. Er braucht noch etwas Zeit, in der Sie ihm nicht in die Quere kommen dürfen."

„Dieses Argument hat was." Myers nahm die Arme auseinander und kratzte sich am Kinn. „Auf jeden Fall muss ich mit Washington sprechen. Sie müssen unbedingt wissen, was es mit der Meldung und den anderen Sachen auf sich hat."

Er drehte sich um und wollte gehen.

„Warten Sie", hielt Anne ihn zurück.

„Warum? Wir haben wenig Zeit, und der Präsident ist auf Informationen von uns angewiesen. Was glauben Sie, welche Maschinerie in Washington jetzt anläuft?"

„Das stelle ich mir lieber nicht vor."

„Also muss ich los. Erklären Sie es mir unterwegs."

Myers hatte es wirklich eilig, aber Anne war gut in Form und konnte locker mit ihm mithalten.

„Ich frage mich, wie er in die Firmennetzwerke eindringen konnte. Ich nehme an, dass sie sehr gut gesichert sind."

„Wenn Sie genug Rechenkapazität haben, kommen Sie überall rein", sagte Myers. „Es ist nur eine Frage der Zeit."

„Eben, und die hatte Korgh nicht. Was ist, wenn man ihn freiwillig reingelassen hat? Dann konnte er die Netzwerke von innen heraus knacken."

„Wer sollte so etwas tun?"

„Indem man sich einen hochwertigen Rechner von Korgh anschafft, der von ihm manipuliert wurde."

„Sie meinen ein trojanisches Pferd?" Myers blieb abrupt stehen. „Die 3D-Projektoren! Verdammt!"

„Dass diese Hochleistungsrechner sich in Netzwerke von Haushalten hacken, wissen wir, nur ist es da nicht so tragisch. Aber wenn sie das bei Firmen tun, sieht es anders aus."

Anne sah, wie Myers blass wurde. „Haben Sie etwa auch welche davon?"

„Ja."

„Ich dachte, Sie untersuchen alles, bevor Sie es einsetzen."

„Tun wir auch, soweit es möglich ist, aber in kompiliertem Quellcode ist das extrem schwierig. Es gibt Module im Lantis-Code, die nicht dokumentiert sind und die wir nicht wirklich verstehen."

„Also quasi eine Black Box. Sie können nur testen, was vorne reingeht und hinten rauskommt. Und was dazwischen passiert, vielleicht sogar selbstständig, das wissen Sie nicht."

„Nein. Diese Dinger sind in den Augen der meisten nur verbesserte Fernseher, und alle unsere Tests haben nichts anderes gezeigt."

„Oder sie sind ideale Geräte für Videokonferenzen", ergänzte Anne. „Das macht sie für Firmen interessant."

„Richtig." Myers zeigte auf die vor ihnen liegende Tür. „Und dahinter steht einer."

„Den nutzen Sie für Ihre geheimen Konferenzen mit dem Präsidenten? Himmel!"

Myers tippte auf seine Smartwatch. „Briggs, ich brauche ein Technikerteam mit einem Sicherheitskäfig und einem Generator. Videokonferenzraum. Aber schnell!"

„Was wollen Sie mit dem Sicherheitskäfig", wollte Anne wissen.

„Den stülpen wir über den Projektor, um jegliche Kommunikation mit der Außenwelt zu unterbinden. Diese 3D-Projektoren arbeiten drahtlos, da kann man keine Stecker rausziehen, und ausschalten reicht mir nicht. Man kann nie sicher sein, ob er nicht doch weiterarbeitet."

Zwei Männer und eine Frau kamen um die Ecke gerannt. Die Männer trugen in ihren Händen etwas, das aussah wie ein mittelalterliches Kettenhemd, nur in Quaderform. Die Frau trug einen metallenen Koffer.

„Wir öffnen die Tür, und Sie sichern den 3D-Projektor!", befahl Myers.

Er gab einen Zahlencode in ein Tastenfeld an der Wand ein. Die Tür öffnete sich. Die Männer stürmten in den Raum und stülpten den Käfig über den Projektor. Die Frau verband ihren Koffer mit dem Käfig.

„Spannung angelegt", sagte sie.

„Doppelte Sicherheit", erklärte Myers. „Normalerweise sollte das Metallgeflecht jegliche elektromagnetischen Impulse nach draußen unterbinden, aber hier will ich wirklich sicher sein. Die angelegte Spannung wird auch die

Impulse überlagern, die vielleicht doch noch durchkommen."

„Was sollen wir mit dem Projektor machen?", fragte die Frau.

„Bringen Sie ihn ins Hochsicherheitslabor III. Hiermit ordne ich absolute Isolation an, es darf nicht die geringste Kommunikation nach draußen geben, auch keine Streustrahlung. Wir vermuten, dass er einen hochgefährlichen Trojaner enthält. Schotten Sie diese Wabe hier ab. Und dann untersuchen Sie jedes Byte, das sie verlassen hat, egal ob nach extern oder intern. Alle Geräte innerhalb der Wabe, die einen Chip enthalten, kommen ebenfalls ins Labor oder werden geschreddert, und wenn es der Feuermelder ist."

Die Frau sah Myers an, als hätte er den Verstand verloren. „Alle Geräte? In der ganzen Wabe?"

Er zeigte auf den Projektor. „Dieses Gerät ist eine informationstechnische Atombombe! Und jetzt fangen Sie an!"

Einige tausend Kilometer weiter südlich erklang ein melodischer Ton. Der 3D-Projektor im Hauptquartier der NSA in Lantika war für eine Konferenz mit dem Präsidenten der USA aktiviert worden. Das besaß höchste Priorität.

Korgh hatte gerade eine Verhandlung mit einem Unternehmen beendet, das lantische Metall-Legierungen für Auto-Cars verwendete. Seit der Zusammenbruch von Future Packings bekannt geworden war, ging alles viel schneller. Die Unternehmen kannten den Preis, wenn sie nicht kooperierten: Sie wurden ausgelöscht. Inzwischen hatte die künstliche Intelligenz in seinem Rechner ausreichend Material, um eigenständig Verhandlungen führen und auf unterschiedliche Umstände reagieren zu können.

Korgh markierte die noch ausstehenden Unternehmen in der Datenbank und übergab sie der Software.

Er selbst wandte sich dem Projektor zu. Myers und der Präsident würden sicher über die aktuellen Ereignisse und das weitere Vorgehen diskutieren. Spannend.

Korgh sah, wie die Tür zum Videokonferenzraum aufgestoßen wurde. Männer stürmten herein und stülpten etwas über den Projektor. Das Bild wurde schwarz. Sekunden später erschien das Symbol für Verbindungsabbruch.

Korgh war verblüfft. Das hatte er noch nie erlebt, und es konnte nur heißen, man hatte seine 3D-Projektoren enttarnt. Wenige Stunden zu früh! Für die Geräte in den Haushalten spielte das keine Rolle. Haussteuerungen knackte man in Sekunden, und die Welle rollte unaufhaltsam. Unternehmen dauerten etwas länger, aber auch diese Welle rollte. Die NSA war schwieriger. Die Leute dort verstanden ihren Job und hatten sich nach außen und innen nach allen Regeln der Kunst abgesichert. Nach allen Regeln *ihrer* Kunst. *Seine* Kunst reichte weiter. Fast wäre er am Ziel gewesen. Die NSA beherrschte weite Teile des Internets, und wenn er die gekapert hätte, wäre alles andere nur Formsache gewesen.

Korgh spürte Zorn in sich aufsteigen.

Er ballte die Fäuste, aber dann gewann sein logisches Denken wieder die Oberhand. Wo war die Schwachstelle gewesen, die ihn den schnellen Erfolg gekostet hatte?

Er hatte einen Verdacht.

Korgh sah sich die letzten Sekunden der Übertragung aus dem NSA Hauptquartier nochmals in Zeitlupe an.

Da. Ganz hinten. Nur zu sehen durch einen Spalt zwischen den heranstürmenden Männern.

Korgh fror das Bild ein und vergrößerte den Ausschnitt.

Anne Winkler!

10.

Der Raum besaß einen großen Schreibtisch mit mehreren Monitoren und eine Sitzgruppe. An der Wand hinter dem Schreibtisch hing ein Porträt des amerikanischen Präsidenten, eingerahmt von Flaggen der USA. An der rechten Wand war ein Regal mit Pokalen zu sehen, darüber Urkunden und ein Foto mit Myers und dem Präsidenten. Sie standen nebeneinander und lächelten in die Kamera. Die andere Wand wurde von einem riesengroßen Monitor dominiert, der eine Prärie zeigte, über die gerade ein paar Pferde galoppierten.

„Mein Büro", sagte Myers.

„Beeindruckend", sagte Anne und zeigte auf den Monitor mit der Prärie. „Ist das Ihre Heimat?"

Myers nickte. „Damit ich nicht vergesse, wie es dort aussieht. In meiner Heimatstadt gibt es einen Internetsender, der nonstop Bilder aus der Umgebung zeigt." Er deutete auf einen entfernten Hügel. „Dahinter steht mein Elternhaus. Ich war schon lange nicht mehr da."

Er ging zu einem Wandschrank, öffnete eine Tür und holte eine Flasche mit zwei Gläsern heraus. „Wollen Sie auch einen Schluck?"

"Gerne, danke."

„Meistens bin ich bei meinen Leuten, um nah am Geschehen zu sein." Er reichte Anne ein Glas und setzte sich in einen Sessel. Auch Anne setzte sich. „Aber manchmal ziehe ich mich hierher zurück, um meine Gedanken zu sortieren. Wir haben nicht viel Zeit, aber mein Gefühl sagt mir, dass wir mit routinemäßigem Vorgehen nicht weit kommen werden. Wenn ich gleich mit dem Präsidenten rede, muss ich Vorschläge präsentieren. Wir brauchen andere Ideen als die üblichen, was würden Sie vorschlagen?""

„Sie fragen *mich*?"

„Sie als Außenstehende haben eine andere Sicht auf die Dinge, und Sie haben einen analytischen Verstand." Myers sah Anne an. „Es waren noch nicht viele Leute in diesem Büro."

„Wenn das Ihre Art ist, mich rauszuwerfen, haben Sie mich überrascht."

Myers schwenkte das Glas in seiner Hand. „Das kommt schon noch, aber im Moment muss ich es leider verschieben."

„Was meinten Sie mit ‚schotten Sie die Wabe ab'?"

Myers zögerte. „Das sind geheime Interna."

„Fast so geheim wie dieses Büro. Ich möchte wissen, wie Sie denken."

„Unsere ganze Anlage hier ist informationstechnisch in Waben aufgeteilt, die nur über besondere Gateways verbunden sind. Das dient der Sicherheit, falls wider Erwarten doch ein Bereich infiziert wird. So können wir ihn relativ schnell isolieren. Das muss als Information genügen."

„Okay. Ich möchte sichergehen, dass Sie die Gefahr durch Korgh richtig einschätzen. Diese Isolierung ist bei den Geräten in den Haushalten unmöglich - ein geschickter Schachzug von Korgh. Er baut kein Rechenzentrum, das angreifbar wäre, sondern verteilt alles über die ganze Welt. Niemand kann Millionen Haushalte zwingen, ihre Geräte herauszugeben. Die Leute haben viel dafür bezahlt und sind so begeistert von der neuen Technik, die würden Sie lynchen, wenn Sie ihnen die Geräte verbieten würden. Und die Kommunikation zwischen den Geräten kann man auch nicht abschalten, denn das käme einem Ende des Internets gleich, was wir uns nicht leisten können. Das ist ziemlich raffiniert von ihm, aber er muss Strukturen bilden. Millionen Geräte müssen organisiert werden, die Arbeit zwischen ihnen muss aufgeteilt werden. Hier können wir ansetzen."

„Daran arbeiten wir schon", sagte Myers. „Briggs ist nicht untätig. Wir sind dabei, die Firmen aufzuspüren, die Korgh erpresst hat, und wir werden die Finanzströme untersuchen."

„Aber das reicht Ihnen nicht", stellte Anne fest. „Das, was Korgh in die Welt gesetzt hat, können Sie nicht auslöschen, sondern nur eindämmen. Es bindet Ihre Ressourcen, aber es führt nicht zum Sieg. Und bei alldem müssen Sie höllisch aufpassen, dass er nicht doch ein Schlupfloch in Ihre Systeme hinein findet. Früher oder später wird es passieren."

Myers nickte. „Ich wusste, dass Sie eine hervorragende Analytikerin sind. Ich würde Sie sofort einstellen."

„Keine Chance", sagte Anne. Sie zeigte mit ihrem Glas in Richtung des Monitors mit den galoppierenden Pferden. „Ich liebe die Freiheit."

„Habe ich mir auch nicht anders gedacht. Wir müssen an Korgh selbst herankommen und an seinen Computer. Solange wir das nicht erreichen, werden wir den Spuk nie los."

„Haben Sie irgendwelche Spuren?"

Myers schüttelte den Kopf. „Alles, was wir bisher versucht haben, war Fehlanzeige, und allem Zukünftigen können wir nicht mehr trauen."

„Er weiß, wie Sie im Internet agieren, und hat sich dagegen gewappnet. Auf andere Behörden können Sie sich nicht verlassen, weil er sie wahrscheinlich schon mit seinen Geräten unterwandert hat, und bei den Regierungen ist das genauso."

„Klingt nicht gut, ist aber wohl so. Moderne Kriege werden mit Hochleistungsrechnern und in Lichtgeschwindigkeit ausgefochten. Wenn man nicht schon vorher darauf vorbereitet ist, kommt man immer zu spät." Myers nahm einen Schluck aus seinem Glas.

„Kennen Sie Go?", fragte Anne.

„Das Spiel mit den Steinen, mit denen man sich umzingeln muss? Das habe ich früher gelegentlich gespielt - als ich noch Zeit hatte und die Welt normal war."

„So kommt mir die Situation vor. Korgh und Sie umzingeln sich gegenseitig im Internet, jeder versucht, den anderen zu fassen zu kriegen."

„Wobei wir noch die Sache mit den Chinesen an der Backe haben. Das bindet Ressourcen, selbst, wenn ich dem Präsidenten klarmachen könnte, dass Korgh dahintersteckt. Die Lawine ist am Rollen."

„Das heißt: Sie sitzen fest."

Myers stellte sein leeres Glas auf den Tisch. „Sonst säße ich nicht mit Ihnen hier. Alles, was wir tun können, wird gerade getan, aber die Zeit läuft gegen uns."

Er sah auf die drei Uhren an der Wand. Sie zeigten die Zeiten von Washington, Lantika und Tokio. „Es ist so weit, ich muss mit dem Präsidenten reden."

Er stand auf, Anne ebenfalls.

„Wie wollen Sie das machen? Videokonferenz geht wohl nicht, und Telefon ist auch schwierig. Vor Korgh ist keine Verschlüsselung sicher."

Myers lächelte. „Ein paar Möglichkeiten habe ich noch. Ich muss Ihnen ja nicht alles erzählen."

„Ich muss auch los", sagte Anne. „Vielleicht kann ich etwas bewegen."

„Was haben Sie vor?", fragte Myers, während er ihr die Tür aufhielt.

Anne lächelte. „Ein paar Möglichkeiten habe ich noch. Ich muss Ihnen ja nicht alles erzählen."

Auf dem Weg machte Anne einen kurzen Halt am Geldautomaten, um so viel Geld abzuheben, wie ihre Karten hergaben. Im Appartement warteten Yra und Aroon schon ungeduldig.

„Du warst lange unterwegs", wurde sie von Yra empfangen.

„Es sieht nicht gut aus", sagte Anne. „Die Zeit läuft uns davon, ich muss weg."
„Okay, dann packen wir", beschloss Yra. „Wohin geht's?"
„Allein."
Yra stockte. „Das gefällt mir überhaupt nicht."
„Es muss sein."
„Dann solltest du mir aber einiges erklären."
Anne warf einen Blick auf ihre Uhr. Ihr Flieger ging in fünfundvierzig Minuten, sie hatte ihn noch unterwegs gebucht. Andererseits war es verständlich, dass Yra informiert werden wollte. Sie sah sich im Appartement um. Dass Myers es gesäubert hatte, glaubte sie ihm sogar, und einen Lantis-Projektor gab es hier auch nicht. Aber unten im Foyer von Building One stand einer. Also musste sie davon ausgehen, dass das gesamte Netzwerk des Hauses korrumpiert war. Und mit der entsprechenden Technik konnte man nahezu jedes elektronische Teil in eine Wanze verwandeln. Sogar die Schallwellen der Sprache konnte man über Heizungen oder Wasserleitungen auswerten, wenn man es darauf anlegte. Es gab nur eine Möglichkeit.
Anne setzte sich und hielt Yra ihre Handflächen hin. In Sekunden gab sie ihr eine Zusammenfassung, was bei Myers passiert war und was sie entdeckt hatten.
Schlimm, dachte Yra.
Deshalb muss ich weg, und zwar unauffällig. Das geht nicht, wenn du mitkommst.
Hat es mit der Einkaufsliste zu tun, die du Walter gegeben hast?
Ja, aber es geht um mehr. Ich muss los.
Yra war intelligent genug, um zu verstehen, dass jetzt nicht die Zeit für weitere Erklärungen war. *Dann pass auf dich auf.*
Building One lag ganz in der Nähe des Flughafens. Durch einen besonderen VIP-Zugang konnte Anne alle Warteschlangen umgehen und saß gerade rechtzeitig in ihrem Flieger nach Frankfurt. Das war ein gutes Ziel, denn

es würde so aussehen, als machte sie einen Abstecher nach Hause. Zu ihrem großen Leidwesen war das nicht möglich, sie würde ihre Kinder wieder nicht sehen. Die Stunden nach der Landung in Frankfurt vergingen quälend langsam, aber sie durfte nicht in einem Hotel einchecken, denn dann wäre sie wieder in irgendeinem IT-System registriert und würde Spuren hinterlassen. Sie schlenderte die Zeil auf und ab, ohne einen Blick für die Auslagen der Geschäfte zu haben. Gegen sechs lief sie nach Sachsenhausen. In der Gaststätte „Zum gemalten Haus" aß sie zu Abend.

Endlich kam er, Walter Bullrider.

„Da bist du ja", begrüßte sie ihn. „Schön, dich zu sehen."

„Hast du eine Ahnung, was du mir mit deinen Aufträgen angetan hast? Ich habe kaum ein Auge zugetan seitdem."

„Hast du alles bekommen?"

„Ja." Walter setzte sich. „Nett hier."

Anne schüttelte den Kopf. „Lass uns lieber gehen."

„Ich könnte ein großes Bier gebrauchen."

„Später", sagte sie und stand auf.

Walter seufzte und sah sehnsüchtig auf das Tablett eines Kellners, der gerade Gläser am Nachbartisch verteilte. „Dich zu kennen, ist fast schon Folter."

„Ich hätte auch lieber Zeit für ein schönes Essen, aber Zeit ist das Letzte, was ich habe. Ich habe mir das Ganze nicht ausgesucht."

Sie gingen hinunter zum Main und dann am Museumsufer entlang.

„Zeig mal, was du hast!"

Walter gab Anne einen Umschlag, den sie sofort öffnete. Er enthielt nichts außer einem amerikanischen Pass.

„Amanda Hoover", las sie vor. „Naja, damit kann ich leben. Aber musste es ein amerikanischer Pass sein?"

„Sei froh, dass ich überhaupt einen für dich bekommen habe. Meine Kontakte zu Passfälschern sind ziemlich überschaubar, in Deutschland hätte ich überhaupt nicht gewusst, wo ich anfangen sollte. Selbst in den Staaten war es höllisch schwierig, jemanden zu finden, ohne aufzufallen."

„Ist im Prinzip auch egal, Hauptsache, ich habe einen."

„Was willst damit?", fragte er, „und warum wolltest du nicht im Lokal reden?"

„Ich will unerkannt reisen. Zuerst hatte ich nur eine Ahnung, dass es nötig sein könnte, aber jetzt weiß ich es sicher. Im Lokal wollte ich nicht reden, weil man uns überall abhören könnte, und dann nimmt man unsere Spur auf."

„Hast du so eine große Angst vor Myers?"

„Nein. Wir mögen uns zwar nicht, aber er hat andere Sorgen, als mir nachzuspionieren, auch wenn er wahrscheinlich vor Neugier platzt."

Zwei Fußgänger überholten sie. Anne schwieg, bis sie wieder genug Abstand hatten.

Walter hatte ebenfalls geschwiegen, aber mit spürbarer Ungeduld. „Du benimmst dich schlimmer als in einem Verschwörungsthriller, wo sich der Gejagte vor der ganzen Welt verstecken muss."

„Es *ist* schlimmer", sagte Anne. „Was siehst du in den Nachrichten?"

„Chinesen und Amerikaner machen sich gegenseitig die Hölle heiß, sagt man. Die Liste von unerfreulichen Ereignissen wird jeden Tag länger, und die Menschen werden immer nervöser. Du solltest mal die Sicherheitsvorkehrungen an amerikanischen Flughäfen erleben. Dass man überhaupt noch in ein Flugzeug kommt, ist fast schon ein Wunder."

„Hinter allem steckt Korgh", sagte Anne. „Er wiegelt die Regierungen gegeneinander auf, um ungestört das Internet übernehmen zu können. Fast hätte er sogar die Systeme der NSA geknackt."

„Wow!", entfuhr es Walter. „Das will was heißen."

Anne berichtete ihm von den Vorfällen im NSA-Hauptquartier in Lantika.

„Klingt wirklich nicht gut", sagte Walter. „Und was hast du jetzt vor?"

„Auf Reisen gehen. Vielleicht finde ich ja irgendwo eine Lösung."

„Etwas redseliger könntest du schon sein", beklagte er sich.

„Je weniger Leute etwas wissen, desto größer sind meine Chancen auf Erfolg."

Walter blieb stehen und sah Anne an. „Du glaubst doch nicht etwa, dass ich jemandem etwas erzähle?"

„Sicher nicht. Aber ich habe keine Ahnung, über welche Möglichkeiten Korgh verfügt. Man kann nicht vorsichtig genug sein, und viele Chancen, ihn zu stoppen, haben wir nicht. Vielleicht ist das, was ich plane, sogar die letzte."

„Okay, du willst mal wieder die Welt retten. Scheint dein Hobby zu werden."

„Ich hab's mir nicht ausgesucht. Es gäbe eine Menge, was ich lieber machen würde."

„Dann drücke ich dir die Daumen."

Ein bar bezahltes Bahnticket nach Basel und ein Leihwagen auf den Namen Amanda Hoover sollten eigentlich genügen, um keine Spuren zu hinterlassen. Um nicht durch irgendeine der überall auf Bahnhöfen installierten Kameras erkannt zu werden, hatte Anne sich seit ihrem Abschied von Walter mit Perücke, Sonnenbrille und einem leichten, aber voluminösen Schal getarnt. Die Entdeckung durch einen Vergleich von Bewegungsmustern und Körperhaltung konnte man durch einen weiten Mantel erschweren. Sie ging davon aus, dass Korgh wusste, dass sie mit Myers in

Kontakt stand und vor kurzem Lantika verlassen hatte. Wenn er die Netzwerke von Behörden geknackt hatte, war es ihm ein Leichtes, nach ihrem Namen und ihrem Gesicht zu suchen. Im Moment konnte sie nur hoffen, dass ihre Vorsichtsmaßnahmen ausreichten.

Sie kam in den frühen Morgenstunden in Genf an; im Zug hatte sie einige Stunden Schlaf nachholen können. Bewaffnet mit einer Tüte voller frischer Croissants und Brötchen klingelte sie bei Tobias Bürki, dem Bruder ihres Mannes.

Tobias öffnete selbst. Er ähnelte ihrem Mann sehr und hatte sich kaum verändert, nur seine Schläfen wiesen ein paar graue Haare auf, und er sah müde aus.

„Hallo, Anne", sagte er. „Was für eine Überraschung, dich zu sehen."

Ihr entging die Ironie nicht. „Du bist nicht wirklich überrascht."

„Nur über die Tüte vom Bäcker. Ansonsten, nein." Er bat sie herein. „Immer, wenn auf der Welt das Chaos losbricht, bist du irgendwie darin verwickelt, und dann dauert es nicht lange, bis du hier vor der Tür stehst. Im Internet ist die Hölle los - aber das weißt du bestimmt."

Sie nickte. „Darf ich mich erstmal umsehen, bevor wir weiterreden?"

Tobias sah sie mit einem seltsamen Blick an. „Tu, was du nicht lassen kannst."

Anne ging durch die Räume im Erdgeschoss des Chalets, Tobias folgte ihr.

„Oben und im Keller hast du auch keinen der neuen 3D-Projektoren?"

„Ich habe einen bestellt", sagte er, „aber die Lieferzeiten tendieren gegen unendlich. Alle wollen einen haben, und ich war nicht schnell genug. Was ist damit?"

Anne atmete erleichtert auf. Hätte Tobias schon einen Projektor gehabt, hätte sie sofort wieder umkehren können.

„Die Projektoren sind Trojanische Pferde, gegen die man sich nicht schützen kann, wenn man sie einmal im Haus hat. Sie sind wesentlich für das Chaos im Internet verantwortlich."

Tobias zog die Brauen hoch. „Oh. Darüber solltest du mir mehr erzählen."

„Gleich. Wo sind Elena und eure Tochter?"

„Machen Urlaub bei Elenas Eltern. Ich konnte nicht mit, dafür ist im Moment zu viel los."

„Du machst dir Sorgen um CERN? Ist das Wissenschaftsnetzwerk auch schon infiziert?"

„Ich glaube nicht, aber wir rechnen jeden Tag mit einem Angriff, und wie lange wir widerstehen können, weiß ich nicht. Was ich im Internet beobachte, hat eine ganz andere Qualität als bisher."

Anne atmete auf. Ihre ganze Hoffnung ruhte auf dem Netzwerk von CERN, das aus zweihundert Rechenzentren auf der ganzen Welt bestand, die durch Hochleistungsverbindungen miteinander verknüpft waren. Hier wurden die gigantischen Datenmengen verarbeitet, die die Beschleuniger und Detektoren in CERN produzierten. Anne nahm an, dass Korgh wenig Interesse an diesen Experimenten hatte, denn sie dienten ausschließlich wissenschaftlicher Grundlagenforschung und das Netzwerk existierte abseits des Internets, das Korgh erobern wollte. Er hatte anderes zu tun, als sich um etwas zu kümmern, was ihn seinem Ziel nicht näherbrachte und in dessen Struktur man sich erst mühsam einarbeiten musste.

Das Zentrum dieses Netzwerks war CERN, und Tobias war als letzte Instanz für dessen Sicherheit verantwortlich. Die meiste Arbeit wurde von einem Spezialistenteam auf dem CERN-Gelände erledigt, Tobias sollte nur in Notfällen eingreifen, weshalb er seinen Arbeitsplatz außerhalb hatte - im Keller eines unauffälligen Chalets, wie es viele in dieser Gegend gab. Seine Arbeit war anspruchsvoll, aber zeitlich überschaubar, weshalb er sich ausgiebig seinem Hobby widmen konnte: Er beobachtete und erforschte die Entwicklung des Internets, das 1989 hier in CERN geboren worden war.

„Wir könnten zusammen frühstücken", schlug Anne vor. Sie hielt ihm die Tüten hin. „Genug zu essen habe ich. Dabei kann ich dir alles erzählen."

Der Tisch auf der Terrasse war schnell gedeckt, aber wie beim letzten Mal konnte Anne die wunderbare Aussicht auf den Genfer See nicht genießen. Sie hatte das Gefühl, dass Korgh wie eine dunkle Gewitterwolke über der Bergkette aufzog und das Sonnenlicht aufsaugen wollte.

Sie berichtete von den Geschehnissen in Lantika und ließ auch das Hauptquartier der NSA nicht aus. Das unterlag zwar alles höchster Geheimhaltung, aber in diesem Fall fand sie es berechtigt, sich darüber hinwegzusetzen.

Tobias hörte aufmerksam zu, ohne sie zu unterbrechen.

„Dieser Korgh ist ja ein ganz übler Knochen", stellte er fest, als Anne fertig war. „Und überaus raffiniert dazu."

Er überlegte einen Moment und sagte dann: „Die NSA hat keine Chance gegen ihn."

Anne sah das ähnlich, aber sie wollte eine zweite Meinung einholen. „Wie kommst du darauf?"

„Die NSA hat die größten Rechenkapazitäten der Welt, die sie aber auf mehrere Standorte konzentriert." Er stellte die Zuckerdose in die Mitte des Tischs. „Die kann man lokalisieren und angreifen. Natürlich sind sie bestens geschützt, aber kein Schutz hält ewig, zumal, wenn man mit hochentwickelten Waffen angreift. Ihre Kapazitäten verstärken kann die NSA nur langfristig. Korgh verhält sich dagegen wie ein Virus, der die Menschen dazu bringt, für *ihn* zu arbeiten, *Millionen* von Menschen." Tobias verstreute Zucker über den Tisch. „Er musste ihnen nur einen Konstruktionsplan liefern, genau wie ein Virus den Zellen einen Plan liefert, wie sie den Virus vervielfältigen können. Jetzt reproduzieren die Menschen Korghs Hochleistungsrechner auf ihre eigenen Kosten, womit seine Kapazität in einer Minute um so viel wächst, wofür die NSA ein Jahr bräuchte. Gleichzeitig werden die Menschen ihre Investition und damit seine Rechner schützen. Würde man die Rechner in den 3D-Projektoren angreifen, würden die Besitzer auf die Barrikaden gehen. Im Ernstfall könnte Korgh sie sogar als Geiseln nehmen. Er könnte ihre Haussteuerungen dazu bringen, sie einzusperren, er könnte ihr Geld abheben, ihnen den Strom abdrehen und jede Menge mehr. Während die NSA gar nicht so viel investieren kann, wie für einen Cyberkrieg gegen ihn nötig wäre, verdient er sogar prächtig daran. Ein perfekter Plan. Sie können gegen ihn nicht gewinnen."

Tobias betrachtete den Zucker auf seinem Tisch. „Einen Zuckertopf kannst du abschießen, aber nicht die verteilten Zuckerkrümel. Besonders nicht, wenn sie sich rasant vermehren." Er lehnte sich zurück. „Das sieht wirklich nicht gut aus."

Anne konnte seiner Analyse nur zustimmen; sie ließ ihrem Schwager etwas Zeit, um darüber nachzudenken.

Nach einer Weile fragte er: „Aber du hast einen Plan, deshalb bist doch hier."

„Lass uns in den Keller gehen", schlug sie vor.

Gemeinsam gingen sie die Treppe hinunter. Der Weinschrank mit den unterschiedlichen Temperaturzonen war immer noch gut gefüllt. Die Wasserkästen und Vorräte standen an denselben Stellen wie bei ihrem letzten Besuch. Auch der alte Wandschrank war noch da, in dem sich die Iriserkennung, Stimmanalyse und der Fingerabdruckscanner befanden. Das unauffällige Wandregal bewegte sich mit der von ihm verdeckten Stahlwand zur Seite, und die beiden traten in Tobias' eigentlichen Arbeitsbereich. Anne hatte den Eindruck, dass sich auch hier kaum etwas verändert hatte, bis auf die Rechnertürme im Klimabereich hinter der Glaswand. Diese waren durch moderne Einheiten ersetzt worden, die vermutlich deutlich leistungsfähiger waren. Das Mooresche Gesetz, nach dem die Rechenkapazitäten stetig wuchsen, machte auch vor CERN nicht halt.

Tobias setzte sich an seinen Arbeitsplatz, der hufeisenförmig mit Monitoren und Tastaturen umgeben war. „Was willst du sehen?"

„Kannst du mir die Verteilung der 3D-Projektoren zeigen?"

Er nickte. „Aber das dauert einen Moment. Sie haben typische Signaturen, die ich erst isolieren und dann danach suchen muss."

Eine Viertelstunde später war es so weit. Auf einer Weltkarte, die Tobias einblendete, erschienen erste Punkte. Die Anzahl wuchs rasend schnell.

„Wie ich erwartet habe", sagte Anne. „Es bilden sich Cluster heraus, vor allem da, wo es viele wohlhabende Menschen gibt, die sich so ein Ding leisten können."

Sie warteten noch einen Moment ab, aber an dem grundsätzlichen Bild änderte sich nichts. Die Punkte wurden nur mehr und dichter.

„Vermutlich macht Korgh es so wie ein Krake, der hat in jedem Arm ein eigenes Gehirn. Selbst wenn man einen Cluster abschneiden würde oder die Kommunikation unterbinden, bleibt genug Intelligenz übrig, dass sie weiterarbeiten können."

„Ein Krake hat neun Gehirne", sagte Tobias, „aber nur eins, das die übergeordneten Funktionen übernimmt."

„Richtig, nur finden wir es auf diese Art und Weise nicht. Und da Korgh weiß, dass man danach suchen wird, wird er die Kommunikation mit dieser Stelle nach allen Regeln der Kunst verschleiern. Darin dürfte er Myers und seinen Leuten meilenweit überlegen sein."

„Und wie willst *du* es finden?"

„Es muss sich um Korghs persönlichen Rechner handeln. Den wird er sicher nicht aus der Hand geben. Also ist er da, wo auch Korgh ist."

Tobias nickte. „Logisch, aber danach sucht Myers auch - vergeblich, wie du mir erzählt hast."

„Wir müssen eben anders suchen. Myers hat voll auf die sozialen Netzwerke gesetzt, das ist sein Metier. Er ist davon ausgegangen, dass von einem entdeckten Lantis sofort Fotos gepostet werden."

„Was nicht funktioniert, weil die Menschen sich einen Spaß daraus machen, sich als Lantis zu verkleiden. Aus der Masse der Fotos einen echten Lantis herauszufiltern, gelingt selbst Myers nicht."

„Aber Korgh konnte nicht wissen, dass die Menschen so verrückt sind, also wird er auch in dieser Hinsicht auf Verschleierung achten. Was würdest du tun, wenn du in einer Region das Internet beherrschst und nicht willst, dass dein Name dort auftaucht oder ein Foto von dir?"

„Ich würde einen Filter setzen und alles aus dem Netz holen, was mit mir zu tun hat." Tobias' Miene hellte sich auf. „Das könnte ein Ansatz sein."

„Kannst du herausfinden, wo am *wenigsten* Fotos von Lantis ins Internet gestellt werden?"

„Puh. Das ist nicht einfach."

„Würde ein starker Kaffee helfen?"

Tobias lächelte. „Auf jeden Fall."

Anne ließ Tobias arbeiten und kam nach einiger Zeit mit zwei großen Tassen zurück.

Sie musste noch etwas warten, bis wieder Punkte auf dem Monitor erschienen. Hier wurden viele Lantisfotos ins Netz gestellt, Nord- und Südamerika, Europa, Indien und Ostasien waren übersät mit Funden. Aber dieses Mal interessierten sie sich für die Stellen, an denen *keine* waren. Davon gab es auch eine ganze Menge.

„Die Antarktis können wir sicher ausschließen", sagte Tobias, „und die großen Wüsten und Sibirien auch."

„Logisch. Da, wo keine Menschen leben, werden auch keine Fotos gepostet. Blende mal alle Ballungsgebiete und Millionenstädte ein."

Das Ergebnis deckte sich fast komplett mit den vielen Lantis-Posts – bis auf eine Stadt.

Tobias zoomte die Stelle heran. „Luanda in Angola. Das ist die einzige Millionenstadt, in der so gut wie keine Fotos eines Lantis ins Netz gestellt werden."

„Er braucht eine gute Internetanbindung. Wie sieht es damit aus?"

Tobias rief eine Weltkarte des Internets auf. Die besten Anbindungen hatten wieder die Gegenden, in denen viele Menschen lebten und es viele Lantisfotos gab, aber Luanda war auch sehr gut vernetzt.

„Angola ist an WACS angeschlossen", erklärte er. „Das ist ein Glasfaserkabel, das von Südafrika bis Europa reicht. Und es gibt ein Kabel über den Atlantik in Richtung Südamerika."

Anne rief einen Wikipedia-Artikel über Telekommunikation in Angola auf und überflog ihn. „Die Regierung schränkt das Internet praktisch gar nicht ein und kontrolliert auch nichts. Das ist perfekt für Korgh. Auch sonst passt Luanda hervorragend. Die Großstadt bietet ihm alles, was er braucht, und trotzdem kann er dort untertauchen, ohne dass irgendwelche Behörden zu neugierig sind. Korgh sitzt in Luanda!"

Tobias nickte. „Klingt gut, aber was nützt dir das? Du kannst schlecht hinfahren und ihn in der Stadt suchen. Selbst wenn du ihn findest, wird er dir kaum die Tür aufmachen und seinen Rechner abschalten."

„Ich nicht, aber Myers kann es. Er muss nicht mehr auf seine Internetrecherchen setzen, die von Korgh sabotiert werden, oder auf Behörden, deren Rechner schon von ihm infiziert sind. Mit diesen Informationen hat er eine Chance."

„Das ändert aber nichts an der Krake, die Korgh in die Welt gesetzt hat; sie hat viele Gehirne, und sie wachsen rasant."

„Darum kümmerst *du* dich."

„*Ich?*" Tobias sah Anne verblüfft an. „Was kann ich denn tun, was die NSA nicht schafft?"

„Viel mehr, als du denkst."

„Das ist nicht schwer, ich denke nämlich gar nichts." So sah er im Moment auch aus, er hatte keine Idee, worauf Anne hinauswollte.

„Myers kämpft wie ein Schwergewichtsboxer", erklärte sie. „Er wirft die Macht seiner Organisation in den Ring und versucht, Korghs Strukturen auszuknocken. Das gelingt ihm aber nicht, denn genau darauf ist Korgh eingestellt, und seine Abwehrmechanismen übersteigen Myers' Angriffsmöglichkeiten bei Weitem. Du solltest es wie ein Jiu-Jitsu-Kämpfer versuchen und die Kraft des Gegners für deine Zwecke ausnutzen."

„Aha", sagte Tobias. „Wenn du glaubst, ich hätte irgendetwas von dem verstanden, was du meinst, dann liegst du falsch. Ich habe immer noch keine Ahnung, was ich tun sollte."

„Ganz einfach", gab Anne mit einem Lächeln zurück. „Bitte die 3D-Projektoren um ihre Hilfe."

Tobias' Unterkiefer klappte nach unten, und Anne musste lachen. „Schade, dass ich keine Kamera dabeihabe." Dann wurde sie wieder ernst. „Die 3D-Projektoren und CERN haben viel gemeinsam. Die Rechner in den Projektoren brauchen einander, um zu funktionieren und zusammen wie ein Gehirn zu arbeiten. CERN braucht Hunderte von Rechenzentren auf der Welt, um die Versuche auszuwerten. Sieh dir an, wie sich ein neuer Projektor in die Strukturen von Korgh integriert, wie er Daten empfängt, auswertet und weiterleitet. Und dann schickst du selbst Daten zum Auswerten, Material hast du doch genug."

Tobias nickte. „Wir generieren mehr als eine Million Gigabyte pro Sekunde."

„Das klingt doch nicht schlecht. Wenn du es schaffst, Korghs Projektoren dafür einzuspannen, haben sie genug zu tun und kommen nicht mehr auf dumme Gedanken."

„Wenn ich es schaffe ..." Tobias sah zweifelnd zu den Rechnertürmen hinter der Glaswand. „Ich habe keine Ahnung, wo ich anfangen sollte."

„Lass dir was einfallen. Ihr in CERN seid Profis darin, andere Rechner für eure Zwecke einzuspannen, und *du* kennst das Internet besser als jeder andere."

„Korghs Rechner werden sich diese Manipulation nicht gefallen lassen."

Anne schüttelte den Kopf. „Du denkst immer noch wie Myers."

„Was ist daran falsch?"

„Myers sieht überall geschützte Systeme, abgeschottete Rechner und noch stärker abgeschottete Rechenzentren. Sein Herzensanliegen ist, diese Systeme zu knacken und darin herumzuschnüffeln. So kommst du mit Korghs Rechnern aber nicht weiter, sie sind mit unseren Mitteln nicht zu knacken. Wenn du auch nur daran denkst, hast du schon verloren."

„Akzeptiert. Aber wie soll ich *dann* denken? Ich muss doch irgendwie in sie reinkommen. Und wie sollen sie unsere Protokolle verstehen? Unsere Datenformate sind völlig fremd für sie."

„Du musst fast gar nichts tun, das ist der Trick. Sie selbst werden dich mit Freuden einladen, und sie werden sich alle Mühe geben, deine Daten zu verstehen."

Tobias sah Anne an, als hätte sie ihren Verstand verloren.

Sie seufzte. „Versetz dich in Korgh, streng deine Fantasie an. Als er seine Pläne vorbereitete, hat er dabei an Feuermelder gedacht? Kannte er die Datenformate von Kühlschränken? Oder die Verschlüsselung von Haussteuerungen? Oder die Struktur von menschlichen Firmennetzwerken?"

Tobias verneinte.

„Seine 3D-Projektoren verbinden sich mit allem, was sie finden können. Egal, was es ist, denn sie haben keinen blassen Schimmer davon, in welchem Umfeld sie landen. Wenn sie die Verbindung zu einem Gerät haben, saugen sie alles an Daten auf, was sie kriegen können. Dann beginnt die künstliche Intelligenz der Rechner, Muster in den Daten zu suchen. Sie spürt Verschlüsselungen auf und verknüpft Daten zu größeren Zusammenhängen. Und wenn ein Projektor überfordert ist, nimmt er einen anderen hinzu, so lange, bis sie mit den Daten etwas anfangen können. Dann geben sie ihre Erkenntnis weiter, und die nächste Sache kommt dran. Nur so kann Korghs System in einer fremden Umgebung funktionieren."

In Tobias arbeitete es. „Das heißt, ich müsste nur so tun, als wäre CERN ein neues *Gerät*?"

„So ungefähr. Diese Dinger haben doch keine Ahnung davon, wie groß das Teil am anderen Ende der Verbindung ist. Das Entscheidende ist, sie *wollen* diese Verbindung, denn dafür sind sie gemacht; und sie sind scharf auf jedes Bit, das über die Leitung kommt. Sie können nicht anders, als sich darauf zu stürzen, um es zu analysieren. Sie dürfen nur nie auf den Gedanken kommen, man wollte sie manipulieren, dann machen sie die Tür zu. Aber wir wollen sie nicht manipulieren. Wir wollen ihnen geben, wonach sie verlangen: Daten, Daten, und noch mehr Daten."

Annes Idee schien bei Tobias anzukommen, seine Miene zeigte Anzeichen von Zuversicht. „Das könnte tatsächlich funktionieren. Und mit Daten zuwerfen kann ich sie, so dass ihnen Hören und Sehen vergeht." Er schüttelte den Kopf. „Wie kann man bloß auf so einen Gedanken kommen? Normal ist das nicht."

„Es geht noch besser", sagte sie, ohne auf Tobias' Anspielung zu antworten. „Korghs weltumspannendes Multi-Projektoren-Gehirn ist eurem Verbund von Rechenzentren um Lichtjahre überlegen. Stell dir mal vor, was diese künstliche Intelligenz aus euren Daten herausfiltern könnte. Vielleicht springen bei dieser Sache nebenbei noch wissenschaftliche Erkenntnisse raus, für die ihr sonst Jahre gebraucht hättet."

„Nebenbei ...", ächzte Tobias. „Ja klar ... natürlich ... wie sollte es auch anders sein. So ganz nebenbei erledigen wir die Aufgaben, die die NSA mit ihrem Milliardenetat nicht schafft, und revolutionieren im Vorbeigehen noch die Wissenschaft."

„Das, was die NSA nicht schafft, erledigen wir nicht nebenbei", korrigierte Anne. „Darauf musst du dich voll konzentrieren. Der *Rest* kommt nebenbei. Du musst natürlich darauf achten, dass Korghs Rechnerverbund keinen direkten Zugang zu CERN bekommt, sonst seid ihr nicht mehr Herr in eurem Haus. Am besten merken sie gar nicht, was wirklich hinter den Daten steht."

Sie sah Tobias an. „Du weißt, was du jetzt zu tun hast? Ich muss nämlich wieder los."

„Ich denke, ja. Wo willst du hin?"

„Zurück zu Myers. Ich muss dringend mit ihm über Luanda sprechen."

„Die Welt retten. Verstehe."

11.

Professor Hawker saß in seinem privaten Appartement vor seinem 3D-Projektor. Gleich musste er seinen Bericht bei Korgh abliefern.

Bei dem Gedanken an den mächtigen Lantis schauderte es Hawker jedes Mal. Er würde nie das Entsetzen vergessen, als Korgh einen Teil seines Wissens gelöscht hatte. Einfach auf Knopfdruck. Er könnte es immer noch nicht glauben, wenn da nicht dieses Loch in seinem Gedächtnis wäre. Da, wo einmal seine Französischkenntnisse gespeichert waren. Jahre hatte er gebraucht, um diese Sprache zu lernen, und dann noch mal Jahre, bis er sie so gut beherrschte, dass er Vorlesungen darin halten konnte.

Alles ausradiert. In einer Sekunde.

Es war gespenstisch, was man anstellen konnte, wenn man die Macht über das Gehirn eines anderen hatte. Man konnte ihn zur Marionette machen. *Er* war jetzt die Marionette von Korgh. Der Lantis konnte ihn jederzeit töten, auch auf Knopfdruck. Mit dieser Tatsache hatte sich Hawker mittlerweile abgefunden, einen Ausweg aus dieser Sackgasse war ihm noch nicht eingefallen, und das, obwohl Korgh sein Gehirn optimiert hatte. Ob er schneller dachte, konnte er nicht kontrollieren, langsamer war es jedenfalls nicht. Aber Chinesisch und Arabisch verstand er und hatte die beiden Sprachen auch fleißig trainiert, damit das neue, durch Korgh erlangte Wissen nicht wieder verblasste. Am Ende war das Geschäft gar nicht so schlecht gewesen, Französisch gegen Arabisch und Chinesisch. Zwei noch schwierigere Sprachen, die dazu in ihrer wirtschaftlichen Bedeutung größer waren.

Er verstand auch die Vorgänge im Gehirn besser, vor allem, was mit der Optimierung zusammenhing. Bedauerlicherweise hatte er aus diesem Wissen noch kein Kapital schlagen können, es wäre zu auffällig gewesen. Ob Korgh deshalb enttäuscht war?

Der Projektor meldete ein Eingangssignal, ein grüner Kopf erschien: Korgh.

„Hawker, wie sieht es in Lantika aus?"

Korgh kam direkt zur Sache. Das war gut. Hawker hatte keine Lust auf Smalltalk, bei Sachinformationen war die Gefahr neuer Katastrophen geringer. Sein Bedarf an schlechten Nachrichten, die sein Leben betrafen, war mehr als gedeckt.

„Im wissenschaftlichen Bereich herrscht weitgehend Ruhe. Man tritt mit den Forschungen auf der Stelle, weil man die nächsten Container nicht öffnen kann."

„Dein Gehirnoptimierungsprogramm?"

„Gehe ich vorsichtig an, um nicht aufzufallen."

„Gut. Das hat keine Priorität."

Hawker war erleichtert. Er hatte zumindest Kritik erwartet.

„Die Geheimdienste?"

„Davon bekomme ich nicht viel mit. Sie haben das Labor abgesperrt und auseinandergenommen. Ob sie etwas herausgefunden haben, kann ich nicht beurteilen. Allgemein herrscht große Unruhe, weil du verschwunden bist. Zwischen Amerikanern und Chinesen gibt es ständig Konflikte."

„Anne Winkler?"

„Bin ich noch nicht begegnet. Keine Ahnung, wo sie ist."

„Wenn sie auftaucht, will ich es sofort wissen."

Hawker war überrascht. Wusste Korgh etwa nicht über sie Bescheid?

„Gebe ich sofort an dich weiter, wenn sie hier landet."

„Vergiss nicht: Vermeide jeglichen Kontakt zu ihr."

Das würde er ganz sicher nicht vergessen, schließlich hatte Korgh ihm gedroht, ihn sofort zu töten, wenn Anne Winkler ihn berühren würde. Es war schon seltsam: Die mächtigen Geheimdienste schienen Korgh nicht im Geringsten zu beunruhigen, aber diese Anne Winkler ... Hawker wusste zwar nicht warum, aber Korgh schien diese deutsche Wissenschaftlerin als äußerst gefährlich einzustufen.

„Werde ich vermeiden", bestätigte Hawker.

„Gut", sagte Korgh. „Nun zu deiner nächsten Aufgabe: Hör mir gut zu!"

Professor Hawker meinte, sein Herzschlag müsste das ganze Fahrzeug erschüttern. Was er jetzt vorhatte, war der helle Wahnsinn! Neben ihm saß Charlotte Fuller. Aus dem Augenwinkel sah er, dass sie in ihre rechte Hosentasche griff. Zog sie eine Pistole? Nein, es war nur ein Tuch, mit dem sie über ihre Datenbrille wischte.

„Und ihr Chef hat die Aktion bestätigt?", fragte er und hoffte, dass sie das Zittern in seiner Stimme nicht bemerkte.

„Sonst hätten Sie es nicht bis hierher geschafft." Ihre Stimme war kalt wie immer. Fast schon beruhigend.

Sie näherten sich den Wachen, die den Bereich sicherten, in dem die restlichen Container lagerten. Links standen vier amerikanische Soldaten, rechts vier chinesische. Man meinte, die Spannung zwischen ihnen greifen zu können. Ob ihre Waffen entsichert waren? Hawker konnte es nicht beurteilen, von Waffen hatte er keine Ahnung.

Als er den Wagen stoppte, kam von jeder Seite ein Posten auf sie zu, die Mündung seiner Waffe auf das Fahrzeug gerichtet.

Ich will nicht sterben, dachte Hawker. *Noch nicht.*

Er ließ die Scheiben herabfahren, der Mann beugte sich herab, kalte Augen sahen ihn an. „Was wollen Sie?"

„Wir sollen die Container umlagern."

„Ausweise!"

Hawker reichte seinen Ausweis nach links aus dem Fenster, Charlotte Fuller nach rechts. Die Soldaten nahmen sie und verschwanden mit ihnen jeweils durch eine Tür.

„Nervös?", fragte die Fuller.

„Ich bin immer nervös, wenn ich in die Nähe der ungeöffneten Container komme." Eine schlechte Lüge, aber etwas Besseres fiel ihm nicht ein, und ob sie ihm glaubte, war letztlich egal.

Die Minuten verrannen, keiner sagte ein Wort. Seine Anspannung ließ kein bisschen nach, im Gegenteil, die Warterei zerrte an seinen Nerven. Ihr Anliegen war ungewöhnlich, die Posten würden sich bei übergeordneten Stellen rückversichern. Niemals würde man sie hier hereinlassen, um das zu tun, was sie vorhatten.

Hawker malte sich aus, wie die Posten sie festnahmen und was sie dann alles mit ihnen anstellten. Nichts davon war im Geringsten angenehm.

Es dauerte fast zehn Minuten, bis die Posten zurückkamen. Hawker sah nur auf die Mündung der Waffe, die in seine Richtung zeigte, und hätte fast vergessen, den Ausweis entgegenzunehmen, den ihm der Soldat an seiner Seite reichte.

„Sie dürfen passieren."

Dann drehte er sich um und ging. Hawker konnte es kaum fassen, aber dann wurde ihm bewusst, dass der Soldat nur ein Befehlsempfänger war. Er war darauf trainiert, nicht selbst zu denken, sondern das zu tun, was man ihm sagte.

Hawker beschleunigte und hinter ihm die Lastwagen mit den Frachtcontainern ebenso. An der nächsten Schleuse wiederholte sich das Spiel mit dem Unterschied, dass Hawker geringfügig ruhiger war.

Das änderte sich, als sie vor der Halle mit den Containern ankamen. Sie wirkte wie ein großer Tresor, überall hingen deutlich sichtbar Kameras und nahmen jeden Quadratzentimeter aus unterschiedlichsten Perspektiven auf.

Hawker wusste, dass es weitere unsichtbare Sicherheitsvorkehrungen gab, aber selbst ihm als Leiter der Forschungen und Bürgermeister von Lantika waren keine Details bekannt.

Vor der Halle gab es nur noch einen einzigen weiteren gemischt amerikanisch-chinesischen Posten. Nach weiteren zehn Minuten mit erneuten, dieses Mal nicht verborgenen Rückfragen öffneten die Posten die breite Torwand.

Da standen sie, die Lantis-Container sieben bis zwölf. Ein majestätischer Anblick. Man sah ihrer Oberfläche an, dass sie sehr alt waren, aber fünfundsechzig Millionen Jahre? Das konnte er noch immer kaum glauben.

Die drei Lastwagen rollten heran, und Hawker musste Platz machen. Von den Fahrern nahm sich niemand Zeit, die Erzeugnisse einer uralten Kultur zu bewundern, sie hatten einen Job zu erledigen, und sie taten es. Am hinteren Ende jedes Lastwagens hing ein kleiner Gabelstapler, mit deren Hilfe sie die Lantis-Container jeweils in einen irdischen Standardcontainer packten und dort für den weiteren Transport sicherten. Das eine oder andere Mal wollte Hawker einschreiten und zur Vorsicht mahnen, aber dann hielt er sich doch zurück. Die Container waren überaus stabil, und die Fracht war darin besser geschützt, als Menschen das vermocht hätten. Sie waren über dem Mond abgeworfen worden und hatten auf dessen Oberfläche eine Ewigkeit überdauert, da würden sie auch diesen irdischen Transport überstehen.

Charlotte Fuller ging immer wieder zur Seite und kommunizierte über ihre Datenbrille, wahrscheinlich mit Myers. Hawker hielt jedes Mal die Luft an, aber sie kam stets mit ausdruckslosem Gesicht zurück und beobachtete schweigend den Verladeprozess.

Hawker sah auf seine Uhr. Sie mussten sich beeilen, damit die Frachtmaschine auf dem Flughafen von Lantika nicht allzu lange warten musste - wenn sie denn überhaupt kam. Er hatte alles in höchster Eile organisiert und hoffte, nichts übersehen zu haben. Außerdem gab es nicht nur elektronische Kommunikation. Niemand konnte mit Sicherheit sagen, wie lange ihr Zeitfenster offen war.

Der Rückweg verlief unspektakulär, was Hawker mehr in Erstaunen versetzte, als wenn man sie festgenommen hätte. Da hatten sie die wertvollste Fracht der Welt auf der Ladefläche und fuhren einfach mit ihr davon.

Auf dem Flughafen gab es keinerlei Nachfragen, die Bodendienste verluden den ganzen Tag lang Standardcontainer und interessierten sich nicht für den Inhalt. Wenn die Fracht in ihren mobilen Geräten als freigegeben gekennzeichnet war, wurde sie eben verladen.

Hawker war unendlich erleichtert, als die Tür seines Appartements hinter ihm ins Schloss fiel. Aber dann kam es ihm hoch. Er schaffte es gerade noch bis zur Toilette und erbrach sich, bis sein Magen nichts mehr hergab.

Jetzt stand er vor dem Spiegel und sah in ein leichenblasses Gesicht. Seine Knie zitterten, und er musste sich auf dem Rand des Waschbeckens abstützen.

Mein Gott, war das eine Anspannung gewesen. Die ganzen Waffen, die kritischen Blicke der Soldaten, allgegenwärtige Kameras - und dann das Wissen, was er getan hatte.

Er hatte die Container der Lantis gestohlen! Den größten Schatz der Menschheit.

Er musste wieder würgen, aber in seinem Magen war nichts mehr. Er spuckte nur etwas bittere Magensäure aus.

Für jeden mit einem gesunden Menschenverstand war es eine unmögliche Mission gewesen. Tödlicher Ausgang garantiert - aber es hatte funktioniert. Er konnte es immer noch nicht fassen, das Zittern seiner Knie wurde wieder stärker. Nein, für so etwas war er nicht geschaffen. Und Charlotte Fuller? Die hatte keine Miene verzogen. Sie hatten kaum ein Wort miteinander geredet. Er hatte Gespräche mit ihr schon immer auf das Nötigste beschränkt, aber in der ganzen Aufregung hatte er selbst das vergessen. Vielleicht hätte er etwas herausfinden können. Sie hatte alles mit angesehen, sie hatte mit General Myers kommuniziert - und sie war nicht eingeschritten. War Myers etwa mit im Boot? Hatte Korgh auch ihn in der Hand?

Anne spürte sofort, dass etwas anders war in Lantika. Sie war von Frankfurt aus unter ihrem richtigen Namen geflogen, damit ihre Zweitidentität nicht aufgedeckt wurde. Wer wusste schon, wozu das noch nötig sein konnte. Der Flug war ereignislos verlaufen, aber seit ihrer Landung war irgendetwas anders. Es lag eine fühlbare Spannung in der Luft. Der Flughafen wimmelte von Touristen wie sonst auch, aber der Geräuschpegel war niedriger. Sie konnte trotz aller Aufmerksamkeit nichts Verdächtiges erkennen, aber alle schienen es zu spüren.

Die Spannung stieg mit jedem Meter, den sie sich dem militärischen Bereich näherte. Die Posten, die sonst einigermaßen freundlich waren, blickten grimmig. Und es waren mehr als sonst. Im Hintergrund standen kaum verdeckt militärische Fahrzeuge.

Der Posten ließ sie nicht passieren, auch ihr Ausweis und ihre Bekanntheit halfen nicht. Überhaupt ging niemand hinein oder kam heraus. Sie verlangte, General Myers anrufen zu können, oder zumindest Briggs. Vergeblich. Auch der Hinweis, sie hätte wichtige Informationen für Myers, nützte nichts. Er führte nur dazu, dass der chinesische Part des Postens auf sie zukam, sie unsanft wegstieß und zum Gehen aufforderte. Der amerikanische Part schritt nicht ein. Dass er seine Waffe fester umklammerte, war seine einzige Reaktion. Ihr blieb keine andere Wahl, als unverrichteter Dinge zu gehen.

Charlotte Fuller fiel ihr ein, die hatte einen direkten Draht zu Myers.

Anne ging den kurzen Weg zum Building One zu Fuß. Selbst dort, im offiziellen Verwaltungsgebäude von Lantika standen überall bewaffnete Soldaten herum. Immerhin hinderten sie sie nicht, bis ins Büro von Frau Fuller vorzudringen.

Charlotte Fuller saß an ihrem Schreibtisch, aber sie war nicht allein. Vier bewaffnete Wachen waren im Raum, wie üblich in der amerikanisch-chinesischen Zusammensetzung.

„Was ist denn hier los?", fragte Anne.

Statt einer Antwort bekam sie nur ein barsches „Was wollen Sie?" zu hören.

„Ich muss dringend mit General Myers reden. Am Tor zum militärischen Bereich weigerte man sich sogar, bei ihm nachzufragen. Ich habe wichtige Informationen für ihn, die höchstwahrscheinlich mit dieser ganzen Aufregung zu tun haben."

Die Fuller sah zu den Wachen, die sich aber nicht rührten.

„Machen Sie schon", drängte Anne. „Ich weiß, dass Sie einen direkten Draht zu ihm haben. Es ist eilig. Sie kennen mich, und Sie wissen, dass ich vor kurzem bei Myers war. Ich war in seinem Auftrag unterwegs." Das war zwar gelogen, aber vielleicht half es. „Ihr Chef wird sehr sauer sein, wenn er nicht sofort erfährt, was ich ihm zu sagen habe!"

An Charlotte Fullers Augenbewegungen erkannte Anne, dass sie einige Befehle an ihre Datenbrille gab. Dann murmelte sie etwas, das Anne nicht verstehen konnte.

„Ich werde dafür sorgen, dass Sie zu ihm können. Warten Sie am Tor, Sie werden abgeholt."

Zu ihrer Überraschung kam Myers persönlich mit einem Wagen. Die amerikanischen Soldaten begegneten ihm mit Achtung, die chinesischen mit Anspannung.

„Was ist denn bei Ihnen los?", fragte Anne, als sie neben Myers im Wagen saß.

„Man hat die Container gestohlen", erklärte er.

„Ach du Scheiße!", entfuhr es ihr. Wenn sie nicht gesessen hätte, hätte sie sich jetzt setzten müssen. Das waren schlechte Nachrichten. Nein, viel mehr als schlecht, sie waren eine Katastrophe! Damit erklärte sich vieles.

„Wann?"

„Vor etwa acht Stunden."

Da hatte sie gerade im Zug nach Frankfurt gesessen und weder dort noch im Flugzeug Nachrichten gehört.

„Korgh", sagte sie nur.

Myers nickte.

„Aber er hat es wieder so gedreht, dass Sie den Schwarzen Peter haben."

„Natürlich. Er ist ein Teufel."

Anne gelang es nur mit größter Mühe, ihre Emotionen beiseitezuschieben. „Wenn er schon mit einem einzelnen Computer die Welt auf den Kopf stellt, was wird er anrichten, wenn er aus dem Vollen schöpft?"

Myers sagte keinen Ton. Er bremste scharf vor dem Lagerschuppen, der als Eingang in die unterirdische Zentrale der NSA diente.

Dann sah er Anne an. „Glauben Sie mir, heute ist das erste Mal in meinem Leben, dass ich Angst habe."

Anne war erschüttert, solch ein Geständnis aus dem Mund dieses Mannes zu hören.

„Ich hatte schon oft Angst", sagte sie. „Aber ich lebe noch."

Myers wollte aussteigen, aber Anne hielt ihn am Arm fest. „Warten Sie. Erzählen Sie mir, was passiert ist."

„Hier?"

„Wir dürfen keine Zeit verlieren, Korgh hat schon zu viel Vorsprung. Wenn er seine Sachen in Ruhe auspacken kann, haben wir verloren."

„Also gut. Professor Hawker hat den Abtransport der Container organisiert, und Charlotte Fuller hat ihm dabei geholfen."

„Wie bitte? Ihre eigene Mitarbeiterin? Mit der Sie in direktem Kontakt stehen? Und das bei den ganzen Sicherheitsvorkehrungen?" Anne konnte es nicht fassen.

„Hat er alles ausgehebelt. Sehen Sie hier." Myers betätigte eine Taste am Armaturenbrett, worauf ein kleiner Monitor erschien. Er gab weitere Befehle ein, und eine Aufzeichnung startete.

Anne verfolgte den Film auf dem Monitor. Er zeigte Myers, wie er Anweisungen an Charlotte Fuller gab, inklusive eines Gesprächsausschnitts mit dem Präsidenten der Vereinigten Staaten, der Myers' Handlungen persönlich autorisierte.

„Korgh hat sich in die Datenbrille von Charlotte Fuller gehackt. Damit hatten wir nicht gerechnet, wir haben unsere Kommunikation gegen alle bekannten Gefahren mehrfach abgesichert."

„Gegen alle bekannten", sagte Anne, „aber nicht gegen alle unbekannten."

Myers nickte. „So ist es."

„Ihre Sicherheitsvorkehrungen sind gegen Korghs Möglichkeiten wie aus einem vorigen Jahrhundert."

Myers verzog das Gesicht, aber er nickte. „Das müssen wir wohl so akzeptieren. Professor Hawker hat mir eine ähnliche Aufzeichnung gezeigt, und vermutlich hat Korgh die Chinesen auf die gleiche Art hereingelegt. Genau wissen wir es nicht, weil sie nicht mehr mit uns reden."

„Und die Sicherheitsvorkehrungen, die Wachtposten? Sie müssen sich rückversichert haben."

„Alles korrumpiert", sagte Myers. „Jegliche elektronische Kommunikation - und heute funktioniert eben alles darüber."

„Verdammt! Daran hätten wir eigentlich denken müssen. Sie leben mit Ihrem Sicherheits-Wabensystem auf einer abgeschotteten Insel, aber hier draußen stehen überall die 3D-Projektoren von Korgh. Wir laufen quasi mitten in seinem Wohnzimmer herum, und dass er da besonderen Einfluss hat, hätte eigentlich klar sein müssen."

„Im Nachhinein ist man immer klüger", sagte Myers. „Aber es ging auch alles zu schnell. Er hat uns so in Atem gehalten, dass wir uns gar nicht an allen Fronten gleichzeitig gegen jede Eventualität wappnen konnten. Wir befinden uns in einem Cyberkrieg gegen einen überlegenen Gegner. Darauf sind wir nicht vorbereitet, weil ..." Er stockte. Es fiel ihm offensichtlich schwer, den Satz zu Ende zu sprechen. „... weil *wir* bisher die Überlegenen waren. Aber das ist jetzt Geschichte."

„Was machen Ihre Versuche, den Aufbau seines weltumspannenden Rechner-Gehirns einzugrenzen?"

„Stagnieren. Wenn wir ihn an einer Front zurückdrängen können, eröffnet er eine Neue. Dabei steigt seine Rechenkapazität stündlich." Myers machte eine Pause. „Diese verdammten 3D-Projektoren. Dagegen kommen wir nicht an. Die Menschen schaufeln sich mit höchster Begeisterung ihr eigenes Grab."

„Das Fernsehen ist ein Teufelswerk, haben manche alten Leute gesagt, als es erfunden wurde", sagte Anne. „Damals habe ich darüber gelacht. Konnten Sie wenigstens das Flugzeug mit den Containern verfolgen? Nochmal sollte es Ihnen nicht entwischen."

„Die Flugsicherung hat einen normalen Frachtflieger nach Tunis registriert, der dort natürlich nie angekommen ist. Als wir die Spur aufnehmen wollten, war es zu spät. Wir wussten nicht mehr, wo wir anfangen sollten."

„Alles elektronisch", sagte Anne. „Und alles manipuliert."

„Perfekt geplant und mit überlegenen Mitteln durchgesetzt." Myers sah durch die Windschutzscheibe nach vorne, wo die Wachen vor dem Schuppen auf- und abgingen. Sie waren schwer bewaffnet, aber gegen Korgh nutzten die besten Gewehre nichts. Er griff mit anderen Mitteln an.

Ein Anruf ging ein, Myers leitete ihn auf den Monitor. Es war Briggs.

„Was ist?", fragte Myers.

„Das Internet spielt verrückt. Von überallher werden gigantische Datenmengen eingespeist, es ist kurz davor zusammenzubrechen. Was sollen wir tun?"

„Was sind das für Daten?"

„Wir analysieren noch. Nichts Gewöhnliches auf jeden Fall."

„Finden Sie heraus, woher die Daten kommen und was sie machen! Beeilen Sie sich!"

„Wir tun nichts anderes mehr." Briggs sah hilflos aus.

Myers unterbrach die Verbindung und rieb sich die Augen. „Noch eine Front", stöhnte er. „Als ob wir nicht schon genug hätten."

„Ich kann Ihnen sagen, woher die Daten kommen", sagte Anne. „Es ist keine neue Front, eher ein Entlastungsangriff, um in Ihrer Sprache zu sprechen."

„Wie bitte? Wie soll ich das verstehen? Erklären Sie mir das!"

„Die Daten kommen aus CERN. Sie kennen CERN?"

Myers nickte. „Ein großes wissenschaftliches Experiment in der Schweiz. Allzu viel weiß ich nicht darüber."

„Zu friedlich", lächelte Anne, „und deshalb kaum beachtenswert. So wird auch Korgh denken. Aber CERN ist ein Datenmonster. Sie speisen zurzeit mehr als ein Petabyte Daten ins Internet, weltweit verteilt über Hunderte von Rechenzentren."

„Mehr als eine Million Gigabyte", staunte Myers. „Das ist ein Datentsunami. Das Internet wird kollabieren."

„So schlimm wird es nicht, es wird langsamer, die Filme, die die Leute herunterladen, werden ruckeln. Aber was ist das schon gegenüber den wirklichen Problemen?"

„Und was soll dieser Datentsunami bewirken? Das Internet lahmlegen hätten wir einfacher haben können."

„Salopp gesagt: CERN wirft seine Daten den 3D-Projektoren zum Fraß vor. Sie werden eine Zeit lang daran zu kauen haben."

Anne erklärte den dahinterstehenden Gedanken, und Myers verstand.

Er sah sie an. „Ich bin beeindruckt. Und das haben *Sie* veranlasst?"

„Meinen Sie, ich mache einen Ausflug ins Grüne, während Korgh sich die Macht über die Welt angelt?"

Myers sah kurz auf die Straße, dann ging sein Blick zurück zu Anne. „Wie kam ich bloß dazu, Sie für eine harmlose Zivilistin zu halten?"

„Vielleicht, weil Sie nur Ihre eigene Welt sehen und keinen Blick mehr für die normalen Menschen haben?"

„Also, normal sind Sie definitiv nicht."

„Spielt auch keine Rolle", sagte Anne und deutete auf die Zeitanzeige am Armaturenbrett. „Diese Aktion wird Korgh nicht besiegen, sie verschafft uns höchstens Zeit. Sobald er merkt, was da draußen abgeht, wird er sich etwas einfallen lassen. Wir haben keine Ahnung, wie lange Korgh für Gegenmaßnahmen braucht."

Myers stellte erneut eine Verbindung in den Leitstand seines Hauptquartiers her.

„Briggs, vergessen Sie die Datenflut im Internet und lassen Sie die Sache einfach laufen. Nutzen Sie die Zeit, um ein Gegenmittel gegen die Vernetzung der 3D-Projektoren zu finden."

Briggs zögerte. „Ja, Sir ..."

„Schnell! Die Datenflut verschafft uns eine Pause, mehr aber auch nicht."

Myers schaltete wieder ab. „Jetzt werden sich die besten Softwarespezialisten der Welt darauf stürzen." Er atmete tief ein und aus. „Das ist gut, aber doch nur das kleinere Problem. Wenn Korgh die Container bekommt, bringt uns ein Sieg über die Projektoren gar nichts."

„Wir müssen nach Luanda", sagte Anne.

Myers sah sie an, als säße ein Geist neben ihm. „Luanda? Die Hauptstadt von Angola? Was wollen Sie denn da?"

„Ich vermute, dass Korgh dort sitzt."

„Wieso das?"

Anne erklärte es ihm.

Myers schüttelte den Kopf. „Ich hasse es, wenn Zivilisten zu besseren Ergebnissen kommen als wir."

Anne lachte. „Das ist *Ihre* Sache. Aber bis Sie damit fertig sind, sollten wir unterwegs sein. Es gibt da aber ein Problem, für das Sie hoffentlich eine Idee haben."

„Das wäre?"

„Ich konnte durch meine Recherche nur den wahrscheinlichsten Aufenthaltsort von Korgh eingrenzen, und das auch nur auf den Großraum Luanda. Da wohnen Millionen Menschen, und es wird genauso viele Verstecke geben. Wir können uns schlecht durchfragen."

Jetzt lächelte Myers zum ersten Mal. „Wie schön, dass Sie mir auch eine Chance lassen, etwas beizutragen. Es gibt eine Lösung. Wir hatten befürchtet, dass die Container eines Tages für irgendjemanden interessant werden könnten. Deshalb haben wir Mikrosender angebracht. Bei dem Diebstahl haben sie uns zwar nicht geholfen, weil Hawker sie in Frachtcontainer umgeladen hat. Das Metall schirmt die Sender zu stark ab. Aber sobald Korgh die Container auspackt, können wir sie orten. Allerdings nur, wenn wir nahe genug dran sind. Wenn wir den Großraum kennen, haben wir eine Chance."

„Worauf warten Sie dann noch?"
Myers wählte eine andere Verbindung. Auf dem Monitor erschien ein kantig aussehendes Gesicht.
„General Myers."
„Burger, machen Sie ein schnelles Eingreifteam und ein Flugzeug klar. Zielort wird in der Luft bekanntgegeben."
„Ich möchte Yra mitnehmen", sagte Anne.
„Diese aufsässige Grüne? Ich traue ihr nicht."
„*Ich* vertraue ihr. Sie kennt Korgh am besten, und vielleicht brauchen wir sie."
Myers runzelte die Stirn. „Mir gefällt nicht, dass Sie überhaupt mitkommen. Es könnte einen Kampf geben, und da kann ich keine Zivilisten gebrauchen."
„Woher wollen Sie wissen, mit welchen Waffen Korgh kämpft? Sie haben Korgh und auch die Zivilisten schon mehrfach unterschätzt."
„Es ist Ihre Entscheidung", sagte Myers schulterzuckend. „Also in Gottes Namen, holen Sie Ihre grüne Freundin."

Einige tausend Kilometer weiter südlich saß Korgh vor seinem Rechner und beobachtete, wie seine Macht wuchs. Die NSA, einer seiner mächtigsten Gegenspieler, kämpfte mit dem Mut der Verzweiflung. Er hatte nicht in ihr Netzwerk eindringen und es für seine Zwecke nutzen können, aber das bedeutete nur eine Verzögerung von Tagen. Jede Sekunde nahmen irgendwo auf der Welt Menschen 3D-Projektoren in Betrieb und vergrößerten dadurch Korghs Macht. In einer Welt, in der alles, vom simplen Feuermelder bis zu mächtigen Finanzströmen und Atomkraftwerken, von Computern gesteuert wurde, zählte nur eins: Rechenkapazität.
Es hatte etwas gedauert, bis sich seine 3D-Projektoren auf die neue Situation eingestellt hatten. Er hatte zwar weit vorausschauend geplant, aber nicht damit gerechnet, fünf-

undsechzig Millionen Jahre in der Zukunft zu landen. Vieles war anders als zu seiner Zeit, vor allem gab es sehr viel mehr Menschen, was größere Ressourcen erforderte, um sie zu beherrschen. Aber dieses Problem löste sich dadurch, dass sie die Ressourcen mit Begeisterung selbst herstellten. Ansonsten waren die mathematischen Prinzipien, auf denen Computer basierten, im gesamten Universum zu jeder Zeit gleich.

Das weltumspannende Netzwerk, das sein Monitor als dreidimensionale Kugel vor ihm in die Luft projizierte, pulsierte ruhig vor sich hin. Die Projektoren arbeiteten ihre Aufgaben ab; je mehr Verschlüsselungen sie entzifferten und je mehr Protokolle sie verstanden, desto schneller ging es voran. Hier und da tauchten rote Flecken auf, die vom Störfeuer der NSA zeugten. Dann pulsierte das Netzwerk in der näheren Umgebung schneller, bis seine Projektoren die Sache wieder im Griff hatten.

Korgh wollte sich schon abwenden, weil er einen vollen Arbeitsplan hatte, aber irgendetwas irritierte ihn. Er wusste zuerst nicht, was, denn es gab nicht mehr rote Flecken als gewöhnlich. Trotzdem war etwas anders.

Nach drei Minuten war er sich sicher: Das gesamte Netzwerk pulsierte schneller. Überall.

Er klickte in einen Bereich hinein, um sich die Details ansehen zu können. Die Projektor-Rechner arbeiteten mit erhöhter Frequenz, die Lastanzeige bewegte sich am oberen Limit. Gleichzeitig wuchs die Kommunikation zwischen den Rechnern exponential, sie versuchten, sich gegenseitig zu helfen. Weil das überall geschah, verlangsamte sich die Kommunikation dramatisch, was das allgemeine Problem verstärkte.

Die roten Flecken, die für Angriffe auf sein Netzwerk standen, wurden weniger, denn auch die angreifenden Rechner konnten nicht mehr flüssig kommunizieren. Trotzdem war etwas geschehen, auch wenn sein Monitor nichts

Kritisches anzeigte. Hatte man seine Rechner so manipuliert, dass sie ihn belogen? Unmöglich. Sie waren gegen jede Art von Angriffen oder Manipulation von außen bestens abgesichert. Die Möglichkeiten der NSA waren in etwa so, als wollte man einen modernen Panzer mit Pfeil und Bogen besiegen.

Korgh wählte einen beliebigen 3D-Projektor aus und untersuchte ihn im Detail. Nichts. Der Projektor tat seine Arbeit, analysierte die Daten, die er bekommen konnte, versuchte Muster zu finden und sie sinnvoll zuzuordnen. Dafür waren sie gemacht. Allerdings waren die Daten sehr komplex, ganz anders als die einer Haussteuerung, einer Maschine oder eines Firmennetzwerks. Deshalb schlossen sich die Rechner zu lokalen Verbunden zusammen, aber auch dann taten sie sich schwer. Normalerweise fand solch ein Verbund in wenigen Minuten eine Lösung und gab sie dann an die anderen weiter, womit das Problem erledigt war. Hier nicht. Die Aufgabenstellung war zu schwierig und die Datenmenge zu groß.

Die Pulsfrequenz erhöhte sich weiter, die Kommunikationsgeschwindigkeit sank rapide.

Korgh versuchte, die Quelle für die Daten zu lokalisieren, um diese Gegend vom Netz abschneiden. Es dauerte viel zu lange, bis er die Informationen eingesammelt hatte. Die Datenpakete krochen nur noch durch das Internet - und sie halfen ihm nicht. Die fremden Daten strömten an Hunderten Punkten ins Internet. Gigantische Mengen Daten. Wo kamen die her? Er kannte alle strategisch wichtigen Stellen im Internet, die von Militär oder Geheimdiensten genutzt wurden. Das war seine erste Arbeit gewesen. Diese Stellen waren eindeutig nicht die Datenquelle.

Er nahm sich einen Punkt heraus, der diese Art neue Daten ins Internet einspeiste. Ein wissenschaftliches Rechenzentrum in Karlsruhe, einer deutschen Stadt mit bestenfalls lokaler Bedeutung. Ein zweiter Punkt lag in Tsukuba in Japan, ein dritter in Islamabad, Pakistan. Sogar Beijing in China und eine ganze Anzahl von Städten in den USA waren vertreten. Das passte absolut nicht in das bisherige Bild.

Für einen Moment war Korgh ratlos. Ein Gefühl, das er schon sehr lange nicht mehr gehabt hatte. Überhaupt schon einmal?

Dann begann sein Gehirn zu assoziieren. Wissenschaftliches Rechenzentrum. Wissenschaft. Er kannte eine Wissenschaftlerin: Anne Winkler.

Allein bei diesem Namen stieg seine Körpertemperatur um mehrere Zehntelgrad.

Er rief die letzten Daten über Anne Winkler auf. Sie hatte Kontakt zu General Myers gehabt und anschließend Lantika verlassen. Wenige Tage später war sie zurückgekehrt und wieder zu Myers gegangen. Kurz darauf hatten seine Probleme begonnen. Zufall? Niemals!

Wo war sie gewesen? Was hatte sie gemacht? Ein letzter Hinweis war ein Flug nach Frankfurt. Das war auf den ersten Blick unverdächtig, denn ihre Familie wohnte in einem Nachbarort. Aber dann verlief sich ihre Spur, und das, wo lückenlos alles aufgezeichnet wurde. Reisebuchungen und Kartenzahlungen sowieso, aber da diese Frau für ihn als besondere Bedrohung galt, hatte er es so eingerichtet, dass Telefone und Kameras in ihrer Umgebung jeden Schritt und jedes Wort aufzeichneten. Aber auch da gab es nichts. Es war, als hätte sie ein paar Tage lang nicht existiert.

Eigentlich unmöglich.

Aber Korgh wusste: Das waren die entscheidenden Tage gewesen!

Er konnte es nicht rückgängig machen, er konnte nur versuchen, die Folgen einzudämmen. Aber er drang kaum noch zu seinen Rechnern durch. Die Daten, die nach Minuten des Wartens flossen, reichten gerade für eine Informationsübermittlung aus, aber nicht für eine komplexe Kommunikation. Und die Geräte taten ja das, was sie sollten. Von alleine würden die Projektoren nichts gegen die Daten unternehmen, weil sie diese nicht als Gefahr einstuften. Er musste selbst eingreifen. Er musste eine Programmänderung entwickeln und einspielen, in Millionen Geräte, über ein Internet, das so langsam wurde wie ein kriechender Schleimpilz.

ANNE WINKLER!!!

12.

Anne hatte sich mit Yra so weit wie möglich nach hinten in den Flieger zurückgezogen. Myers schien das ganz recht zu sein, die Begrüßung zwischen ihm und Yra war ziemlich frostig ausgefallen. Jetzt unterhielt er sich mit Burger, der die Leitung des Einsatzteams hatte, das aus zwanzig Männern und Frauen bestand, die die Reihen zwischen Myers und Anne füllten. Alle wirkten schon äußerlich wie Elitesoldaten: durchtrainiert, exakte Bewegungen, die Männer mit kurzgeschorenen Haaren.

Anne wunderte sich, dass Myers überhaupt mitkam, aber wahrscheinlich war er froh, dem Hexenkessel des Hauptquartiers eine Zeitlang zu entkommen. Inzwischen hatte auch er Korghs Gefährlichkeit erkannt und wollte ihn wohl keinem Team überlassen, das so gut wie nichts über ihn wusste.

„Ich muss mehr über Korgh wissen", sagte Anne zu Yra.

„Ich kann mich kaum an etwas erinnern, so leid es mir tut. Du müsstest wieder in meine Erinnerungen eintauchen."

„Wir sind nicht ungestört, und drei Tage Zeit haben wir auch nicht."

„Im Kopf gibt es keine Zeit", sagte Yra. „Du kannst stundenlang über einem kurzen Moment verweilen oder ein ganzes Leben in Sekunden an dir vorüberziehen lassen."

„Letztes Mal habe ich aber Tage gebraucht und kaum Erkenntnisse gewonnen."

„Weil du unerfahren bist. Wie willst du das in Stunden schaffen, woran ich jahrelang gearbeitet habe?"

„Dann hilf mir, schneller zu werden."

Yra sah sie skeptisch an. „Jetzt? In ein paar wenigen Minuten?"

„Mehr Zeit haben wir nicht. Wenn wir erst gelandet sind, haben wir keine ruhige Minute mehr."

Yra seufzte. „Was willst du wissen?"

„Warum habe ich mich beim letzten Mal verlaufen und nicht mehr zurückgefunden?"

„Weil du das in deinem Kopf so entschieden hast."

„Ich habe gar nichts entschieden. Ich wollte zurück, aber es hat einfach nicht funktioniert."

„Nur, weil du nicht daran geglaubt hast. Das ist der einzige Grund."

„Das ist nicht möglich."

„Doch. Alles, was du gesehen hast, ist in deinem Kopf entstanden. Du hast mir erzählt, dass dir meine Erinnerungen vorgekommen sind wie der Weltraum mit Sonnen und Sterneninseln. Das ist nur ein Bild und nicht die Wirklichkeit eines Gedächtnisses. Im Gehirn sind alle Informationen verteilt gespeichert und in einer Form, die wir uns nicht vorstellen können. Sprache wird im Sprachzentrum gespeichert und die dazugehörigen Bilder ganz woanders im Sehzentrum. Dazu kommen die Gerüche und die Gefühle. Im Gehirn wird jede neue Erfahrung in ein riesiges Netz vorhandener Erfahrungen eingewebt. Bildlich kannst du dir das nicht vorstellen, und es ist auch nicht nötig. Genauso wenig, wie du irgendetwas über die magnetisierten Teilchen auf deiner Festplatte wissen musst, um dir Urlaubsfotos anzusehen. Dein Unterbewusstsein macht die Arbeit und liefert deinem Bewusstsein dann die Ergebnisse.

Wenn du dich bewusst orientieren willst, nimmt dein Gehirn Bilder, die dir helfen, so wie ein Computer dir auf dem Monitor Ordner zeigt. Dein Traum von Kindheit an ist der Weltraum gewesen, also nimmt es dieses starke Bild und bietet es dir als Orientierungshilfe an. Wenn *ich* ein Gehirn erforsche, sehe ich einen riesigen Park mit Bäumen und Blumen. Dass du nicht zurückgefunden hast, liegt an deiner Logik, die dir sagt, dass du keine Orientierungsmöglichkeit mehr hast, wenn du dich im Weltraum zu weit von deinem Startpunkt aus bewegst. Eigentlich ganz einfach."

Das musste Anne erstmal verdauen. Was Yra sagte, klang vernünftig, aber es bedeutete auch, dass sie sich selbst ausgetrickst hatte. Man hatte nun einmal nur ein Gehirn, sein eigenes. Das hatte sich jahrzehntelang in eingespielten Denkweisen bewegt, aus denen man nicht so einfach ausbrechen konnte.

„Was ist mit der Zeit?", fragte sie. „Ich wusste nicht, was alte Erinnerungen oder frische sind. Ich habe nie ein Datum oder einen Kalender gesehen."

„Erinnerungen werden nicht chronologisch gespeichert. Es kann sein, dass du dich an ein frühes Ereignis so erinnerst, als wäre es erst gestern geschehen, wobei andere, jüngere Ereignisse schon verblasst sind. Bei eigenen Erinnerungen ist es leicht, eine Reihenfolge herzustellen. Es ist ähnlich wie bei Fotos. Wenn sie Leute zeigen, die du kennst, weißt du ungefähr, wann das Foto gemacht wurde. Siehst du ein Foto von einem fremden Menschen in einer fremden Umgebung, hast du keinen Anhaltspunkt."

„Verstehe ich. Aber irgendwie muss ich doch weiterkommen."

„Wenn ich dir sage, dass du jahrelang dafür üben musst, hilft dir das vermutlich nicht viel."

„Nein." Anne sah aus dem Fenster, sie hatten bereits die Ränder der Sahara erreicht. Ihr lief die Zeit davon.

„Probier es mit verknüpften Erinnerungen", schlug Yra vor. „So, als ob du mehrere Stichworte wählst, um eine Suche einzugrenzen. Mehr als diese Kurzeinführung kann ich dir jetzt nicht bieten."

„Danke. Ich muss es einfach versuchen und hoffen, dass es klappt."

Anne sah sich um, keiner beachtete sie. Myers diskutierte immer noch mit Burger, die Soldaten studierten Pläne von Luanda. Sie reichte Yra die Hände.

Ihr fiel es schwer, sich in dieser Umgebung zu konzentrieren. Die Triebwerke sorgten für einen erheblichen Geräuschpegel, der durch die Unterhaltungen der Soldaten noch verstärkt wurde. Hin und wieder lachten einige laut oder fluchten. Anne konnte schlecht um Ruhe bitten. Überhaupt durften sie beide nicht auffallen; am besten taten sie so, als würden sie schlafen.

Nur langsam gelang es Anne, in Yras Gedächtnis einzutauchen. Da kamen sie wieder, die Sterne, die es nicht wirklich gab, sondern nur in ihrer Vorstellung. Egal - Hauptsache, sie halfen ihr, sich in der unendlichen Vielfalt von Yras Erinnerungen zurechtzufinden. Außerdem waren sie schön. Anne würde nie vergessen, welch überwältigende Fülle an Sternen sie gesehen hatte, als sie die irdische Atmosphäre hinter sich gelassen hatte. Sie schob die eigenen Erinnerungen beiseite, die sich dazwischendrängen wollten, dafür war jetzt keine Zeit. Viel wichtiger war die Frage, wie sie dieses Mal nicht die Orientierung verlieren konnte. Ihr fiel eine Sage aus der antiken Zeit der jetzigen Menschen ein. Sie erzählte von dem Mischwesen Minotaurus, das in einem gewaltigen Labyrinth gefangen gehalten wurde, aus dem kein Mensch, der es betrat, wieder herausfinden konnte. Bis eine Frau namens Ariadne auf den Gedanken kam, ihrem Geliebten einen langen Faden mitzugeben, den er am Eingang des Labyrinths befestigte. Nachdem er den Minotaurus getötet hatte, konnte er sich von diesem Faden leiten lassen und wieder nach Hause finden.

Anne stellte sich intensiv vor, wie sie an ihrem jetzigen Startpunkt solch einen Ariadnefaden anbrachte. Es war nicht einfach, denn ihr nüchterner Verstand sagte ihr, dass alles nur Einbildung war, aber anscheinend brauchte das menschliche Gehirn solche Bilder.

Mit dem vorgestellten, dicken Knäuel dieses Fadens in der Hand sah sie sich wieder um. Wohin sollte sie reisen? Auch wenn Yra gesagt hatte, dass es in Erinnerungen keine verstreichende Zeit gebe, blieb dieses nagende Gefühl, gerade davon nicht genug zu haben.

Was suchte sie eigentlich? Yra war mit Korgh zusammen gewesen, was Yra uneingeschränkt als schön empfunden hatte. Korgh war dabei ganz anders gewesen, als Anne sich ihn vorstellte. Damals der geniale, charismatische, die halbe Welt mitreißende Lantis. Erst später dann der skrupellose Lantis, der seine eigenen Ziele verfolgte und dabei über Leichen ging. Über unzählbar viele Leichen. Irgendetwas musste ihn verändert haben, aber was? Wenn Yra eine der Lantis war, die Korgh nahe standen, musste sie etwas davon bemerkt haben.

Korgh hat sich verändert, dachte Anne intensiv. Dazu musste es Erinnerungen geben.

Tatsächlich schienen diese Stichworte eine Richtung vorzugeben. Anne begann, sich inmitten der vielen Sterne zu bewegen. Ein Punkt in der Ferne, erst schwach, dann immer deutlicher, übte einen Sog auf sie aus.

Dieses Mal tastete sie nicht vorsichtig ab, sondern stürzte sich sofort auf das, woran Yra sich erinnerte.

Sie saß in einem elektrisch betriebenen kleinen Flugzeug, das um vieles leiser war als ihr jetziger Flieger.

Allein dieser Gedanke an die Realität ließ die Bilder vor Annes innerem Auge verschwimmen. Sie riss sich zusammen.

Nicht ablenken lassen!

Yra sah durch große Fenster nach draußen, sie flogen über einem endlos erscheinenden Dschungel. Weit unter ihnen kreisten Flugsaurier. Yra freute sich auf das bevorstehende Treffen mit Korgh, er hatte sie eingeladen, um erste

Erfolge ihres neuen Gehirnoptimierungsprogramms zu feiern. Im Mermeris, einem exklusiven Restaurant an der Küste. Wenn man es genau nehmen wollte, war das Mermeris sogar das exklusivste Restaurant überhaupt.

Aus der Luft konnte sie die Bucht schon sehen, in der sich ihr Ziel befand. Vom Restaurant entdeckte sie nichts, denn der größte Teil war unterseeisch gebaut. Es war sündhaft teuer, aber Geld spielte für Korgh keine Rolle mehr.

Das Flugzeug setzte sanft auf und hielt unmittelbar vor dem Eingang. Er war gestaltet wie das Gehäuse eines Ammoniten, und tatsächlich hatte Yra das Gefühl, das Zuhause solch eines Tiers zu betreten. Sie hätte auch den Aufzug nehmen können, aber sie genoss jeden Schritt, den sie in der Spirale bergab ging. Ihrem Gefühl nach musste sie die Meereshöhe schon hinter sich gelassen haben, aber immer noch ging es weiter nach unten.

Wie bei einem Ammoniten wurden die Kammern enger, je näher man der Mitte kam. Zuletzt war es fast schon beengend - bis sich dann, nach dem Durchschreiten einer Lichtschleuse, eine unendliche Weite auftat. Die Weite des Ozeans.

Nach der letzten dunklen Kammer weckte dieser Blick überwältigende Gefühle. Jeder Schritt in die finstere Tiefe war es wert gewesen, um dann von diesem Anblick überrascht zu werden.

Korgh kam ihr entgegen, er strahlte über das ganze Gesicht. Auch Yra freute sich, ihn zu sehen. Korgh berührte sie sanft an der Wange, und Yra verspürte schon den Wunsch nach mehr. Anne kämpfte gegen ihre eigenen Gefühle an, die sich von Korgh abwenden wollten. Sie wollte nicht berührt werden von diesem Mörder, aber sie musste innerlich bei Yra bleiben.

Korgh fasste Yra am Ellenbogen und führte sie in Richtung der transparenten Wand. Aber es ging noch weiter, hinein in einen gläsernen Tunnel, von dem rechts und links immer wieder kleine Abzweige zu separaten Räumen für Gäste führten. Korgh ging mit ihr bis ans äußerste Ende des Tunnels. Dort weitete der Raum sich zu einem Rund aus Glas. Überhaupt war alles aus Glas: der Tisch, die Stühle, der Boden. Man glaubte, in einer großen Luftblase mitten im Meer zu schweben, unmittelbar vor einem Korallenriff, das vor Leben zu bersten schien. Die Farbenpracht der Tiere und Pflanzen war unbeschreiblich. Armlange Seelilien wuchsen dicht an dicht und bewegten sich sanft mit dem Wasser. Zwischen ihnen wuselten unzählbar viele Fische in allen denkbaren Farben. Direkt vor der Glasscheibe trieben mehrere kopfgroße Ammoniten, als ob sie nichts aus der Ruhe bringen könnte. In einiger Entfernung zog sogar ein Baculites vorbei, ein extrem langgestreckter Kalmar so groß wie ein Lantis.

„Gefällt es dir?", fragte Korgh.

„Ich kann mir keinen schöneren Ort vorstellen."

Yra sah sich um. Es gab nirgends eine Speisekarte oder ein Terminal, über das man etwas bestellen konnte. „Was essen wir?"

Korgh lächelte. „Lass dich überraschen."

Minuten später kam eine Bedienung und deckte den Tisch. In die Mitte stellte sie ein Schneckenhaus mit einer goldglänzenden Flüssigkeit und vor Korgh und Yra jeweils eine große flache Muschel und ein Glas mit klarem Wasser. In der Muschel lag etwas wie Kristalle, jeweils drei gleichfarbige zusammen: rot, grün, blau und gelb.

Zwölf, dachte Yra. *Korgh ist in allem perfekt.*

Als einziges Besteck gab es die rote Feder eines Flugsauriers.

Yra betrachtete alles ausführlich. „Was ist das?", fragte sie neugierig.

„Die neueste Kreation der Familie Pyradis. Du bist eine der Ersten, die sie probieren darf."

Die Familie Pyradis war bekannt für besondere, gentechnisch hergestellte Menüs, wusste Yra, aber das hier hatte sie noch nie gesehen. Ihr Körper vibrierte vor Vorfreude.

Sie sah Korgh erwartungsvoll an. „Und wie esse ich das?"

„Schließ die Augen und öffne den Mund!"

Yra tat es und wartete.

Sie spürte, wie Korgh nach etwas griff und in ihren Mund einführte. Die Feder. Damit strich er über ihre Zunge und die Innenseiten ihrer Mundhöhle. Zuerst spürte sie nur eine Feuchtigkeit. Korgh musste die Feder in die Flüssigkeit im Schneckenhaus getaucht haben. Dann war es, als würden sich ihre Sinne erweitern. Sie glaubte, die Luft schmecken zu können, und erst der Geruch ... Hatte die Glaskapsel, in der sie saßen, bisher dezent nach Seerosen geduftet, breitete sich der Duft aus, als würde sie mitten in einer Schale gefüllt mit Seerosen liegen.

„Wow", sagte Yra und öffnete die Augen. „Das wirft einen um."

„Das ist erst der Anfang. Probier einen Kristall."

Yra musste nicht lange überlegen und nahm einen grünen. Sie hielt ihn gegen das Licht, er sah tatsächlich aus wie ein Edelstein. Dann roch sie daran. Nichts.

„Er entfaltet seinen Geschmack erst im Mund", erklärte Korgh.

Yra legte ihn auf ihre Zunge und wartete ab. Der Kristall schien sich aufzulösen und überall auszubreiten. Gleichzeitig rollte eine Welle des Geschmacks über die Zunge und füllte den ganzen Mund. Es war nichts, was sie eindeutig zuordnen konnte. Vielleicht ein Hauch von Minze, aber eher ... ja, eher, als würde man einen Smaragd essen können. Das war unmöglich, aber so fühlte es sich an. So schmeckte es. Und die Geschmackswelle ebbte nicht ab. Im Gegenteil. Sie türmte sich auf und wurde zu einer Woge, die sich all ihrer Geschmacksnerven bemächtigte, anschließend die Nase eroberte, bis sie zuletzt ihren gesamten Kopf beherrschte.

Yra wollte etwas sagen, konnte aber nicht. Dieses Geschmackserlebnis war zu stark. Sie beschloss, einfach nur zu genießen.

„Wie ist es?", fragte Korgh und sah sie erwartungsvoll an.

„Überwältigend. Obwohl ... das ist noch viel zu schwach." Yra schloss die Augen, um jede Sekunde dieses Erlebnisses auszukosten, der Geschmack hallte immer noch in ihren Nerven nach.

„Trink etwas Wasser."

Yra tat es. Selbst das Wasser schmeckte so intensiv, wie sie es noch nie erlebt hatte. Aber es wusch den Mund rein; machte ihn bereit für ein neues Erlebnis.

„Was ist das?", fragte sie und deutete auf die Flüssigkeit im Schneckenhaus und die verbliebenen Kristalle.

„Pyradis ist es gelungen, das Spektrum der Geschmacks- und Geruchsrezeptoren zu erweitern." Er tunkte die Feder in die goldene Flüssigkeit und spielte ein bisschen damit. „Das hier sprengt die vorhandenen Grenzen und eröffnet völlig neue Geschmackserlebnisse."

„Das habe ich gemerkt", sagte Yra, immer noch überwältigt von dem, was gerade ihren Mund und, ja, eigentlich ihren ganzen Körper ausgefüllt hatte. „Damit werden sie die Welt erobern."

Korgh lachte. „Nur bei denen, die sich das leisten können." Er nahm einen blauen Kristall, warf ihn in die Luft und fing ihn geschickt wieder auf. Dann hielt er ihn zwischen Daumen und Zeigefinger so, dass Yra ihn gut sehen konnte. „Diese Kristalle sind noch viel teurer, als sie aussehen."

Yra sah ihn an, dann in das Rund der Glaskapsel. „Dich zu fragen, ob du Erfolg hast, ist wohl überflüssig."

„Allerdings." Korgh nahm einen roten Kristall und klemmte ihn zwischen Zeige- und Mittelfinger, dann den gelben zwischen Mittel- und Ringfinger und zuletzt den grünen zwischen Ring- und kleinem Finger. Die so bestückte Hand drehte er vor seinen Augen in der Luft. „Hiermit könntest du einen ganzen Stadtteil kaufen."

„Ich brauche keinen Stadtteil", sagte Yra. „Geld interessiert mich nicht."

Korgh lachte wieder. „Weil du genug davon hast. Und genießen tust du Luxus sehr."

„Ich genieße alles, was ich erlebe. Ob ich dabei reich bin oder arm, ist nicht wichtig. Ich kann beides sein."

„Können oder wollen ist ein Unterschied. Ich weiß jedenfalls, was ich will."

Yra nahm einen roten Kristall und legte ihn auf ihre Handfläche. „Ich bin froh, dass du dich um die Geschäfte kümmerst, das ist nicht mein Ding. Aber ich dachte, wir arbeiten zum Wohl aller Lantis, nicht nur zum eigenen Wohl."

Korgh grinste. „Das eine muss das andere ja nicht ausschließen. Wobei ich nichts dagegen habe, wenn das eigene Wohl überwiegt. Aber lassen wir jetzt die ernsten Themen, probier den roten. Aber du musst vorher deinen Mund mit der Flüssigkeit benetzen, sonst funktioniert es nicht."

Yra sah den Kristall in ihrer Hand nachdenklich an. Er glänzte verlockend, und, ja, sie wollte wissen, wie er schmeckte.

Dieses Mal nahm sie ihre eigene Feder, tauchte sie in das flüssige Gold und benetzte ihren Mund. Wieder schien sich eine neue Welt zu öffnen. Sie legte den Kristall auf ihre Zunge. Ein Geschmack, der an Rosen erinnerte, nahm von ihr Besitz. Nein, es waren keine Rosen und auch kein Rosenquarz, es wurde intensiver. Granat. Es konnte nur Granat sein, was ihre Geschmacksnerven explodieren ließ. Es war wieder überwältigend, aber doch kam es ihr nicht mehr so rein vor wie beim ersten Erlebnis. Ihr Atem ging schneller, weil ihr Körper diesen Orkan an Empfindungen verarbeiten musste, aber ihr Denken wurde nicht mehr so überrannt wie zuvor.

Als sie die Augen öffnete, hatte Korgh die vier Kristalle immer noch zwischen seinen Fingern. Er schien kein großes Interesse an diesen Geschmackserlebnissen zu haben. Wahrscheinlich hatte er sie schon alle probiert.

„Und jetzt?", fragte er, als Yra einen Schluck Wasser getrunken hatte. „Gelb oder blau?"

„Ich habe genug. Sonst verliere ich noch den Verstand."

„Das wäre schade", sagte Korgh, „denn wir sind noch nicht fertig."

Er betätigte einen unsichtbaren Schalter. Yra erkannte eine leichte Veränderung in der gläsernen Blase, die sie umgab. Sie wurde halbdurchsichtig, man konnte noch hinaussehen, aber nicht mehr hinein.

„Steh auf."

Yra tat es, und Korgh gab neue Befehle in das Eingabepanel auf seiner Seite des Tischs ein. Der Tisch bewegte sich zur Seite, bei den Stühlen klappten die Lehnen nach hinten und rutschten zusammen, so dass sich eine geschlossene Fläche ergab.

„Sie haben hier an alles gedacht", sagte Korgh, während er sich auf der neu entstandenen Liegefläche niederließ.

Und Yra wusste, woran Korgh jetzt dachte.

Anne zog sich aus dieser Erinnerung Yras zurück. Es fiel ihr schon schwer, Korgh überhaupt so nahe zu sein. Das, was jetzt kam, wollte sie sich ersparen. Aber sie wusste, dass sie auf dem richtigen Weg war. Dieser Korgh war nicht mehr der reine, charismatische Lantis, den Yra begehrte. Er hatte sich verändert, aber das konnte noch nicht alles sein. Schon viele Menschen waren durch Erfolg und Geld hart und kaltherzig geworden, aber damit noch lange nicht zum

Mörder. Es musste mehr passiert sein, die Suche nach „Korgh hat sich verändert" war nicht stark genug.

Hatte Yra eine Erinnerung, in der sie dachte, dass Korgh abstoßend war? Es funktionierte nicht so richtig. Anne probierte die Stichworte „widerlich" und „abscheulich". Wieder tat sich nichts. Dann kam ihr der Gedanke, dass es vielleicht nicht auf das spezielle Stichwort ankam. Erinnerungen waren keine Texte, in denen man nach bestimmten Formulierungen suchte.

Anne stellte sich Korgh vor und gleichzeitig ein abstoßendes Gefühl. Das fiel ihr sehr leicht. Tatsächlich tat sich ein Pfad auf, der in diese Richtung wies. So wie Anne jetzt hatte Yra einmal gefühlt, als sie Korgh begegnet war.

Anne fand sich in einem Aufzug wieder. Yra war in die Firmenzentrale von Korgh gegangen, um ihn zu besuchen. Sie fuhr in die oberste Etage, die ganz alleine Korgh gehörte. Die Rückwand des Aufzugs war mit einem Bild dekoriert, das Yra und Korgh bei der Präsentation in der großen Halle der Lantis zeigte. Anne spürte, wie in Yra wehmütige Erinnerungen hochstiegen.

Dann hatten sie die oberste Etage erreicht. Die Tür öffnete sich, und Anne blickte in einen Raum, der von seiner Größe her bestimmt dreißig Lantis einen Arbeitsplatz geboten hätte. Yra sah sich um, der Raum war zum größten Teil leer.

Sie wollte fragen, ob Korgh aufgeräumt hatte, aber Korgh schien sie gar nicht wahrzunehmen. Er saß wie versteinert da und starrte gebannt auf eine fast lebensgroße 3D-Projektion. Yra wunderte sich, was Korgh daran so faszinierte, denn die ganze Projektion wirkte verschwommen. Erst als sie genauer hinsah, erkannte sie, dass eine Szene gezeigt wurde. Manchmal konnte sie für den Bruchteil einer Sekunde ein Schwert in der Hand eines Mannes erkennen, dann verschwanden die Konturen wieder im Wirbel der Bewegungen.

Yra trat näher. Korgh nahm immer noch keine Notiz von ihr, aber seine Hände und Beine zuckten. Es dauerte einen Moment, bis Yra begriff, dass Korgh keinen Film sah. Es war ein Kampfspiel, und Korgh spielte einen der Kämpfer. Irgendeine Verbindung zwischen Korgh und dem Projektor gab es nicht, auch hielt er keine Steuerung oder Signalgeber in den Händen. Trotzdem gab es keinen Zweifel, dass Korgh den Kämpfer steuerte.

Sie rief Korghs Namen. Er reagierte nicht.

Yra ging durch den Raum, der sich seit ihrem letzten Besuch stark verändert hatte. An der Stelle der gemütlichen Sitzgruppe stand jetzt ein nüchterner Konferenztisch mit Stühlen. Die Kunstinstallationen, die Korgh so geliebt hatte, waren verschwunden. Ebenso die beiden Projektoren, die sonst Dschungelszenen zeigten. Dafür standen überall 3D-Projektoren unterschiedlichster Bauart herum, umgeben von Tischen mit Steuerelementen und weiteren Computern. Das Einzige, was von der früheren Einrichtung geblieben war, war der große Schreibtisch, dessen Beine aus den Rippenknochen eines Brachiosaurus gefertigt waren. Davor standen zwei ähnlich gestaltete Sessel.

„Ach, du bist gekommen", hörte Yra hinter sich. Korgh war fertig mit seinem Spiel.

Yra drehte sich zu ihm um. Auf seiner Stirn stand ein leichter Schweißfilm.

„Vor einer ganzen Weile", sagte sie, „aber du hast mich nicht bemerkt."

„Ich führe eine Testreihe durch."

Kein Wort der Begrüßung, keine nette Geste. Erst recht keine Umarmung, die Yra in diesem Moment auch gar nicht vermisste. Sie stellte es nur fest.

„Du testest *Spiele*?"

Korgh lachte. „Nein. Ich teste Geschwindigkeit. Denk-Geschwindigkeit."

„Ich konnte kaum etwas erkennen in der Projektion."

„Das könnte ich ändern", sagte Korgh. „Du solltest an meinem neuen Gehirnoptimierungsprogramm teilnehmen. Ich habe unser erstes Programm deutlich erweitert, bald kann ich den Prototypen anbieten. Wenn du willst, kannst du eine der Ersten sein, die davon profitiert."

Yra verzog das Gesicht. „Ich möchte mein Gehirn nicht optimieren. Für meinen Bedarf reicht es aus."

„Nur solange, bis du hinter den anderen zurückstehst. Dann willst du es auch."

Yra zuckte die Schultern. „Ich habe gehört, dass es Widerstand gegen deine Programme gibt."

Korgh machte eine wegwerfende Handbewegung. „Nur Neider. Die gibt es immer, wenn jemand Erfolg hat."

„Es soll sogar eine Initiative im Hohen Rat geben, die auf eine Überwachung deiner Programme abzielt."

„Barkos!" Korgh spuckte den Namen aus wie ein faules Stück Obst. „Ich weiß, er streut Gerüchte. Aber er wird keinen Erfolg haben. Ich habe zu viele bekannte Familien auf meiner Seite. Er ist ein Verlierer, und deshalb hasst er mich."

„Er behauptet, du würdest andere manipulieren."

„Das behaupten Versager immer. Was sagen denn die anderen? Sie sind dankbar für den Erfolg, den sie durch mich haben. Und sie werden noch erfolgreicher werden."

„Genau wie du."

„Genau wie ich", bestätigte Korgh. „Ich bin der beste Beweis, dass die Optimierung noch lange nicht an ihre Grenzen gestoßen ist." Er deutete auf den Projektor. „Ich kann die Denkgeschwindigkeit mindestens verdoppeln."

Yra ließ ihren Blick durch die Büroetage schweifen. „Und um das zu erreichen, hast du alles ausgeräumt, was dein Büro angenehm gemacht hat?"

„Angenehm", wiederholte Korgh in einem abfälligen Ton. „Abgelenkt ist besser ausgedrückt. Ich muss mich voll auf mein Projekt konzentrieren. Es ist außerordentlich komplex, und da kann ich keine Ablenkung gebrauchen."

„Schade, wenn man dafür alles Schöne aus seinem Leben verbannen muss." Sie ging zu dem Projektor, an dem Korgh gespielt hatte. „Eines verstehe ich nicht: Ich sehe keine Steuerelemente, und für eine optische Erfassung reichen deine Bewegungen nicht aus. Wie hast du gespielt?"

Korgh grinste. „Das ist mein Geheimnis."

„Unsere Familien arbeiten zusammen. Deine Geheimnisse sind auch meine Geheimnisse."

„Familiengeheimnisse ja, persönliche Geheimnisse nicht. Das hier ist meine persönliche Entwicklung." Korghs Grinsen wurde breiter. „Es sei denn ..."

Er blickte vielsagend auf Yras Brüste und ihren Schritt.

Anne erschrak. Sie wollte energisch ‚Nein' sagen, aber ihre Meinung zählte hier nicht. Sie war nur Beobachterin in Yras Erinnerungen, und Yra hatte, wie alle Lantis, eine andere Einstellung zu Sex.

„Für eine Nacht mit mir", ergänzte Yra Korghs unvollendeten Satz.

„Eine? Mindestens drei."

„Zwei", sagte Yra.

„Drei. Mein Geheimnis wäre noch viel mehr wert."

Yra zögerte.

Korgh zuckte mit den Schultern. „Wenn du nicht willst ... Aber beim nächsten Versuch erhöhe ich auf fünf."

„Also gut. Drei."

Korgh klatschte in die Hände. „Ich wusste, dass du einwilligst. Ich hätte es übrigens auch so erzählt, aber dieses kleine Geschäft wollte ich mir nicht verderben."

„Ich weiß, warum dich Barkos hasst", sagte Yra. „Also, was ist dein Geheimnis?"

Korgh drehte ihr den Rücken zu. „Fühl mal in meinem Nacken. Aber keine geheimen Erkundungen. Du weißt, das funktioniert bei mir nicht."

Das wusste Yra. Sie hatte schon versucht, mit ihren speziellen Fähigkeiten mehr über Korgh zu erfahren, aber er hatte es irgendwie geschafft, sein Gehirn hinter einer Mauer zu verschanzen. Sie konnte nur rudimentäre Gefühle und belanglose Details erspüren, die ihr nichts brachten.

Sie tastete vorsichtig seinen Nacken ab. An der Stelle, wo die Wirbelsäule und damit die wichtigsten Nervenbahnen in den Schädel mündeten, fühlte sie eine winzige Erhebung.

„Was ist das?"

Korgh wandte sich ihr wieder zu. „Der Sender und Empfänger einer neuronalen Schnittstelle. Ich habe sie mir implantieren lassen und kann darüber in direkten Kontakt zu Computern treten. Sie funktioniert ganz hervorragend, wie du an dem Spiel gesehen hast. Die Kommunikation erfolgt nahezu in Echtzeit."

Yra trat einen Schritt zurück. „Ich dachte, die Entwicklung dieser Schnittstellen ist beendet worden. Der Hohe Rat will die Vernetzung von Menschen und Maschinen auf einfache Anwendungen begrenzen."

Korgh lachte herablassend. „Was bist du naiv. Der Hohe Rat kann den Fortschritt nicht aufhalten. Und wenn ich erstmal Mitglied des Hohen Rats bin, wird sich sowieso einiges ändern."

„Wenn ..."

„Auch das wird nicht aufzuhalten sein. Es ist nur eine Frage der Zeit - und die arbeitet *für* mich."

„Wer hat diese Schnittstelle entwickelt? Du kannst das nicht gewesen sein, dafür fehlen dir die Ressourcen."

Korgh breitete die Hände aus. „Ich habe sie, das muss dir genügen."

„Plessus", sagte Yra. „Nur er könnte das, aber er arbeitet exklusiv für den Hohen Rat."

Korgh grinste wieder. „Sagt man. Auf jeden Fall hat er an meinem Optimierungsprogramm teilgenommen."

Yra spürte, wie ihre Magensäure hochstieg. An den Gerüchten war also etwas dran. Korgh manipulierte andere Lantis.

„Ich muss gehen. Mir ist nicht gut."

Korgh hielt sie am Arm fest. „Du weißt, was mit Leuten passiert, die Geheimnisse verraten?"

Yra befreite sich aus seinem Griff. „Ich kenne die Regeln, aber jetzt muss ich gehen."

„Ich bekomme drei Nächte von dir", rief Korgh ihr hinterher.

„Ich habe nicht gesagt, wann."

Anne hatte das Gehörte noch gar nicht verarbeitet, als sie einen seltsamen Zug an dem imaginären Faden spürte, den sie gespannt hatte. Hastig hangelte sie sich daran entlang bis zu ihrem Ausgangspunkt.

Sie wollte gerade ihre Augen öffnen, als sie ein Schlag am Oberarm traf. Au, das tat weh! Und so, wie sich ihr Arm anfühlte, war es nicht der erste Schlag gewesen.

„Aufwachen, Mädchen!", sagte eine raue Stimme.

Anne sah den Mann an, der neben ihr stand und offensichtlich für die Schläge verantwortlich war.

„Na, endlich", sagte er. „Was ist mit euch los? Lange genug geschlafen, wir sind gleich da."

Ein Ruck ging durch die Maschine. Anne sah aus dem Fenster und erkannte Flugzeuge und Hallen, an denen ihr Flieger vorbeiraste. Er hatte gerade aufgesetzt.

„Geht das nicht etwas freundlicher?", fragte sie gereizt.

„Die freundliche Variante hat nichts gebracht. Außerdem habe ich Sie kaum berührt."

Anne sah die Muskeln seiner Arme. Er wusste wahrscheinlich kaum, wie viel Kraft er hatte, aber das spielte jetzt keine Rolle. Mehr als ihr Arm schmerzte ihr Kopf. Er war bis zum Platzen mit Eindrücken gefüllt, und keine davon waren angenehm. Vor fünfundsechzig Millionen

Jahren war Yra nach der Begegnung mit Korgh schlecht gewesen. Jetzt musste Anne die aufsteigende Übelkeit zurückdrängen.

13.

Korgh beobachtete die kleine Lastwagenkolonne, die die Einfahrt zum Gelände seines Hauses passierte. Auf der Straße hatte sich eine Ansammlung von Menschen gebildet, die neugierig zuschauten. In diesem Viertel gab es selten etwas Besonderes zu erleben. Wegen der Menschen machte sich Korgh keine Sorgen. Was auf den Lastwagen verladen war, konnte niemand erkennen. Selbst das eine oder andere Foto, das jemand schoss, konnte keinen Schaden anrichten. Da er die Kontrolle über alle Access-Points der näheren Umgebung hatte, würde niemals ein Foto von ihm und den Lastwagen im Internet erscheinen. Genauso wenig, wie die spärlichen Überwachungskameras in der Umgebung zu dieser Zeit Aufnahmen machten.

Eine externe Sicherheitsfirma, die Korgh engagiert hatte, sorgte dafür, dass sich auch in der weiteren Nachbarschaft keine unliebsamen Überraschungen anbahnten, die er mit seinen eigenen Kameras nicht im Blick hatte. Dadurch konnte er sich mit seiner kleinen Mannschaft auf das Wesentliche konzentrieren. Er würde sie aufstocken müssen, aber das hatte Zeit. Auf die Anzahl der Leute kam es nicht an.

Korgh schritt die Reihe der Lastwagen ab. Es waren nur drei, aber jeder hatte in seinem Laderaum zwei Frachtcontainer. Korgh musste die Frachtbehälter nicht öffnen, er spürte, was sie enthielten: Lantis-Container. Die Fracht aus seiner eigenen Zeit, wertvolle Fracht. Sie würde ihm die Erfüllung seiner Pläne ermöglichen.

General Haishan, der Korgh bei seinem Gang begleitete, gab den Befehl zum Abladen.

„Stopp!", sagte Korgh. „Nur den hier." Er deutete auf den letzten Container im dritten Lastwagen.

„Warum das?", wollte Haishan wissen. „Es wäre sicherer, die Container einzulagern, als sie hier draußen stehen zu lassen."

Korgh lächelte. „Weil sich ein guter Stratege immer zuerst mit einem Plan B absichert, bevor er seinen eigentlichen Plan ausführt."

Diese Antwort stellte Haishan offensichtlich nicht zufrieden, aber er fragte nicht weiter. Er gab seinen Leuten die Anweisung, den von Korgh bestimmten Container in den Anbau des Hauses zu schaffen.

„Die Lastwagenfahrer können euch dabei helfen", sagte Korgh. „Anschließend soll Meng Kang dafür sorgen, dass sie etwas zu essen bekommen. Und du kommst jetzt mit mir zu Möbius."

Möbius war wie immer im Haus, wo es nicht so heiß war. Er beschäftigte sich mit Unterlagen und Programmen, die Korgh ihm gegeben hatte und die er immer besser beherrschte, nicht zuletzt durch einige Upgrades, die Korgh in den letzten Tagen an seinem Gehirn vorgenommen hatte.

„Es ist so weit", sagte Korgh.

„Es ist *wie* weit?", fragte Möbius zurück.

„Du wirst abreisen und Haishan wird dich begleiten."

„Warum soll ich abreisen? Davon weiß ich nichts!"

Möbius würde seine schwierige Art nie ganz ablegen, aber das war zukünftig Haishans Problem.

„Hol die Koffer", sagte Korgh zu Haishan.

Haishan ging, ohne weitere Fragen zu stellen. Aufgrund seiner militärischen Laufbahn war er es gewohnt, Befehlen zu gehorchen, auch wenn er sie nicht alle verstand. Wenig später kam er mit zwei Aluminiumkoffern zurück.

„Mach sie auf", befahl Korgh, was Haishan umgehend tat.

„Wow!", entfuhr es Möbius, als er sah, was sie enthielten.

Er stand auf und ging zu den geöffneten Koffern. Sie waren bis an den Rand gefüllt mit Bündeln von Geldscheinen. Er nahm ein paar heraus und wog sie in der Hand. „Das ist viel Geld", stellte er überflüssigerweise fest.

„Eine erste Rate", sagte Korgh. „Mehr ist unterwegs. Haishan weiß, wie ihr darankommt."

Die ersten Zahlungen der erpressten Unternehmen waren inzwischen auf den geheimen Konten eingetroffen, die sie auf seine Anweisung hin eingerichtet hatten. Einiges hatte die NSA abgefangen, aber es blieb genug übrig. Im Grunde waren Finanzströme nichts anderes als verschobene Bits und Bytes, und da hatte ihm die NSA nicht viel entgegenzusetzen. Korghs Kontostand wuchs stündlich.

„Es gehört dir", sagte er.

Möbius sah ihn an, als hätte er den Verstand verloren. Er sah mehrmals zwischen den beiden Koffern und Korgh hin und her.

Dann nahm sein Gesicht einen misstrauischen Zug an. „Du willst mich auf den Arm nehmen. Oder ist das irgendeine blödsinnige Prüfung?"

Korgh lachte. „Du misst solchen Sachen eine viel zu hohe Bedeutung zu. Geld ist ein belangloses Detail, wichtiger sind die Aufgaben, die es zu erledigen gilt."

Möbius hielt die Geldbündel immer noch in der Hand. Geld als belangloses Detail anzusehen, wollte wohl nicht so schnell in sein Gehirn. „Welche Aufgaben?", fragte er dann.

„Wir werden einen neuen Standort aufmachen", erklärte Korgh. „Dieses Mal in Ruhe und mit den nötigen Ressourcen. Hawker hat dazu schon einiges in die Wege geleitet. Du und Haishan werdet ihn einrichten."

„Wo?"

„Das wird dir einfallen, wenn du unterwegs bist; und dazu noch einiges mehr. Ich habe dir Erinnerungen mitgegeben, die zur richtigen Zeit auftauchen werden."

Möbius fasste sich an den Kopf, als ob er so feststellen könnte, was sich darin befand.

Korgh wandte sich an Haishan. „Und du wirst auch noch einige Erinnerungen bekommen. Ihr werdet euch ergänzen, also passt gut aufeinander auf. Einer ist ohne den anderen wertlos."

Haishan nickte. „Verstehe. Doppelte Absicherung."

„Alles andere wäre leichtsinnig."

Korgh gab Möbius Anweisungen, was er an Ausrüstung einzupacken hatte, dann ging er mit Haishan nach unten. Der Frachtcontainer stand inzwischen in einem Anbau des Hauses, die Fahrer der Lastwagen saßen an einem Tisch und aßen. Als Korgh den Raum betrat, zuckten sie zusammen. Einen kleinen grünen Mann konnten sie in ihr begrenztes Weltbild immer noch nicht einordnen.

Korgh sah einen nach dem anderen an. Dann holte er ein zigarettenschachtelgroßes Gerät hervor und betätigte eine Taste. Irgendeinen Effekt konnte man nicht feststellen, aber Korgh wusste, dass sehr wohl etwas Wesentliches passiert war.

Er reichte Haishan das Teil. „Das wirst du brauchen. Hiermit kannst du bei Menschen im Umkreis von drei Metern den Transport von Erinnerungen vom Kurzzeitgedächtnis ins Langzeitgedächtnis blockieren. Mein Team, also auch du und Möbius, ist immunisiert dagegen, aber die anderen ..." er deutete mit dem Kopf zu den Fahrern „... werden sich an nichts mehr erinnern, bis du es ausschaltest. Ihr werdet den Lantis-Container aus dem Frachtcontainer ausladen und dafür den Brüter und das ganze andere Material einpacken außer meinem Rechner. Dann fahrt ihr mit den Containern zu dem Flugfeld, auf dem wir beim ersten Mal gelandet sind. Dort wartet die Frachtmaschine auf euch. Ihr werdet sie wieder mit den Containern beladen und starten."

Haishan grinste. „Spuren verwischen. Wohin soll es gehen?"

„Das wird dir einfallen, wenn du gestartet bist. Vergiss nicht, den Piloten die Erinnerung zu nehmen."

„Bestimmt nicht." Haishan wog das kleine Gerät in seiner Hand. „Wirklich nützlich, so ein Teil."

„Wenn man einmal verstanden hat, wie das Gehirn funktioniert und wie man es manipulieren kann, gibt es viele nützliche Anwendungen. Wer das Gehirn beherrscht, beherrscht die Menschen."

„Das hätte meine frühere Regierung sehr interessiert."

„Sicher nicht nur deine. Was du da in der Hand hältst, ist wertvoller als eine Atombombe."

Haishan steckte das Gerät in eine Tasche seiner Hose, er wirkte sehr zufrieden. Falls er überhaupt noch Zweifel gehabt hatte, dass es gut für ihn war, auf Korghs Seite zu stehen, waren sie verschwunden. Er war sich sicher, auf der Seite des Siegers zu stehen.

„Den Rest überlasse ich dir, ich habe noch mehr zu tun." Korgh ging hinauf in sein Zimmer.

Während er an seinem Rechner arbeitete, beobachtete er, wie die Lastwagen vom Gelände verschwanden. Sein Plan B lief ab jetzt ohne ihn, und das war gut so, denn sein Plan A benötigte seine volle Konzentration. Er wollte endlich das Internet kontrollieren, was sich durch das Eingreifen dieser verfluchten Anne Winkler merklich verzögerte. Diese Aufgabe konnte er an keinen anderen delegieren.

Korgh arbeitete ohne Pause. Müdigkeit und Konzentrationsschwäche waren Erscheinungen im Gehirn, die er kontrollierte, er gönnte sich bloß das, was biologisch notwendig war. Die künstliche Intelligenz nahm ihm viele Aufgaben ab, aber sie konnte eben nur das, wofür er sie programmiert hatte; die Kreativität eines gut funktionierenden Gehirns konnte sie nicht ersetzen.

Noch nicht.

14.

Myers fluchte. „Diese verdammte Stadt ist genauso unübersichtlich, wie sie groß ist. Wir haben immer noch kein Signal."

Sie hatten sich in einem gewöhnlichen Hotel einquartiert und bisher jeglichen Kontakt zur amerikanischen Botschaft und zu anderen offiziellen Stellen vermieden. Myers traute den angolanischen Behörden keinen Millimeter über den Weg, und in der Botschaft vermutete er einen Lantis-Projektor. Jeder Botschafter, der etwas auf sich hielt, besaß dieses moderne Gerät. Ideal geeignet für Videokonferenzen.

Burgers Soldaten fuhren nach einem ausgeklügelten Plan durch die Stadt, um ein Signal des Senders einzufangen, den die NSA vorsichtshalber am Lantis-Container angebracht hatte. Bisher vergeblich.

„Vielleicht sollten wir doch unser Militär einschalten", sagte Burger. „Dann können wir auf mehr Ressourcen zugreifen und auch auf unsere Satelliten."

„Noch nicht", entschied Myers. „Wir müssen jedes Risiko vermeiden, wir haben keine Ahnung, welche Kommunikation Korgh abhören kann. Wenn wir ihn nicht überraschen, verschwindet er, und dann finden wir ihn nie mehr."

„So finden wir ihn aber auch nicht. Die Stadt ist ein riesiger Moloch, und mit unseren wenigen Leuten können wir sie nicht abdecken. Der Sender ist zu schwach, um in diesem Wirrwarr von Signalen weit zu kommen. Wenn wir keinen Anhaltspunkt haben, bleibt die Suche Glückssache."

Beide beugten sich über den großen Ausdruck von Google Earth, den sie aus zahlreichen Einzelabschnitten zusammengesetzt hatten. Einen halbwegs aktuellen Stadtplan gab es nicht, die Stadt veränderte sich zu schnell.

Anne hatte sich bisher zurückgehalten, weil Myers ihr zu verstehen gegeben hatte, dass diese Sache das Geschäft von ihm und Burger war. Yra hielt sich sowieso im Hintergrund, weil Myers sie mit einigen wenig freundlichen Bemerkungen bedacht hatte und ansonsten ignorierte. Sie saß in einem Sessel und surfte im Internet.

Anne ging zu den Männern. „Wir sollten die äußeren Stadtteile außen vor lassen. Damit fallen mindestens sechzig Prozent des Areals weg. Korgh braucht eine gute Internetanbindung."

Myers brummte unwillig. „Ich dachte, Sie wüssten, dass wir da angefangen haben. Da war aber nichts, und jetzt arbeiten wir uns nach außen vor."

Anne zeigte auf die Karte. Luanda wirkte darauf wie eine Krake, die ihre Arme in die Wildnis ausstreckte. „Nach draußen wird die Stadt immer ärmer. Ich glaube kaum, dass Korgh sich da versteckt, wo die Versorgung schlecht ist. Was er braucht, sind exzellente Kommunikationsanbindungen. Alles andere ist für ihn nebensächlich. Dass wir den Sender anfangs nicht geortet haben, muss nichts bedeuten. Vielleicht wurde sein Signal zeitweise überlagert, vielleicht hatte Korgh ihn da noch nicht ausgepackt. Wir wissen es nicht."

„Hoffentlich ist er überhaupt hier", bemerkte Burger. „Vielleicht hat er wieder eine falsche Spur gelegt, sitzt am anderen Ende der Welt und lacht sich krumm."

Myers sah ihn böse an. „Sowas will ich nicht hören. Wir müssen Erfolg haben, sonst brauchen wir nicht mehr nach Hause zu kommen."

„Dann *wollen* sie gar nicht mehr nach Hause kommen", sagte Anne. „Weil Sie nicht mehr Herr im eigenen Haus sein werden. Nie wieder."

Myers überlegte einen Moment, dann holte er einen Stift und zeichnete energisch einen Kreis. „Burger, wir engen die

Suche auf diesen Bezirk ein. Weisen Sie Ihre Leute entsprechend an."

Burger ging, um die Anordnung umzusetzen.

Myers sah Anne an. „Warum habe ich mich bloß auf Sie eingelassen?"

„Weil Sie keine andere Wahl hatten. Weil Ihre üblichen Methoden nicht greifen."

Myers sah zu seinem Laptop, der ausgeschaltet auf dem Tisch stand. Er hatte ihn nicht ein einziges Mal benutzt, seit sie von Lantika aufgebrochen waren. Außer Yra, die sich wie ein ganz normaler User im Internet bewegte, hatte niemand über Internet kommuniziert oder telefoniert.

„Es ist ein Scheißgefühl, wenn man nicht mehr miteinander telefonieren kann, ohne dass man Angst haben muss, abgehört zu werden", sagte Anne.

Myers' Blicke waren wenig freundlich. „Was soll diese Stichelei?"

„Vielleicht verstehen Sie jetzt die Gefühle mancher Leute Ihrer Organisation gegenüber. Und vielleicht bleibt irgendetwas davon in Ihren Gehirnwindungen haften, für später."

„*Wir* haben nicht vor, die Macht in der Welt an uns zu reißen."

„Echt nicht?", fragte Yra von hinten. „Oder schaffen Sie's nur nicht?"

Myers' Halsschlagader schwoll sichtlich an. „Schalten Sie dieses grüne Gift aus!", fuhr er Anne an.

„Ich kann Yra nicht ausschalten", sagte sie. „Aber vielleicht haben wir ein paar Gedanken, die uns weiterhelfen. Ich glaube zu wissen, was mit Korgh geschehen ist."

„Ach", sagte Myers spöttisch. „Und was?"

„Korgh war ein Optimierungs-Freak. Er wollte immer besser werden, er hat sein Gehirn immer weiter optimiert, bis an die letzten Grenzen. Aber jedes Prozent, das sein Verstand schneller arbeiten konnte, ging auf Kosten seiner Gefühle. Man kann nicht beides, immer schneller und logischer denken und gleichzeitig einfühlsam sein. Er hat sich quasi selbst gefühlsmäßig zu Tode optimiert. Jetzt ist er nur noch eine gefühllose Denkmaschine, die von kalter Logik gesteuert wird."

Myers grinste. „Das klingt sehr logisch - aus dem Mund einer Logikerin."

„Sie haben Recht", gab Anne zu. „Wenn ich ein Gefühlsmensch wäre, wäre ich vielleicht Krankenschwester geworden und hätte nicht Mathematik studiert. Es gibt immer eine Bandbreite bei uns Menschen, und mal überwiegt das eine, mal das andere. Das Einzige, das ich versuche, ist, das Beste aus meiner persönlichen Mischung zu machen. Aber ich will sie nicht grundlegend verändern."

Myers zuckte die Schultern. „Klingt edel, aber was hilft uns das weiter? Dass Korgh kein einfühlsamer Altenpfleger ist, wissen wir."

„Korgh war noch nicht fertig mit seiner Optimierung. Er hat sich eine neuronale Schnittstelle ins Gehirn implantieren lassen, über die er direkt mit einem Computer kommunizieren konnte."

Myers pfiff durch die Zähne. „Eine Mensch-Maschine-Schnittstelle. Interessant. An sowas arbeiten wir auch. Dadurch wird die Kommunikationsgeschwindigkeit enorm erhöht. Das bringt eine Menge Vorteile."

„Wollten Sie den Preis dafür bezahlen? Denken Sie diese Sache mal zu Ende."

„So weit sind wir noch lange nicht, Korgh war da wohl schon weiter. Aber er kann keine neuronale Schnittstelle haben. Die lässt sich nicht über die DNA mitzüchten, und selbst wenn er eine im Gepäck hat, ist eine Implantation zu komplex. Dazu hatte er keine Zeit."

„Das können wir nur hoffen", sagte Anne, „aber das ist nicht das, worauf ich hinaus will. Der Mann, der diese neuronale Schnittstelle für Korgh entwickelt hat, war bei den Lantis der Chefarchitekt für Quantencomputer."

Diese Information hatte Anne erst vor kurzem von Yra erfahren. An Korgh konnte sie sich nicht erinnern, aber der Name ‚Plessus' hatte sie auf die Spur gebracht. Und diese Spur führte geradewegs zu der einen Erkenntnis, die Anne jetzt aussprach: „Ich glaube, ich weiß, was in Container 7 ist: ein Quantencomputer."

„Quantencomputer", wiederholte Myers. „Das ist ein heißes Teil. Wir haben auch einen, er knackt jede Verschlüsselung."

Anne sah ihn an, und Myers hob abwehrend die Hände. „Ich weiß, ich weiß. Unser Quantencomputer ist gegen den von Korgh wie eine Dampfmaschine gegen einen Formel-1-Rennwagen."

Er schwieg einen Moment. „Wenn das stimmt, haben wir ein Problem. Wenn Korgh ihn in Betrieb nimmt, gehört das Internet ihm, und nicht nur das Internet. Dann haben wir endgültig verloren. Für immer."

„Ist das nicht ein bisschen pessimistisch?", warf Burger ein.

„Leider nicht", sagte Myers. „Ein dermaßen überlegener Quantencomputer knackt alle Nachrichten und kann sie manipulieren. Wie wollen Sie jemanden finden, der alle Informationen über sich aus allen Systemen eliminiert? Der Sie mit Falschinformationen eindeckt, die Sie nicht prüfen können? Und selbst wenn Sie ihn finden - wie wollen Sie ihn angreifen, wenn Sie untereinander nicht kommunizieren können? Wenn Sie sich nicht bewegen können, weil er die Rechner in ihren Autos und Flugzeugen sabotiert? Wenn er Sie selbst auf die Fahndungsliste aller Regierungen dieser Welt setzt?"

Burger kratzte sich am Kopf. „Sieht wirklich nicht gut aus."

„Dann gehört ihm die Welt", sagte Anne. „Dem kleinen grünen Mann. So schnell kann es gehen."

Myers nickte. „Ich hätte es nicht für möglich gehalten, dass ein Einzelner solche Macht bekommen kann. Ich habe mich getäuscht. Leider."

Er sah auf den Plan von Luanda, einer der unübersichtlichsten Städte der Welt.

15.

Korgh arbeitete an mehreren Aufgaben gleichzeitig. Auch so ein Vorteil der Gehirnoptimierung: Hatte man genügend Kapazität, konnte man sie aufteilen. Das Einzige, das ihn ausbremste, war die Kommunikation mit seinem Rechner. Das Aufnehmen von Informationen ging schnell, anders sah es bei Befehlen aus. Die mussten formuliert und dann eingegeben werden, entweder über die Tastatur oder mittels Sprache. Zum Glück waren die Zeiten vorbei, als man noch Programmcode schreiben musste. Die künstliche Intelligenz, verbunden mit einem riesigen Bestand an fertigen Programm-Modulen, nahm ihm diese lästige Arbeit ab. Trotzdem sehnte er die Zeiten herbei, wenn er wieder eine neuronale Schnittstelle besaß, aber bis dahin war es noch weit - wenn auch nicht unerreichbar weit.

Eine Meldung seines Rechners riss ihn aus seiner Konzentration: Ein Programm hatte eine Anomalie entdeckt. Das geschah immer wieder einmal, und dann war eine Entscheidung seinerseits gefordert. Alles konnte die künstliche Intelligenz doch nicht erledigen.

Korgh rief das Programm auf und ließ sich die Anomalie anzeigen. Ein Flugzeug hatte Lantika verlassen, war aber nicht am angegebenen Ziel angekommen. Dafür war ein Flieger in Luanda gelandet, der nicht an dem Startpunkt abgehoben hatte, der im Flugplan stand. Das war keine Banalität, und Korgh beendete alle Aufgaben, die in seinem Gehirn noch in Arbeit waren. Er rief die Protokolle auf.

Sowohl Lantika als auch Luanda standen unter seiner besonderen Beobachtung. An beiden Standorten hatte er seinen Rechnerverbund angewiesen, alle besonderen Ereignisse auf logische Brüche zu untersuchen, bis in die dritte Ereignisebene hinein. Das bedeutete, dass sie alle verbundenen Daten untersuchten, ob sie logisch zusammenpassten. Startete ein Frachtflieger, wurden die Papiere geprüft, ob sie mit dem Gewicht und Platz im Flieger zusammenpassten. Woher kam die Fracht, und wo ging sie hin? Machte der Transport einen Sinn? Passten die Uhrzeiten? Jedes Ereignis war mit unzähligen anderen Ereignissen und noch wesentlich mehr Daten verbunden. So kamen Millionen von Daten zusammen, die einen nahezu unfälschbaren Fingerabdruck hinterließen. Belanglose Fehler, wie sie in allen Abläufen vorkamen, wurden von seiner Software herausgefiltert, sodass er nur die schwerwiegenden Probleme vorgelegt bekam. Das hier war solch ein Fall, und da es sich sogar um zwei Plausibilitätsbrüche handelte, die auch noch miteinander korrespondierten, war Korgh alarmiert.

Er ließ sich Aufnahmen der betroffenen Flugzeuge anzeigen. Das Flugzeug, das in Lantika gestartet, aber nie am angegebenen Ziel angekommen war, war eindeutig identisch mit dem Flieger, der in Luanda gelandet war, aber eigentlich von woanders kommen sollte. Das ließ nur einen Schluss zu: Das Flugzeug war in Lantika gestartet und nach Luanda geflogen. Aber was gravierender war: Jemand hatte versucht, diesen Flug zu tarnen. Er hatte zahlreiche Daten gefälscht, aber eben nicht alle, denn das war unmöglich. Daraus folgte ein weiterer logischer Schluss: Man war ihm auf der Spur. Man hatte seinen Standort lokalisiert!

Korgh hatte eine Ahnung, wer dafür verantwortlich war: Anne Winkler. Mal wieder.

Wie sie das geschafft hatte, wusste er nicht, aber sie musste dahinter stecken. Die Fälschung der Flugdaten ging wahrscheinlich auf das Konto der NSA, aber die konnten ihn nicht entdeckt haben. Deren Vorgehensweisen hatte er bestens untersucht, als herausragende Gegenspieler in dieser Zeit waren sie ihm jede Mühe wert. Der Katalog ihrer Möglichkeiten war lang, aber doch begrenzt. Im Grunde folgten sie der Logik, die er auch als Geheimdienst angewendet hätte, und deswegen wusste er auch, wie er sich dagegen wappnen musste. Nur diese verdammte deutsche Wissenschaftlerin entzog sich seiner Kontrolle. Sie tat ständig etwas, auf das er nicht vorbereitet war.

Wut stieg in ihm auf. Er konnte es auf den Tod nicht ausstehen, wenn jemand seine Pläne durchkreuzte.

Dann drängte er seine Wut zurück. Er musste einen klaren Kopf behalten, denn diese Frau war gefährlich.

Er rief die Protokolle der Rechnerverbunde in Lantika und Luanda auf, die der Anomalie auf die Spur gekommen waren. Die eigentlichen Ereignisse waren schon zwei Tage alt. Korgh presste seine Zähne zusammen, als wollte er einen Saurierknochen zermalmen. Dieser Zeitverlust war eine Katastrophe. Normalerweise verliefen die notwendigen Analysen in Sekunden oder Minuten, aber jetzt gingen das Internet und alle Kommunikation nur noch im Schneckentempo. Seine Rechner an den weltweit zu prüfenden Ereignisorten und auch die in Lantika und Luanda waren durch die Aufgaben, die ihnen Anne Winkler immer noch bergeweise vorsetzte, bis an die Grenzen belastet und wurden dadurch ausgebremst. Die unzähligen Daten, die zum Vergleich hin und her versandt werden mussten, krochen nur noch durch die Datenleitungen. Auch daran war eine einzige Frau schuld.

Die Wut kam wieder hoch. Dieses Mal konnte er sie nicht unterdrücken. Er brauchte ein anderes Ventil.

„MENG KANG!", brüllte er aus Leibeskräften.

Die Chinesin kam die Treppe heraufgestürzt. „Was ist los?"

Korgh bebte am ganzen Körper. Meng Kang musste es bemerken, denn sie sah ihn eingeschüchtert an.

„Befriedige mich!", befahl er.

Sie machte ein erschrockenes Gesicht, aber sie rührte sich nicht.

„Befriedige mich!", brüllte er sie an.

Erst jetzt schien Meng Kang zu verstehen, was Korgh von ihr verlangte. Sie wurde noch blasser, als sie es ohnehin schon war. Ihr Körper versteifte sich.

„Los! Fang an!", forderte Korgh. Er spreizte auf seinem Stuhl die Beine.

Meng Kang schluckte. „Nein", sagte sie. Sie schluckte nochmals. „Eher lasse ich mich von dir töten."

Korgh durchbohrte sie mit seinen Blicken. Dann lächelte er böse. Seine Analysen waren richtig gewesen. Nachdem er auf Anne Winkler aufmerksam geworden war und ihre Gefährlichkeit erkannt hatte, hatte er sich mit der Mentalität menschlicher Frauen befasst. Sexuelle Nötigung war für sie extrem demütigend, sie wehrten sich mit allen Mitteln dagegen. Meng Kang bestätigte diese Einschätzung gerade. Als Agentin war sie nicht gerade zart besaitet, aber dann hatte sie erkennen müssen, dass sie Korgh auf Tod und Leben ausgeliefert war. Die Ermordung eines Menschen hatte sie noch ohne größeren Protest hingenommen, aber jetzt war ihre Grenze offensichtlich erreicht. Sie wagte es, ihm den Gehorsam zu verweigern.

Sehr gut!

„Du glaubst, mir Widerstand leisten zu können? Du glaubst, mit dem Tod wäre alles erledigt?" Korgh lachte auf. „Dann sieh dir das an!"

Er wandte sich zu seinem Rechner und sagte: „Zeig die Kinder!"

In dem Projektionskubus des 3D-Projektors erschien eine Gruppe Kinder. Sie spielten zusammen im Raum eines Kindergartens; es waren etwa zehn.

„Und jetzt pass gut auf!"

Korgh stand auf und ging bis dicht vor Meng Kang, die ihre Augen nicht vom Projektor ließ. Dann gab er ihr eine Ohrfeige.

Die Kinder im Projektor sahen erschrocken auf, dann fingen sie an zu weinen. Meng Kangs Augen weiteten sich, sie begann, am ganzen Körper zu zittern.

„Ich habe die Kinder mit dir verschränkt", sagte er. „Sie spüren das, was du spürst. Du weißt, was das bedeutet?"

Meng Kang nickte zögernd.

Korgh holte aus und gab ihr eine zweite Ohrfeige, dieses Mal viel stärker als zuvor. Ihr Kopf bewegte sich ruckartig zur Seite.

Die Kinder schrien lauter, einige wälzten sich am Boden.

„Willst du immer noch den Tod?", fuhr Korgh Meng Kang an.

Das Zittern ihres Körpers wurde stärker. Sie konnte die Augen nicht von den schreienden Kindern lassen. „Nein."

„Aufnahmen aus!", befahl Korgh in Richtung des Projektors.

Die weinenden Kinder verschwanden.

Er setzte sich zurück auf den Stuhl und breitete wieder die Beine aus. „Du weißt, was du zu tun hast. Gib dir Mühe, sonst werde ich dich bestrafen."

„Die Kinder", sagte sie mit zitternder Stimme. „Werden Sie nichts davon mitbekommen?"

„Ich habe die Übertragung für zehn Minuten unterbrochen. So viel Zeit hast du. Mehr nicht."

Meng Kang kam auf ihn zu. Ihre Schritte wirkten wie die eines Roboters. Sie kniete sich vor ihm auf den Boden.

Neben der Wut spürte Korgh Zufriedenheit in sich. Er hatte auf der ganzen Linie Recht gehabt. Die Aufnahmen waren eine Fälschung, die er aus einer Laune heraus begonnen hatte, eigentlich nur ein Test und noch voller Fehler. Aber Meng Kang war so aufgewühlt gewesen, dass sie die logischen Brüche nicht bemerkt hatte. Er hatte anderes zu tun, als in der Gegend herumzufahren und seine kostbare Technik an kleine Kinder zu verschwenden, aber so weit hatte sie nicht mehr denken können.

Er sah zu, wie sie seine Hose öffnete und sein Glied herausnahm. Er spürte ihren Ekel und ihren Widerwillen - und dieses Gefühl tat ihm gut. Er spürte, wie sie es in den Mund nahm und begann, daran zu lecken. Ihre Hände zitterten, aber sie machte weiter.

Korgh schloss die Augen, um Meng Kangs Demütigung ungestört erleben zu können. Er spürte ihre Zunge und ihre Lippen. Er spürte, wie sie würgte. Er spürte, wie sie sich zu jeder Bewegung zwingen musste.

Bis zum Ende.

Und er dachte dabei an eine andere Frau, deren Bild sich in sein Gehirn eingebrannt hatte.

Meng Kang war gegangen. Sie hatte sich erbrochen, und Korgh hatte sie aufwischen lassen. Jetzt öffnete er die Fenster, um den säuerlichen Geruch aus dem Zimmer zu vertreiben.

Er atmete die schwüle, stinkende Luft der Großstadt ein. Die innere Spannung war abgebaut, er konnte wieder ungestört denken. Es wurde Zeit, sich um Anne Winkler zu kümmern und um die Leute, die sie mitgebracht hatte.

Zuerst rief er Aufnahmen aus Lantika auf, aber er konnte nicht erkennen, wer in das Flugzeug gestiegen war und welche Fracht sie geladen hatten. Er ging fest davon aus, dass Myers Anne Winkler unterstützte, denn alleine hätte sie wenig ausgerichtet und auch kaum die Manipulation der Flugdaten zustande gebracht. Myers' Leute wussten, wo in Lantika Kameras installiert waren und wie man sich trotzdem unbemerkt bewegen konnte. Dafür hatten sie gesorgt. Also nahm er sich die Bilder aus Luanda vor. Die Maschine war von der Landebahn sofort in einen Hangar gerollt, aber auch dort gab es Kameras. Zu dem dazugehörigen Rechner, der für seine Verhältnisse nur kümmerlich gesichert war, hatte er sich schnell Zugang verschafft.

Da war der Flieger wieder zu sehen, eine Gruppe Leute stieg aus. Korgh zoomte heran, aber es war niemand dabei, den er kannte. Überhaupt sahen die Leute harmlos aus, und sie benahmen sich auch so. Ein Vergleich der Gesichter mit anderen Aufnahmen ergab, dass es sich um eine Delegation von Geschäftsleuten handelte, die für eine Zulieferfirma für die Ölindustrie arbeiteten. Im Gepäck hatten sie diverse Geräte und Maschinen für ihre Kunden. So stand es auch in den Flugunterlagen. Alles unverdächtig. Zu unverdächtig.

Er nahm sich die Metadaten der Aufnahmen vor und verglich sie mit Aufnahmen, die zur gleichen Zeit auf dem Flughafen von Luanda gemacht worden waren. Es gab deutliche Unterschiede. Genau wie er selbst konnte auch die NSA Filmaufnahmen manipulieren, aber nicht gut genug. In jedem Stromnetz gab es Schwankungen, die sich in den Aufnahmen niederschlugen und ihnen einen Stempel aufprägten. Diese Schwankungen waren normalerweise nur winzig, aber so unverwechselbar wie ein Fingerabdruck. In Luanda waren die Schwankungen sogar beträchtlich. *Er* hatte ein Programm, das solche Schwankungen in Aufnahmen einarbeitete, die NSA offensichtlich nicht.

Korgh grinste. Mal sehen, ob sie auf einem anderen Gebiet besser waren.

Er lud sich eine komplette Kopie der Festplatte herunter, auf der die Aufnahmen gespeichert waren. Die NSA hatte die Originale mit ihrem manipulierten Film überspielt, was aber nicht bedeutete, dass die Originale verloren waren. Mit der entsprechenden Software konnte man sie wiederherstellen, bei Korgh dauerte es etwa fünfzehn Minuten. Jetzt saß er vor seinem Projektor und sah sie sich an. Die Qualität hatte durch das Überspielen merklich gelitten und war erbärmlich, aber hier ging es nicht um Schönheit.

Zuerst stieg Myers aus dem Flugzeug. Er war also persönlich gekommen. Bemerkenswert. Dann folgten elf Soldaten und Soldatinnen. Korgh speiste ihre Gesichter sofort in seine Gesichtserkennungssoftware ein, damit sie Alarm gab, wenn eines davon von einer Kamera der Umgebung erfasst wurde. Dann stiegen zwei Frauen aus dem Flugzeug, eine war grün. Yra. Die zweite war groß und blond. Es war die Frau, deren Gesicht er nie wieder vergessen würde. Anne Winkler. Sie war hier.

Ein seltsames Kribbeln erfasste ihn. Seine größte Feindin war ganz in seiner Nähe. Sie war die Einzige, vor der er sich wirklich in Acht nehmen musste - und sie musste sich vor ihm in Acht nehmen.

Er hatte keinen Zweifel, wie die Sache ausgehen würde, und er wusste auch schon, wie.

Das Kribbeln wurde stärker.

Korgh ging seine Optionen durch. Er hätte fliehen können, aber dann müsste er seinen Quantencomputer zurücklassen. Das kam nicht in Frage. So schnell einen unauffälligen Transport zu organisieren, war unmöglich, und vielleicht wartete Myers sogar darauf und stellte ihm eine Falle. Möbius war mit seinem Flugzeug schon zu weit weg, und der Plan B durfte auf keinen Fall gefährdet werden. Außerdem: Weglaufen war niemals eine wirkliche Option für ihn.

Die Gesichtserkennungssoftware meldete ein erstes Ergebnis, zwar nicht aus der Gegenwart, aber aus der Vergangenheit. Er sah sich die Aufnahmen an. Ein Mann und eine Frau waren an einer Bank vorbeigefahren und dabei von deren Kamera erfasst worden. Es waren eindeutig zwei von Myers' Leuten. Der Halter des Autos war schnell ermittelt: eine Leihwagenfirma im Zentrum von Luanda. Sekunden später hatte Korgh sich in den Computer der Firma gehackt und überprüfte die Leihvorgänge. Kurz hintereinander waren fünf Wagen ausgeliehen worden, alle von Privatleuten, aber das hatte wohl kaum eine Bedeutung. Die Modelle und Kennzeichen kamen zu der Software, die die Aufnahmen der Überwachungskameras auswertete. Das war kaum noch nötig, denn ein Link führte von den Ausleihdaten zu einem anderen Programm. Luanda war ein schwieriges Pflaster, und die Leihwagenfirma wollte ihre Wagen gerne wiedersehen. Deshalb hatten sie alle mit GPS-Sendern ausgestattet, wovon die Kunden natürlich nichts erfuhren; die Standorte wurden auf Google Maps angezeigt.

Korgh grinste. Wie schön, dass die Menschen die Neigung besaßen, alles und jedes zu jeder Zeit zu überwachen. Das war äußerst hilfreich. Sehr schön war auch die Speicherung historischer Daten, die ihm ein detailliertes Bewegungsprofil lieferte, das er sich jetzt in Ruhe ansehen konnte. Schnell war klar, dass Myers' Leute systematisch vorgingen, aber auch, dass sie keine Ahnung hatten, wo sie suchen sollten. Das bedeutete: Sie waren zwar nah an ihm dran, aber da Luanda so groß und unübersichtlich war, hätten sie auch auf einem anderen Kontinent suchen können. Ohne konkrete Hinweise hatten sie keine Chance, während er auf den Meter genau wusste, wo sich Myers' Leute gerade befanden.

Die Prognosesoftware zeichnete gepunktete Linien, wo die Wagen in der nächsten halben Stunde entlangfahren würden. Eine Route führte sogar in relativer Nähe an seinem Standort vorbei. Eine gute Gelegenheit.

Korgh ging zu seinem Kleiderschrank. Er hatte sich eine Auswahl unterschiedlichster Sachen zugelegt, um sich in der Stadt unentdeckt bewegen zu können, dazu etwas Tarnfarbe für Hände und Gesicht. Die beste Software konnte einen persönlichen Eindruck nicht ersetzen. Er wählte die älteste Hose, die er finden konnte, und dazu eine weite Jacke. Mit der billigen Sonnenbrille und einem ausgefransten Hut machte er sich auf den Weg. Er ging durch mehrere kleinere Straßen, bis er an eine größere kam. Dort setzte er sich einfach auf den Boden und stellte einen verbeulten

Metallteller vor sich, den die Vormieter im Keller zurückgelassen hatten.

Der Verkehr floss träge, kaum schneller als die Passanten auf dem Bürgersteig. Eine Frau warf ihm ein paar Münzen auf den Teller. Es klapperte metallisch. Er musste nur fünf Minuten warten, dann sah er den Honda Pick-up. Die grüne Farbe konnte man nur noch erahnen. Der Wagen musste an der Ampel halten, und Korgh hatte Zeit, die Insassen zu studieren. Der Fahrer hatte kurzgeschorene Haare, wie sie bei amerikanischen Soldaten üblich waren, die Beifahrerin hatte ihre Haare zusammengesteckt. Ob sie für menschliche Verhältnisse attraktiv war, konnte Korgh nicht beurteilen, jedenfalls kam sie in ihrer Ausstrahlung nicht an das heran, was er sich bei Anne Winkler vorstellte. Beide sahen sich in der Gegend um, solange die Rotphase dauerte, von ihm nahmen sie keine Notiz. Als der Wagen außer Sicht war, ging Korgh zurück zu seinem Haus, die Schale mit den Münzen ließ er achtlos stehen.

Sie wussten tatsächlich nicht, wonach sie suchen sollten, das hatte er deutlich gespürt. Seine Strategiesoftware musste er nicht bemühen, um zu der Erkenntnis zu kommen, dass die Gefahr, die von ihnen ausging, vernachlässigbar war. Trotzdem ließ er seine Software einige Szenarien durchrechnen und gab der Sicherheitsfirma entsprechende Anweisungen. Auch die beiden Agenten von Haishan bekamen eine Aufgabe.

Korgh befahl Meng Kang in den Anbau, wo der Quantencomputer stand. Die Chinesin sah ihn hasserfüllt an, aber sie gehorchte.

„Du solltest dir eine andere Einstellung zu Sex angewöhnen", sagte er. „Dann fällt das Leben leichter."

„Fick mich", antwortete sie böse.

Korgh lachte. „Vielleicht komme ich darauf zurück."

Von nun an schwieg sie, was Korgh recht war. Sie hatten viel zu tun. Korgh kannte den Code, um den Container zu öffnen. Er kannte alle Codes für alle Container. Als das gelbe Pulver der Bucky-Balls herausrieselte, dachte er für eine Sekunde daran, wie sich die Unternehmen auf dieses Material stürzten und es in Massen produzierten. Unternehmen, an denen er Anteile hielt, und die dafür sorgten, dass sein Vermögen von Sekunde zu Sekunde zunahm. Aber Geld war nicht das Wichtigste. Wichtig war der Inhalt, den die Bucky-Balls schützten. Der Quantencomputer würde im Kampf mit der NSA den Ausschlag geben. Wenn er erst die Macht über das Internet hatte und in die Rechenzentren der Geheimdienste eingedrungen war, würden sich alle weiteren Probleme leicht lösen lassen, einschließlich Myers, der noch frei in Luanda herumlief.

Korgh hatte verschiedene Ideen, um den Mann auszuschalten. Wahrscheinlich würde er ihn bei seiner Regierung diskreditieren, das war nur eine Frage von ein paar gefälschten Aufnahmen. Wenn er ihnen dann noch den Aufenthaltsort zuspielte, würden ihn seine eigenen Leute fertigmachen. Diese Idee gefiel Korgh am besten.

Der Quantencomputer war ein hochsensibles Gerät, bei dem man nicht übereilt vorgehen durfte. Korgh veranschlagte etwa zwei Tage, bis er den Quantencomputer in Betrieb nehmen konnte. Danach waren es nur noch Stunden ...

16.

„Korgh weiß, dass wir hier sind", sagte Yra.

Myers drehte sich ärgerlich zu ihr um. „Und woher, wenn ich fragen darf? Er hat keine übernatürlichen Fähigkeiten, aber du redest von ihm, als wäre er Gott."

Yra sah von ihrem Tablet auf. „Nicht Gott. Eher der Teufel, wenn es den gäbe." Sie sah wieder auf ihr Tablet. „Keine Ahnung, woher er das weiß, aber du solltest nicht davon ausgehen, dass du ihn überlisten kannst."

Myers brummte unwillig. „Für konstruktive Beiträge bin ich dankbar. Ansonsten solltest du den Mund halten."

Yra zuckte mit den Schultern. „Ich wollte es nur mal gesagt haben."

„Vielleicht hat sie recht", sagte Burger. „Wir kennen seine Möglichkeiten nicht und sollten deshalb vom Schlimmsten ausgehen."

Myers war sichtlich unzufrieden. Er war gewohnt, aus dem Vollen zu schöpfen, und kannte es nicht, dass andere mehr Informationen besaßen als er selbst. Jetzt war schon wieder ein Tag ohne Erfolgsmeldung vergangen, und Nervosität breitete sich aus.

„Wenn wir das annehmen, können wir auch die Ressourcen der NSA und der Army einsetzen", sagte Myers. „Uns läuft die Zeit davon."

„Dann wissen wir aber nicht, was manipuliert ist und was nicht", wandte Anne ein. „Wenn Korgh Ihren Präsidenten in einem Video simuliert hat, kann er das auch mit anderen Leuten und Informationen tun. Selbst wenn einiges echt sein sollte, können Sie es von den Fakes nicht unterscheiden, und Ihre Leute können es erst recht nicht. Wie wollen Sie verhindern, dass Korgh in Ihrem Namen Befehle erteilt?"

„Auf so ein Einsatzszenario sind wir nicht vorbereitet", sagte Burger. „Wir würden es nicht unter Kontrolle kriegen."

„Was schlagen Sie vor?", fragte Myers.

„Standort wechseln und die Kommunikation mit unseren Leuten auf das Nötigste beschränken."

„Na gut. Veranlassen Sie das Erforderliche. Aber wir warten nur noch einen Tag. Dann müssen wir das Risiko erhöhen."

Burger kam nicht dazu, die Anordnungen weiterzugeben, denn in diesem Moment meldete sich sein Telefon. Schon bei den ersten Worten hellte sich sein Gesicht auf. „Wir haben das Signal", sagte er kurz.

Er ging zur Karte und deutete auf einen Punkt. „Der Container ist hier."

Sie sahen sich die Umgebung an.

„Die anderen sollen die Suche abbrechen und ihre Ausrüstung holen", ordnete Burger an. „Wir treffen uns in einer Stunde in der Industriebrache zwei Kilometer nördlich vom Ziel."

Aus der einen Stunde wurden zwei. Der Verkehr in Luanda war zum Verzweifeln dicht, und irgendwelche Vorrechte durften sie für sich nicht in Anspruch nehmen. Die anderen Teams waren schon da, als sie endlich ankamen. Trotz der Hitze trugen sie weite Jacken, um ihre Schutzwesten und Waffen zu verbergen.

Burger hielt eine kurze Einsatzbesprechung ab. Die Teams sollten in zwei Gruppen von entgegengesetzten Richtungen aus angreifen und das Gelände sichern. Burger und Myers würden von einer dritten Richtung kommen und in ihrem Gefolge auch Anne und Yra. Die beiden hatten sich nicht davon abhalten lassen mitzukommen. Die Besprechung war in wenigen Minuten vorbei, denn die

Details hatten sie schon vorher geklärt, außerdem waren die Teams eingespielt.

„Schaltet die Helme ein, wenn ihr euch dem Gebäude nähert", erinnerte Myers. „Wir müssen damit rechnen, dass Korgh Waffen einsetzt, die auf das Gehirn oder das Nervensystem abzielen."

Die Helme stammten aus dem Arsenal der Army, die schon seit Jahren mit Möglichkeiten experimentierte, durch elektrische Stimulation die Gehirne von Soldaten so aufzuputschen, dass sie weniger schnell müde wurden und möglichst motiviert in Kämpfe gingen. Als Yra das mitbekommen hatte, hatte sie Myers vorgeworfen, er sei wenig besser als Korgh, was wieder zu einer heftigen Auseinandersetzung geführt hatte. Myers hegte die Hoffnung, durch die Strahlung der Helme, die viel dichter an den Gehirnen dran waren, die Strahlung von Korghs Geräten zu überlagern.

Anne und Yra wollten prinzipiell keine Helme tragen, die ihre Gehirne manipulierten. Sie beschränkten sich auf schusssichere Westen.

Die Teams fuhren mit jeweils zwei Autos davon. Myers, Anne und Yra fuhren mit Burger an ihre Position. Sie war so gewählt, dass sie das Gelände, von dem das Signal des Senders kam, aus der Ferne beobachten konnten. Außer einer hohen Mauer sahen sie allerdings nichts. Myers und Burger stiegen auf das Dach eines kleinen Hochhauses in der Nähe, um das Ziel aufzuklären.

„Wie sieht es dort aus?", fragte Anne, als die beiden zurückkamen.

„Außer einem heruntergekommenen Haus mit Anbau gibt es dort nichts zu sehen, weder Waffen noch Leute." Burger wirkte unzufrieden. „Ich mag es nicht, ein Ziel anzugreifen, über das ich so wenig weiß. Vielleicht sollten wir doch eine Drohne hinschicken."

Anne wusste, dass sie im Kofferraum eine ansehnliche Ausrüstung mit sich führten. Burger hatte jeden Tag alles eigenhändig überprüft. Darunter waren auch zwei Drohnen, die aussahen wie kleine Vögel. Mit bloßem Auge konnte man nicht erkennen, dass sie etwas ganz anderes waren. Aber in diesem Haus da hinten warteten nicht nur bloße Augen. Das dachte wohl auch Myers.

„Nein. Wir werden auf alle aktive High-Tech verzichten", entschied er. „Wir kennen Korghs Möglichkeiten nicht, und wenn er Verdacht schöpft, ist unser einziger Vorteil verloren. Wir haben nur dann eine Chance, wenn wir ihn überraschen können."

„Wir haben gut ausgebildete und bewaffnete Leute", sagte Burger. „Ich glaube kaum, dass er dagegenhalten kann. Er hatte keine Zeit, eine Armee zu rekrutieren, und das Haus macht nicht den Eindruck, dass es gut geschützt ist."

„Unterschätzen Sie ihn nicht", sagte Myers.

Trotz der angespannten Situation musste Anne schmunzeln. Das war eigentlich ihr Satz, den *sie* immer sagte.

Als das letzte Team das Erreichen seiner Position meldete, gab Burger den Befehl zum Angriff.

Aus den Einsatzbesprechungen wusste Anne, dass die Teams jetzt nicht wild drauflosstürmten. Sie würden versuchen, sich mit ihren Wagen so unauffällig wie möglich dem Haus zu nähern, idealerweise bis zur Mauer. Das sollte eigentlich funktionieren, denn eine Straße, auf der auch andere Autos fuhren, führte direkt daran vorbei. Sie würden die Mauer auf Schwachstellen, Überwachungskameras, Selbstschussanlagen und weitere Überraschungen abscannen. Die würden sie ausschalten, dann die Mauer an gegenüberliegenden Seiten überwinden und das Haus stürmen. So war der Plan.

Es verging keine Minute, bis Burgers Telefon klingelte. Selbst Anne auf dem Rücksitz konnte die Stimme verstehen, die versuchte, das Krachen zu übertönen.

„Wir werden beschossen! Ein Hinterhalt, etwa sechshundert Meter vor dem Ziel!" Es krachte wieder. Dieses Mal wesentlich lauter. Dann schwieg das Handy.

„Scheiße!", fluchte Burger.

Über einem Haus ein paar Straßenzüge weiter stieg eine Rauchwolke auf. In der anderen Richtung folgte kurz darauf eine weitere.

„Sie haben uns entdeckt", sagte Myers. „Korgh wusste, wo wir waren und wann wir kommen. Verdammt!"

Burger versuchte, seine Leute zu erreichen.

„Kein Netz. Der Scheißkerl hat die Handynetze abgeschaltet."

Jetzt waren sie auf sich allein gestellt.

Anne sah aus dem Fenster. Waren Sie das nächste Ziel? Warum hatte es die anderen getroffen und nicht sie?

Sie kam nicht dazu, den Gedanken weiterzuverfolgen. Burger gab so heftig Gas, dass die Reifen durchdrehten.

„Was haben Sie vor?", fragte Myers.

„Er hat nicht viele Leute", antwortete Burgers. „Wenn die so weit draußen sind, können keine mehr auf dem Gelände sein. Wir brechen durch das Tor. Wenn wir drin sind, verteilen wir uns, die Frauen bleiben im Wagen."

Für Diskussionen blieb keine Zeit. Sie hatten nur die wenigen Minuten, die Korghs Leute brauchten, um wieder zurück am Haus zu sein, dann war er in der Überzahl.

Anne sah, dass Myers und Burger einen Kontakt am Helm berührten. Sie hatten sie eingeschaltet

Burger wich einem langsamen Müllwagen aus und beschleunigte den SUV weiter. Das Tor kam schnell näher, es sah harmlos aus.

„Das schaffen wir", sagte Burger. „Festhalten!"

Dann krachte der SUV gegen das Tor. Es war zwar aus Metall, aber schon alt und nicht dafür gebaut, heranrasende Autos aufzuhalten. Es gab einen Schlag, der durch das ganze Auto ging, Anne wurde in ihre Gurte gepresst. Dann flogen die Torflügel auseinander und der SUV rumpelte über herumliegende Bruchstücke des Tors in den Hof.

Myers und Burger sprangen sofort aus dem Wagen und liefen zu den Seiten weg. Anne und Yra duckten sich. Es geschah - nichts. Kein Schuss fiel. Vermutlich hatte Burger mit seiner Annahme recht gehabt, dass Korghs Leute zu weit draußen waren, um eingreifen zu können. Aber lange würde es nicht dauern.

Anne lugte durch eine Scheibe und konnte Burger erkennen. Der sah sich vorsichtig um und gab Myers, den Anne nicht sehen konnte, ein Zeichen. Er sprang auf und wollte losrennen, aber dann blieb er abrupt stehen, als wäre er gegen eine Mauer gerannt. Er fasste sich an den behelmten Kopf und fiel um.

Ein Schuss war nicht gefallen, deshalb konnte es nur eins bedeuten: Korghs Synapsenblocker wirkte doch.

Anne spürte einen stechenden Schmerz im Kopf, der sich ausbreiten und von ihr Besitz ergreifen wollte. Er war stärker als die Migräneanfälle, unter denen sie lange gelitten hatte, aber nicht unähnlich. Fast wie ein Reflex spannte sie in Gedanken ein Netz, um den Schmerz einzufangen. Er tobte einige Sekunden und ließ dann nach. Yra schien nichts zu spüren. Korgh hatte seinen Synapsenblocker nur auf menschliche Gehirne programmiert.

Sie und Yra lebten. Das war das einzig Positive, aber ob es wirklich positiv war, musste sich erst noch herausstellen. Korgh hatte ihr ganzes Team ausgeschaltet, alle, die kämpfen konnten. *Er* hatte sein volles Arsenal an Möglichkeiten, *sie* waren zwei Frauen ohne nennenswerte Bewaffnung oder Unterstützung. Es brauchte keinen hochtrainierten Verstand, um zu dem Schluss zu kommen, dass ihre Lage aussichtslos war.

Tief in ihrem Inneren spürte Anne Angst aufsteigen. Die natürliche Reaktion, wenn man wusste, dass man eigentlich nur noch sterben konnte. Sie kannte dieses Gefühl. Schon mehrmals war der Tod sicher gewesen - und dann war er doch nicht eingetreten. War es dieses Mal so weit? Irgendwann war immer Schluss.

Sie verbot sich alle Gedanken in diese Richtung. Ihre Gefühle mussten bleiben, wo sie waren: tief drinnen. Wenn sie auch nur den Hauch einer Chance gegen Korgh haben wollte, musste sie um alles in der Welt einen klaren Kopf behalten.

Hinter ihrem Wagen hörte Anne ein Geräusch. Andere Fahrzeuge näherten sich - Verstärkung für Korgh.

Das war schlecht.

Sie sah durch die Heckscheibe. Zwei SUVs, ähnlich ihrem eigenen, rasten heran. Aber sie bremsten nicht ab. Der erste krachte in einen Pfosten der Mauer, der zweite fuhr Sekunden darauf in den ersten hinein.

Korgh hatte mit seinem Synapsenblocker auch seine eigenen Leute ausgeschaltet.

Die Tür des Gebäudes öffnete sich. Zwei große Chinesen traten heraus. Auch sie trugen Helme, aber die waren offensichtlich von Korgh so präpariert, dass sie die Strahlung abhielten. Beide richteten ihre Maschinenpistolen auf den SUV.

Zuletzt trat ein kleiner grüner Mann ins Freie: Korgh. Er lachte.

„Komm raus!", rief er. „Ich weiß, dass du da drin bist."

„Er denkt, hier ist nur einer drin", flüsterte Anne. „Er weiß nicht, dass ich den Synapsenblocker überstanden habe."

„Das spielt keine Rolle", flüsterte Yra zurück. „Sie werden den Wagen untersuchen und dich mit Gewalt herausholen. Du hast keine Chance gegen die zwei."

Anne wusste, wie Pistolen und Gewehre funktionierten, aber dieses Wissen war eher theoretisch. Sie hielt nichts von Waffengebrauch und hatte alle Angebote, sich mit Waffen zu beschäftigen, stets abgelehnt. Die beiden Männer neben

Korgh waren Elitesoldaten. Wenn sie versuchte, die beiden mit einer Waffe anzugreifen, hatte sie verloren.

„Du hast recht", sagte sie.

Yra kletterte aus dem SUV und ging ein paar Schritte auf Korgh zu.

„Bleib stehen!", befahl er. Er gab den beiden Agenten ein Zeichen. „Wenn sie sich bewegt, schießt ihr ins Knie!"

Die Männer hoben ihre Waffen und richteten sie auf Yras Knie.

Korgh näherte sich ihr bis auf drei Meter. „So sieht man sich wieder. Du hast mich überrascht, eigentlich hätte ich erwartet, einen belanglosen Zellhaufen zu finden, der einmal Yra war."

„Es kommt nicht immer so, wie man denkt", sagte Yra. „Auch deine Pläne gelingen nicht immer."

Korgh lachte. „Das ist nur eine bedeutungslose Verzögerung. Das mit dem Zellhaufen holen wir nach - wenn ich meinen Spaß gehabt habe." Er sah zu dem SUV. „Und jetzt werde ich mir deine Freundin ansehen."

Er wollte auf den SUV zugehen, aber in dem Moment stieg Anne aus. Korgh blieb stehen und starrte sie verblüfft an.

„Noch ein Plan, der nicht funktioniert hat", sagte Anne. „Dein Synapsenblocker wirkt nicht bei mir. Du lässt nach."

„Frech wie Yra", sagte Korgh. „Ich wusste, dass du anders bist als normale Menschen, aber so anders ..." Er lächelte böse. „Ich werde mir dein Gehirn genauestens ansehen - wenn es vor mir auf dem Tisch liegt."

„Noch ist es nicht so weit."

Anne sah sich angespannt um. Das Haus sah verwahrlost aus und besaß einen Anbau, den man wohl als Garage nutzen konnte. Das Gelände war groß und ungepflegt, einige Bäume standen auf einer Grasfläche, die schon länger nicht gemäht worden war. Burger und Myers lagen auf dem Boden und machten unkoordinierte Bewegungen.

Das einzige Tor, das durch die Mauer führte, war durch die Wagen von Korghs Leuten blockiert.

„Du brauchst nicht auf Hilfe zu hoffen", sagte Korgh. „Deine Leute sind erledigt, und andere, die Hilfe holen könnten, gibt es nicht. Ich habe den Blocker auf höchste Leistung gestellt. Und selbst wenn es jemanden gäbe, könnte er keine Polizei rufen." Er lächelte. „Ich habe alles unter Kontrolle. Genau, wie ich das mag."

Anne glaubte ihm aufs Wort, von außen durfte sie keine Unterstützung erwarten. Sie waren auf sich selbst gestellt, alleine gegen Korgh, hinter dem zwei bewaffnete Männer standen, von denen einer sein Gewehr jetzt auch auf sie richtete.

Aus dem Haus kam eine Frau, eine Chinesin. Sie sah nur kurz zu Korgh, aber Anne erkannte Verachtung in ihrem Blick. Das musste Meng Kang sein, die zu Haishan gehörte. Wahrscheinlich hatte Korgh sie nicht gut behandelt. Ob Haishan noch im Haus war? Und Möbius? Aber selbst wenn, würden sie sich kaum gegen Korgh auflehnen, dafür hatte er mit Sicherheit gesorgt.

Korgh drehte sich zu den Männern um. „Behaltet sie im Auge. Wenn sie sich rühren, schießt. Wer sie fliehen lässt, stirbt."

Dann ging Korgh ins Haus.

Kurz darauf kam er mit einigen Sachen in der Hand wieder heraus. Erst, als er sie vor Yra auf den Boden fallen ließ, konnte Anne erkennen, was es war: Einkaufsbeutel aus Stoff und Kabelverbinder.

„Streck deine Hände aus!", befahl er Yra.

Yra gehorchte.

Korgh nahm jeweils einen Beutel, stülpte ihn über ihre Hände und befestigte ihn mit einem Kabelbinder.

„Feigling", sagte Yra.

„Hände auf den Rücken!"

Dort band Korgh ihre Hände mit einem weiteren Kabelbinder zusammen.

„Jetzt bist du nur noch eine harmlose kleine Frau", sagte er, als er fertig war. „Ich werde mir meinen Spaß nicht durch dich verderben lassen."

Anne hatte keine Ahnung, was Korgh vorhatte, aber es konnte nichts Gutes sein. Jetzt kam er zu ihr.

„Hände ausstrecken!"

Korgh wusste also, dass sie genau wie Yra mit ihren Händen kommunizieren und Menschen beeinflussen konnte. Und er wusste, sich davor zu schützen. Das war nicht gut.

Sie streckte ihm ihre Hände entgegen. Was hätte sie auch anderes tun sollen?

„Komm mit!", befahl er.

Mit den Stoffbeuteln um ihre Hände folgte sie ihm. Sie versuchte, sie abzustreifen, was aber nicht funktionierte.

Vor einem kräftigen Baum blieb Korgh stehen. Mit wenigen Handgriffen zog er ihr die schusssichere Weste aus. „Stell dich mit dem Rücken gegen den Baum, Hände nach hinten."

Anne zögerte, aber sofort traten die Soldaten einen Schritt näher und richteten ihre Maschinenpistolen auf sie.

Korgh griff sie hart am Oberarm und stieß sie gegen den Baum. Für seine Größe hatte er viel Kraft. Ob er auch seine Muskeln optimiert hatte?

Sie spürte die Rinde des Baums durch ihre dünne Kleidung. Glücklicherweise war sie nicht borkig, sondern einigermaßen glatt.

Korgh trat hinter den Baum und tat, was Anne befürchtet hatte. Er band ihre Hände zusammen und fixierte sie so an dem Stamm.

Jetzt stand er vor ihr und sah ihr in die Augen. „Da steht sie, die große Anne Winkler. Du hast viele meiner Pläne durchkreuzt, aber jetzt hast du verloren. Jetzt bin *ich* dran.

Du warst die Einzige, die mir in dieser Welt gefährlich werden konnte, aber du hast es nicht geschafft. Ich lasse mich nicht aufhalten. Auch von dir nicht."

„Was hast du jetzt vor?", fragte Anne.

Korgh lachte wieder. „Ich habe viel über die Menschen gelesen. Vieles war langweilig, aber manches fand ich höchst interessant. Zum Beispiel die Geschichten aus dem Land, aus dem Myers kommt. Dort hatten sie einen schönen Brauch, wenn Feinde in ihre Hände fielen. Sie haben sie an einen Marterpfahl gebunden."

Korgh ließ seine Worte wirken. Das Wort ‚Marterpfahl' klang in Annes Kopf nach. Es war kein guter Klang.

„Fixiert sie so, dass sie sich nicht bewegen kann!"

„Du willst mich foltern?"

Korgh grinste böse. „Nur foltern? Das wäre Verschwendung. Später vielleicht." Er überlegte einen Moment. „Nicht vielleicht. Wahrscheinlich. Mal sehen, wozu ich Lust habe."

Die Soldaten machten sich mit einem Seil an Annes Beinen zu schaffen.

„Weiter auseinander!", forderte Korgh. „Zieht sie nach hinten."

Die Männer zogen Annes Beine auseinander und ein Stück um den Stamm nach hinten. Anne konnte es nur hilflos über sich ergehen lassen. Sie konnte sich nur noch schwer abstützen und rutschte ein Stück nach unten. Jetzt war sie mit ihrem Kopf nur noch wenig höher als Korgh.

„Holt die beiden Männer und setzt sie da hin." Korgh deutete auf die Mauer des Anbaus, der dem Baum gegenüberstand. „Sie sollen alles mit ansehen, denn das können sie noch."

„Beim Marterpfahl gab es immer Zuschauer", erklärte Korgh Anne. „Das gibt dem Ganzen die richtige Würze."

Die Soldaten schleiften Myers und Burger herbei und lehnten sie gegen die Mauer. Man sah, dass sie sich wehren wollten, aber mehr als ein Zucken ihrer Beine brachten sie nicht zustande.

Korgh holte in dieser Zeit Yra, schlang ein Seil zwischen ihren auf den Rücken gefesselten Armen durch und befestigte es an einer Metallstange, die das überstehende Dach des Anbaus abstützte. Als er fertig war, tätschelte er ihre Wange. „Du sollst nichts verpassen, denn du kommst auch noch dran."

Yra trat nach ihm, aber Korgh wich geschickt aus. Gleichzeitig trat er ihr Standbein weg, so dass Yra unsanft auf dem Po landete.

„So primitiv?", spottete er. „Aber eine gute Idee. Wir werden es richtig animalisch machen."

Er wandte sich zu Meng Kang. „Du passt auf unsere kleine grüne Wilde auf!"

Meng Kang stellte sich neben Yra, die jetzt auf dem Boden saß.

Korgh ging langsam auf Anne zu, bis er dicht vor ihr stand. Sie konnte seinen Atem spüren.

„Und jetzt zu uns, Menschenfrau", sagte er.

„Bist du so schwach, dass du eine Frau fesseln musst?", fragte sie. „Ich dachte, du wärst ein Mann."

Er trat noch näher heran, seine Augen blitzten. „Ich will mich nur nicht in meinem Vergnügen stören lassen, denn das werde ich mir gönnen." Er machte eine kurze Pause, in seinen Augen sah Anne nichts als Bosheit und - Lüsternheit.

„Mir macht Sex zu jeder Zeit und an jedem Ort Spaß. Bei euch ist das anders, ich habe mich gut informiert. Bevor wir mit den Schmerzen beginnen, werde ich dich demütigen. Ich werde die berühmte und stolze Anne Winkler bloßstellen, vor aller Welt."

Er drehte sich zu den Soldaten um. „Nehmt alles auf!"

Einer der Männer zog eine Kamera aus der Tasche und stellte sich so, dass er Anne gut im Bild hatte.

Wie furchtbar war das denn? Korgh wollte sie quälen, das war schlimm genug. Und jetzt sollte auch noch alle Welt zusehen? Vielleicht auch ihr Mann? Und ihre Kinder? Ihre Kinder. Sollte das Letzte, was sie von ihrer Mutter sahen, sein, dass sie zu Tode gefoltert wurde?

Korgh drehte sich wieder zu ihr, hob die Hände an ihren Hals - und riss mit einem kräftigen Ruck ihr Shirt entzwei. Dann zog er ein Messer und hielt die Klinge vor ihre Augen.

Anne schloss die Lider und machte sich auf alles gefasst. Ihr war übel.

„Hast du Angst?", fragte Korgh. „Sieh mich an!"

Anne gehorchte widerstrebend.

„Keine Sorge. Eure Indianer haben ihre Feinde verstümmelt, aber ich bin kein Indianer. Ich werde deinen Schmerz auf eine völlig neue Stufe heben. Am Ende wärst du froh, wenn ich dich nur verstümmelt hätte."

Anne konnte sich nicht vorstellen, was er meinte. Aber egal, was es war, es klang nicht gut. Ihr Herz raste. Sie konnte es in jeder Zelle spüren. Ein Blick zu Myers und Burger zeigte ihr, dass von dort keine Hilfe zu erwarten war. In den Augen der beiden Männer stand Furcht. Furcht um sie.

„Korgh, hör auf!", rief Yra. „Tu ihr nichts. Nimm mich!"

Korgh wandte sich zu ihr um. „Sei still! Du kommst auch dran. Aber wenn du mich noch einmal störst, schneide ich dir die Zunge heraus."

Anne hatte keinen Zweifel, dass er das wirklich tun würde. Und wahrscheinlich auch mit ihr, wenn sie um Hilfe rufen würde. Das war sowieso zwecklos, in der näheren Umgebung waren alle Menschen ausgeschaltet. Selbst wenn nicht, hätten sie gegen Korgh wenig ausrichten können. Ihr blieb nichts übrig als zu schweigen.

„Das Messer brauche ich hierfür", sagte er und schnitt mit einer schnellen Bewegung den schmalen Steg ihres BHs entzwei. Mit weiteren Schnitten zerteilte er ihn und die Reste ihres Shirts. Er warf die Stücke achtlos beiseite.

Korgh steckte das Messer weg und betrachtete ihre Brüste und ihren nackten Oberkörper ausgiebig. „Sehr schön. Wie geschaffen für mich." Er streckte seine Arme aus und berührte mit seinen Fingern ihre Brustwarzen.

Anne war auf vieles gefasst, aber nicht darauf. Es war, als würde ihr jemand einen elektrischen Schlag versetzen. Sie zuckte zusammen und stöhnte auf. Das war keine normale Berührung gewesen. Korgh konnte mit seinen Händen auch Energie ausstrahlen. Davon hatte sie in Yras Erinnerungen nichts entdeckt. Vielleicht hatte er diese Fähigkeit vor ihr verborgen oder sich erst später zugelegt.

Korgh strich über die Haut von Annes Oberkörper und dann wieder über ihre Brust. Der Schlag kam erneut und stärker.

Anne stöhnte wieder.

„Gefällt dir das?", fragte Korgh.

„Nein", keuchte Anne.

„Dabei fangen wir gerade erst an."

Er presste ihre Brustwarzen zusammen, und wieder traf sie ein Schlag. Ihre Knie wurden weich. Wäre sie nicht am Baum gefesselt gewesen, wäre sie zu Boden gegangen. So rutschte sie nur einige Zentimeter nach unten. Sie konnte ihm jetzt gerade in die Augen sehen. Ihm schien diese ganze Sache Spaß zu machen.

„Bindet sie so, dass sie nicht weiter abrutschen kann. Macht sie bewegungsunfähig."

Ein Soldat schlang ein Seil unter ihren Achseln durch und befestigte es an einem Ast über ihr. Ein weiteres folgte um ihre Taille. Er zog es hinter dem Stamm so fest zusammen, dass Anne die Luft wegblieb.

Jetzt konnte sie sich gar nicht mehr rühren.

„Sehr schön", sagte Korgh und zog wieder sein Messer.

Anne zerrte an ihren Fesseln, aber sie konnte ihn nicht daran hindern, ihre Hose und ihren Slip in kleine Fetzen zu schneiden.

Vollkommen nackt und bewegungsunfähig hing sie mehr an dem Baum, als dass sie stand - und der andere Soldat filmte alles mit.

Sie schloss wieder die Augen, aber Korgh fuhr sie an. „Die Welt soll deine Augen sehen."

Sie sah Korgh wieder an.

Mit einem Blitzen in den Augen griff er ihr zwischen die Beine.

Der elektrische Schlag war so heftig, dass sie aufschreien musste. Aber er war nicht so stark wie vorhin, dann wäre sie ohnmächtig geworden.

Korgh grinste. „Das sind nur ein paar kleine Fingerübungen."

Er warf das Messer zur Seite und zog seine eigene Hose aus. „Zuerst das Vergnügen", sagte er.

Anne sah zu Yra, aber die konnte ihr nicht helfen. Auf ihrer Stirn bildeten sich Schweißperlen. Das hatte Anne noch nie bei ihr gesehen.

Meng Kang stand mit versteinerter Miene neben Yra und beobachtete alles.

Korgh kam jetzt so dicht an sie heran, dass er sie berührte.

Anne sah nach unten. Sie ahnte, was er vorhatte, sein Glied hatte sich schon aufgerichtet.

Sie sah ihm wieder in die Augen und legte so viel Verachtung in ihre Stimme, wie ihr möglich war. „Ich dachte, du hättest mehr zu bieten. Ich bin enttäuscht."

Korgh griff hart an ihre Brust. Wieder ein Schlag.

Anne hielt die Luft an. Sie wollte nicht wieder stöhnen oder schreien. „Wenn du glaubst, mir damit imponieren zu können, hast du dich getäuscht. Kleines Ding an einem kleinen Wicht."

Das war glattweg gelogen. In Wirklichkeit war Korghs Glied im Verhältnis zu seinem Körper groß. Vermutlich auch ein optimiertes Teil wie so vieles andere an ihm. Ein deutliches Zeichen, wie viel Wert er auf seine Männlichkeit legte.

Korgh ließ ihr einen erneuten, heftigen Schlag zukommen.

„Dadurch wird es auch nicht größer", presste Anne hervor. „Du hast mir nichts zu bieten."

Anne sah, wie in Korghs Augen die Wut wuchs. Im gleichen Maß schrumpfte sein Teil. Sehen konnte sie es nicht, aber spüren. Hatte es eben noch hart gegen ihre Scham gedrückt, wurde es spürbar weicher.

„Sag ich doch", legte Anne nach. „Du bringst es nicht."

Korgh stieß einen wütenden Schrei aus. „Sei still! Sonst schneide ich dir die Zunge heraus."

„Eben hast du gesagt, dass du mehr drauf hast, als jemanden zu verstümmeln. Das war wohl nur ein Bluff."

Mit einer Bewegung, die so schnell war, dass Anne sie kaum wahrnehmen konnte, hatte er seine Hände in ihrem Nacken. Mit den Daumen fixierte er Annes Kopf, so dass sie ihn nicht mehr bewegen konnte. Er kam ihr jetzt so nah, dass sich ihre Nasen berührten. In seinen Augen stand der lodernde Zorn.

Von seinen Händen ging ein Stromschlag aus, direkt in ihr Gehirn. Fast hätte sie die Besinnung verloren. Sie konnte sich gerade noch beherrschen und seinen Blick erwidern.

„Doch ein Bluff", sagte sie. „Du bist zu schwach für mich."

Wieder traf ein elektrischer Schlag ihr Gehirn. Das war gefährlich, denn der Strom musste keinen Weg durch andere Körperteile zurücklegen, was ihn abgeschwächt hätte. Und es war ganz anders als bei Yra. Deren Signale waren fein, und man konnte darin lesen. Bei Korgh war alles nur grob. Da gab es nichts zu lesen außer roher Gewalt. Aber die traf sie wie die Ladung aus einer Starkstromleitung.

„Ich werde deine Schmerzgrenze anheben", sagte Korgh. „Du kannst nicht hoffen, ohnmächtig zu werden. Du wirst Schmerzen erleben, dass du darum bettelst, getötet zu werden."

„Anne, sei still!", hörte sie Yra rufen. Aber es war wie durch Watte. Es gab nur noch Korgh und sie.

Jetzt kamen die Stromschläge schnell hintereinander wie aus einem Maschinengewehr. Für einen Moment wurde Anne schwarz vor den Augen, aber ihr Körper hatte jahrelang Schmerzen erduldet, nachdem sie von der Mondexpedition zurückgekommen war und Yras Kristallsplitter getragen hatte. Die immer wiederkehrenden Schmerzanfälle hatten ihr oft die Besinnung geraubt, bis sie gelernt hatte, damit umzugehen. Er brauchte keine Anweisungen mehr, was zu tun war. Wie von selbst begann Annes Geist, die Schmerzen einzukreisen und von ihrem Bewusstsein zu isolieren. Sie bekam Luft und konnte wieder denken.

„Selbst das kriegst du nicht hin", sagte Anne mit größter Mühe und sah Korgh dabei in die Augen, die nur Zentimeter von ihr entfernt waren. „Du bist so schwach wie das schlappe Teil zwischen deinen Beinen."

Das Maschinengewehr schoss schneller. Anne kämpfte mit aller Kraft, um von den Schmerzen nicht überwältigt zu werden. Sie waren stärker als alles, was sie jemals erlebt hatte. Sie spürte ihre Kräfte schwinden. Bald würde das Netz um die Schmerzen zerreißen - und dann würde ihr Schädel explodieren.

Sie nahm ihre ganze restliche Energie zusammen und sie brachte sogar ein heiseres Lachen zustande. „Die ganze Welt sieht zu, wie du nicht mal mit einer nackten, hilflosen Menschenfrau fertig wirst." Sie holte Luft, damit ihre Stimme ruhig wurde. „Wir dachten, du wärst groß, aber wir haben uns getäuscht. Du bist doch nur ein kleiner grüner Wicht. Gib auf und geh in einen Zirkus."

Korgh presste seine Stirn gegen ihre. Seine Hände drückten in ihren Nacken. Seine Augen waren geweitet von irrer Wut. Anne konnte in ihnen lesen, wie er alle Kraft zusammennahm, um einen letzten Impuls auszusenden.

Der Impuls traf bei ihr ein, mitten in ihrem Gehirn. Es war, als würde eine Granate in ihrem Kopf explodieren. Das Netz um den Schmerz spannte sich und bekam Risse.

Anne wartete, atemlos, bis es den Bruchteil einer Sekunde vor dem Zerreißen war. Sie sah tief in Korghs Augen, als ob sie in seinen Kopf sehen wollte. Dorthin, wo er diesen grauenvollen Schmerz produzierte - und dann schleuderte sie den aufgestauten Schmerz zurück. Auf demselben Weg, den er gekommen war. An die Stelle, wo er entstanden war. Die geballte Ladung Schmerz und Qual. Alles auf einmal.

Korghs Augen weiteten sich. Er zuckte zurück. Sein Mund stand offen, aber es kam nur ein würgendes Geräusch heraus. Für einen Moment war es, als wäre er eingefroren. Sekundenlang rührte er sich nicht. Dann lösten sich seine Hände aus Annes Nacken. Er fasste sich an die Kehle und torkelte rückwärts. Nach wenigen Metern stolperte er und fiel auf die Erde, direkt vor Yra.

Anne sackte zusammen, nur die Seile hielten sie aufrecht. Bevor ihr schwarz vor den Augen wurde, sah sie noch, wie die beiden Soldaten und auch Meng Kang zusammenbrachen, als wären sie vom Blitz getroffen worden.

Das Erste, was Anne spürte, waren Schmerzen. Die Seile, die sie aufrecht hielten, schnitten in ihre Achseln, die Fesseln um ihre Hände schnürten ihr das Blut ab, aber schlimmer noch war der Nachhall der Schmerzen, die ihr Korgh zugefügt hatte. Sie hatte keine Kraft mehr, sich dagegen zu wehren, sondern ließ ihn es einfach über sich ergehen.

Nachdem die Schmerzen etwas abgeebbt waren, versuchte sie, sich mit den Beinen abzustützen, um ihre Achseln zu entlasten, aber ihre Beine wollten ihr nicht gehorchen.

Vorsichtig öffnete sie die Augen. Sie wusste nicht, wie lange sie besinnungslos gewesen und was in der Zeit geschehen war. Immerhin lebte sie noch. Bis zur Vergewaltigung war es nicht gekommen, und Korgh hatte ihr auch nichts abgeschnitten.

Da lag er. Auf der Erde. Tot war er nicht, denn seine Glieder zuckten wie im Schüttelfrost. Die Soldaten rührten sich nicht. Meng Kang bewegte sich stöhnend. Sie hob kurz den Kopf, dann robbte auf das Messer zu. Jede Bewegung schien sie unendlich viel Kraft zu kosten, bis sie die Waffe tatsächlich in der Hand hielt. Ein paar Minuten lag sie da, als hätte sie all ihre Kräfte verbraucht, aber dann bewegte sie sich wieder. Mit dem Messer in der Hand robbte sie zurück, auf Korgh zu. Neben ihm blieb sie liegen, wieder ein paar Minuten. Dann richtete sie sich auf und hob das Messer.

Anne wollte „Nein!" rufen, aber ihr Mund war trocken und ihre Zunge nicht in der Lage, auch nur ein Wort zu formen.

„Du wirst nie wieder eine Frau misshandeln!", sagte Meng Kang und stieß Korgh das Messer direkt ins Herz.

Seine Glieder zitterten ein letztes Mal, dann rührte er sich nicht mehr. Meng Kang lag halb auf ihm, auch wie tot.

„Nein!" Dieses Mal brachte Anne das Wort heraus, aber es konnte nichts mehr ändern.

Yra war die Einzige, die sich noch rührte. Sie machte sich ganz lang, bis sie mit ihrem Fuß Korghs Kopf erreichte. Nach mehreren Versuchen gelang es ihr, ihn zu sich heranzuziehen. Jetzt konnte sie mit beiden Füßen den Griff des Messers fassen und es aus der Brust ziehen. Es dauerte eine Weile, aber Yra war sehr gelenkig und dann hatte sie ihre Fesseln durchtrennt. Wenig später stand sie vor Anne und schnitt sie vom Baum los.

Anne ließ sich zu Boden sinken, nackt, wie sie war. Etwas anderes, als sich hinzulegen, war unmöglich.

Yra verstand Anne auch ohne Worte und begann, ihren Nacken zu massieren. Annes Bewusstsein ließ sich Yras wohltuende Energie gerne gefallen und schaltete wieder für ein paar Minuten ab.

Als Anne erwachte, war Yra gegangen. Jetzt kam sie wieder und kniete sich neben sie. Ihre Hände fuhren liebevoll über Annes Haut. „Geht es wieder besser?"

Anne hauchte ein „Ja".

„Unter Meng Kangs Sachen habe ich etwas gefunden, das du anziehen kannst."

Anne bemühte sich aufzustehen, aber ihre Muskeln wollten ihr kaum gehorchen. Die Schmerzen in ihrem Kopf hatten etwas nachgelassen, waren aber immer noch heftig. Ihr Gehirn war überbeansprucht, das war jetzt der Preis für ihren Widerstand. Sie war gerne bereit, ihn zu bezahlen, wenn sie daran dachte, was Korgh mit ihr vorgehabt hatte.

Sie massierte ihre Handgelenke, die tiefe rote Striemen aufwiesen. Mit Yras Hilfe stand sie auf und zog Meng Kangs Kleidung an. Gemeinsam gingen sie zu Korgh. Er war tot. Genau wie auch die Chinesin und die beiden Soldaten.

Anne musste sich wieder setzen, der kurze Weg war schon zu viel für sie gewesen.

„Was ist mit den anderen passiert?", wollte sie wissen.

„Ich vermute, Korgh hat sie mit sich verschränkt." Yra erklärte ihr kurz den Zusammenhang.

Anne schüttelte den Kopf. „Ich hätte nicht geglaubt, dass so etwas möglich ist."

„Wer dein Gehirn beherrscht, hat dein Leben in seiner Hand."

„Wie furchtbar. Wer kann so etwas einem anderen antun?" Die Vorstellung, was das für einen Menschen bedeutet, würde sie am liebsten in die Schublade „Böser Traum" verbannen, aber die Leichen vor ihren Füßen waren real.

„Das ideale Instrument für Diktatoren und Unterdrücker", sagte Yra. „Deshalb war es bei uns verboten, daran zu forschen."

„Was Korgh nicht gehindert hat, es trotzdem zu tun."

„Korgh", sagte Yra und deutete auf den leblosen Körper. „Was hast du mit ihm gemacht?"

Anne sah zu Myers und Burger. Sie lebten und verfolgten jede Bewegung der Frauen mit ihren Blicken. Ihre Bemühungen, sich selbst zu bewegen, wirkten kläglich.

„Nicht hier", wehrte Anne ab.

Sie sah sich um. Sie schienen die Einzigen auf dem Gelände zu sein. Wenn Möbius und Haishan im Haus gewesen wären, wären sie mit Sicherheit herausgekommen. Auch außerhalb des Geländes war es still, Korghs Blockade wirkte noch.

Anne stand auf, ging zu dem Soldaten mit der Kamera und nahm sie ihm aus den leblosen Händen.

„Es ist nichts ins Internet übertragen worden", sagte sie nach einer kurzen Kontrolle des Geräts. „Wahrscheinlich, weil es wegen Korgh in der Umgebung nicht funktioniert. Das hatte er sich wohl für später vorbehalten."

Sie entnahm den Chip und zerbrach ihn. Dieses Später würde es nie geben.

„Myers und Burger wird es bald besser gehen", sagte sie. „Lass uns das Gelände kontrollieren, mein Bedarf an Überraschungen ist für heute gedeckt."

Mit weiteren Überraschungen rechnete sie eigentlich nicht, aber sie wollte weg von Myers und Burger, und die Geländekontrolle war dafür ein plausibler Grund.

Auf der anderen Seite des Hauses setzte sie sich in das halbvertrocknete Gras. Die Auseinandersetzung mit Korgh hatte ihre Kräfte viel stärker aufgezehrt, als sie gedacht hatte.

„Myers und Burger müssen nicht alles mithören", begann sie und erzählte Yra, was zwischen ihr und Korgh passiert war.

„Ich hatte eine Höllenangst um dich", gestand Yra.

Anne nickte. „Die hatte ich auch."

„Ich wusste nicht, dass auch Korgh die Fähigkeit hatte, mit seinen Händen zu manipulieren", sagte Yra. „Das ist furchtbar."

„Er konnte nur Gewalt ausüben und Schmerzen zufügen. Mehr nicht."

„Mehr nicht, sagst du?" Yras Augen drückten Erstaunen aus. „Das ist entsetzlich viel. Er konnte die Schmerzen direkt in deinem Gehirn erzeugen und gleichzeitig verhindern, dass du sie bekämpfen kannst. Er konnte dir mehr Schmerzen zufügen, als würde er dir bei lebendigem Leib einen Arm abschneiden."

„Ich weiß", sagte Anne und schwieg einen Moment. „Ich weiß es sehr gut."

Yra streckte eine Hand aus, um Anne tröstend am Arm zu fassen, aber dann zog sie sie wieder zurück, als ob sie sich nicht trauen würde, Anne zu berühren. „Wie kann ein Mensch sowas aushalten?"

Anne lächelte schwach. „Das Aushalten von Schmerzen ist meine Meisterschaft. Darin habe ich sehr viel Übung."

Yra machte wieder die Andeutung einer Bewegung, berührte Anne aber auch dieses Mal nicht.

„Was ist?", fragte Anne. „Hast du Angst, mich anzufassen? Ich beiße nicht."

Yra sah zu Boden. „Ich weiß nicht mehr, was ich von dir denken soll. Ich dachte, ich kenne dich, aber jetzt bin ich erschrocken."

„Warum das?"

„Ich kenne Korgh wie niemand sonst, und es gibt niemanden, der ihm so Widerstand geleistet hat wie du."

„Mir blieb nichts anderes übrig. Was sollte ich tun?"

„Vor Angst verzweifeln - und dann durch ihn sterben."

„Sterben stand nicht auf meinem Programm."

„Das ist noch nicht alles. Ich habe seine Augen gesehen, als er von dir zurückgeschleudert wurde."

„Und?"

„Korgh hatte Angst. Er hat noch niemals Angst gehabt." Yra zögerte. „Jetzt hatte er große Angst. Korgh hatte Angst vor *dir*."

„Es wurde Zeit, dass er diese Erfahrung macht."

Jetzt streckte Anne ihre Hand aus und nahm Yras in die ihre. „Und jetzt werden wir wieder normal. Okay?"

Yra sah Anne einen Moment an und lachte dann. „Okay."

„Dann machen wir jetzt weiter, wir sind noch nicht fertig hier."

Gemeinsam gingen sie zu dem Anbau, die Tür war nicht verschlossen. Der Innenraum war hell erleuchtet, an einer Wand lagen der geöffnete Lantis-Container und einige Säcke mit dem Isoliermaterial, das seinen Inhalt über die Jahrmillionen geschützt hatte. In der Mitte des Raums stand, von mehreren Scheinwerfern beleuchtet, der kostbare Inhalt. Er sah aus wie ein großes Fass, das ziemlich genau dem Innenraum des Containers entsprach. Wahrscheinlich hatte man die Form dahingehend optimiert, um möglichst viel in dem Container unterbringen zu können. Es wirkte nicht sonderlich beeindruckend, aber Anne wusste, dass es nicht auf das Aussehen ankam. Sie hatte keinerlei Zweifel, dass dieses fassähnliche Gerät tatsächlich ein Quantencomputer der Lantis war. An einer Seite gab es einige wenige Schaltelemente, die vermutlich zum Starten der Basisfunktionen dienten und komplexere Ein- und Ausgabemöglichkeiten erzeugten. Dazu war es noch nicht gekommen. Zum Glück. Vor ihrem Angriff hatte Korgh wohl an der Energieversorgung gearbeitet, einige herumstehende Geräte und die damit verbundenen Kabel deuteten darauf hin. Ein Quantencomputer war eine komplexe Maschine mit hohem Energieverbrauch, die man nicht drahtlos versorgen konnte. Viel hatte zur Aufnahme des Betriebs nicht mehr gefehlt.

Anne ging einmal um den fassförmigen Computer herum, mit ihren Händen strich sie immer wieder über seine Oberfläche. Sie fühlte sich glatt an wie Porzellan. Kein Staub war darauf und man konnte sich darin spiegeln. Was könnte man mit diesem Wunder der Technik nicht alles machen! Anne fielen spontan zahllose Anwendungen ein. Man könnte bessere Klimamodelle erstellen, die tatsächlich helfen würden, die Erderwärmung zu verstehen und zu bekämpfen. Man könnte die Strukturen der Materie, aus denen unsere Welt bestand, bis in Tiefen erforschen, die bisher unerreichbar waren. Man könnte neue Materialien entwerfen, die den Menschen ein besseres Leben ermöglichten. Man könnte den Kosmos und die ganze Welt besser verstehen. Man könnte ...

Anne riss sich aus ihren Gedanken. „Nur nicht träumen", murmelte sie leise.

Sie nahm Yra, die einfach nur still dagestanden und sich alles angesehen hatte, bei der Hand und ging nach draußen.

„Du nimmst Myers und ich Burger", sagte Anne.

Yra fragte nichts, durch die kurze Berührung mit Anne kannte sie den Plan.

Die beiden Frauen schleiften die Männer um das Haus herum, weg vom Anbau, und legten sie dort ab.

Myers sah Anne fragend an. Diese schüttelte den Kopf.

Myers versuchte, sich zu bewegen. Einen Arm anheben und die Beine anwinkeln konnte er schon. Sie mussten sich beeilen.

Anne ging neben Burger in die Hocke und griff in eine Tasche seiner Ausrüstung. Er ließ es einfach geschehen. Sie stand wieder auf, in der Hand hielt sie eine Handgranate.

Myers sah sie flehentlich an. Er versuchte, etwas zu sagen, brachte aber nur ein Lallen zustande.

Anne zuckte die Schultern. „Ich verstehe Sie nicht." Dann wandte sie sich ab.

Myers warf sich herum, um sie aufzuhalten, aber sie war schon zu weit weg.

Als sie um die Ecke des Hauses ging, hörte sie ihn brüllen. Es waren keine Worte, nur zornige Geräusche. Selbst wenn er etwas hätte sagen können, würde er nichts mehr ändern.

Vor der Tür des Anbaus angekommen, warf sie einen letzten, sehnsüchtigen Blick hinein. Was würde sie darum geben, nicht tun zu müssen, was sie jetzt tat.

Mit einem entschlossenen Ruck zog sie den Sicherungsstift. Ein letzter Blick auf den Quantencomputer, dann rollte sie die Granate direkt darunter und brachte sich mit einem Spurt in Sicherheit. Sekunden später gab es einen ohrenbetäubenden Knall. Der Anbau brach in sich zusammen, auch das Haus sackte an einer Seite ab. Fenster splitterten, Steine flogen umher.

Als sich der Staub gelegt hatte, ging Anne zu Yra, die neben Myers und Burger stand und auf sie aufpasste.

Die Männer sahen ihr entgegen. Anne hatte noch nie so zornige Blicke gesehen.

17.

Die Sonne ließ die schneebedeckten Gipfel strahlend weiß leuchten. Anne konnte vom Anblick der französischen Alpen nicht genug bekommen, und besonders nicht von der herrlichen Luft. Nach der stickigen und aufgeheizten Atmosphäre der Großstadt Luanda war das jetzt genau das, was sie brauchte. In Genf angekommen hatte sie ausgeschlafen und dann mit Yra einen ausgedehnten Spaziergang durch die Berge gemacht. Jetzt saß sie auf der Terrasse von Tobias' Chalet und genoss die Aussicht. Seine Frau Elena hatte die Kuchentafel gedeckt und setzte sich zu Anne. Katharina, ihre Tochter, saß mit einem Eis in der Hand auf der Schaukel und winkte zu ihnen hinüber.

Elena. Eigentlich hätte sie bei der ersten Mondexpedition dabei sein sollen. Aber dann war sie bei einem Ausflug im südamerikanischen Urwald nahe des europäischen Weltraumbahnhofs Kourou ausgerutscht und hatte sich den Kopf angeschlagen. Das war der Grund, warum Anne auf dem Mond gelandet war. Damit hatte alles begonnen. Manchmal war es schon seltsam, durch welche Kleinigkeiten große Ereignisse beeinflusst wurden.

„… und Myers hat nicht mehr mit dir gesprochen?", fragte Tobias, als Anne ihren Bericht beendet hatte.

„Kein einziges Wort. Als er sich wieder bewegen konnte, hat er sich nur noch darum gekümmert, Kontakt nach zu Hause aufzunehmen und Spezialisten anzufordern. Danach hat er sich mit einer Waffe in der Hand neben Korghs persönlichen Computer gesetzt und ihn bewacht."

„Er hätte sich wenigstens bei dir bedanken können, schließlich hast du ihm das Leben gerettet. Dieser Korgh hätte ihn wohl kaum ungeschoren davonkommen lassen."

Tobias dachte einen Moment nach. „Was wird denn jetzt

aus den restlichen Containern? Die sollen ja verschwunden sein."

„Ich habe gehört, wie Myers mit Burger darüber gesprochen hat. Er ist überzeugt, sie bald zu finden, jetzt, wo Korgh nicht mehr da ist."

Yra sah Anne an, ihre Augen waren von seltsamen Mustern erfüllt. Niemand konnte sie lesen - außer Anne. Aber Anne wollte jetzt nicht.

Sie sah von Yra weg zu Tobias und redete weiter. „Genauso glaubt er, dass sich die Sache mit den Chinesen wieder einrenken wird. Nur eine Frage der Zeit."

„Gut, dass dieser Teufel nicht mehr alles sabotiert", sagte Tobias. „Wie hast du diesen Kerl eigentlich wirklich besiegt? Darüber hast du ziemlich wenig erzählt."

Anne dachte eine Sekunde lang an dieses Erlebnis zurück. Es saß tief in ihr, und wahrscheinlich würde sie es nie wieder loswerden, aber jetzt darüber reden? „Es war eine sehr persönliche Auseinandersetzung, die nur wir zwei ausgefochten haben - und dabei sollte es auch bleiben. Es ist besser so. Für alle."

„Hm", machte Tobias. Diese Antwort stellte ihn nicht zufrieden, er wusste aber auch, dass er nicht mehr erfahren würde.

„Aber warum du diesen Supercomputer zerstört hast, das erzählst du mir. Man hätte damit die Welt verändern können."

„Eben", sagte Anne. „Das hätte man. Aber nicht nur so, wie *du* denkst. *Du* denkst wie ein Wissenschaftler, aber nicht alle Leute tun das. Regierungen und Militärs denken anders; es sind schon wegen unbedeutenderer Dinge Kriege geführt worden. Eine überwältigende Rechenleistung stellt in unserer Zeit eine gewaltige Macht dar, wie früher eine Atombombe. Solange es ein Gleichgewicht gibt, ist alles gut, aber sobald sie von einem Einzigen kontrolliert wird, wird dieses Gleichgewicht zerstört. Korgh hätte es fast geschafft."

„Aber Myers ist nicht Korgh, und wer sagt denn, dass eine einzige Regierung diesen Supercomputer unter ihre Kontrolle bringen könnte?"

„Niemand sagt das, aber man kann es auch nicht ausschließen, selbst wenn gute Absichten dahinterstecken. Korgh war auch nicht immer nur böse."

„Ich finde es jedenfalls schade."

„Es ist mir nicht leichtgefallen. Ich weiß, wozu dieses Ding alles gut gewesen wäre. Aber ..." und jetzt lächelte Anne wieder, „... wir *haben* gewaltige Rechenleistung durch die Lantis gewonnen, verteilt über die ganze Welt. Die 3D-Projektoren sind immer noch da, und die Rechner darin arbeiten. Wir werden sie unter Kontrolle bringen, und wenn wir es wirklich wollen, können wir sie nutzen. Wenn wir es gemeinsam tun, werden wir Ergebnisse bekommen, die die Welt verändern. Auch ohne Quantencomputer."

Sie trank einen Schluck Kaffee und beobachtete, wie Yra ihren Kuchen aß. Nachdem sie sich von Elena das Rezept hatte erklären lassen, hatte sie diesen Kuchen für gut befunden. Dafür hatten weder Tiere noch Pflanzen leiden müssen. Und für die doppelte Portion Sahne darauf auch nicht.

„Übrigens vielen Dank für deine Unterstützung", sagte Anne. „Du hast das Internet gerade rechtzeitig mit deinen Daten überflutet. Ohne deinen Einsatz hätten wir es nicht geschafft."

„Kein Problem", sagte Tobias großzügig. „Das Direktorium von CERN wollte mir den Kopf abreißen, aber als erste Ergebnisse hereinkamen, haben sie es sich anders überlegt."

„Ergebnisse?", fragte Anne erstaunt.

„Die Projektoren haben nicht umsonst gearbeitet." Tobias grinste über das ganze Gesicht. „Sie haben Muster gefunden, für die wir tausend Jahre hätten rechnen müssen. Wir sind der Dunklen Materie dicht auf der Spur. Und wie es aussieht, ist sie nicht nur eine undefinierte Masse an gleichförmigen Teilchen, sondern sie besitzt Strukturen. Es könnte sich für uns eine neue Welt auftun. Das Direktorium ist jedenfalls hellauf begeistert."

Anne hob ihre Tasse. „Dann stoßen wir auf den zukünftigen Nobelpreisträger an."

„Es war *deine* Idee", sagte Tobias.

„Ach was. Ich brauche keine Preise, mein Leben ist mir vollauf genug."

Annes Kinder würden bald kommen, und ihr Mann Olaf. Sie freute sich schon sehr darauf, sie alle wiederzusehen.

Yra lehnte ihren Kopf an Annes Schulter, nahm Annes Hand und schloss die Augen. *Glaubst du, dass die Geschichte damit zu Ende ist?*, dachte sie.

Nein, dachte Anne zurück. *Sie fängt gerade erst an. Aber das müssen die anderen ja nicht wissen.*

Ende

~~~~~

Die größte Gefahr ist beseitigt. Die Menschen können beginnen, das Erbe Lantis zum Guten für sich zu nutzen. Damit ist ein wichtiger Abschnitt in der Geschichte „der ersten Menschheit" erreicht und die erste Staffel hat ein Ende gefunden.

Aber wie Anne weiß (und Sie wahrscheinlich ahnen): Die Geschichte geht weiter. Was ist mit dem Plan B und den restlichen Containern?

Und dann gibt es noch eine Frage, die viele Leser bewegt hat: Wenn es solch eine Zivilisation in der Geschichte unserer Welt gegeben hätte, müsste man doch Spuren davon finden. Ja, das müsste man. Und es gibt sie tatsächlich! Die ersten Menschen haben jede Menge Spuren hinterlassen und unsere Welt mehr geprägt, als man sich vorstellen kann. Darum wird es in der nächsten Staffel gehen, die ab Mai 2016 beginnt, und Sie dürfen sich wieder auf viele Überraschungen freuen.

Möchten Sie wissen, wann das nächste Buch erscheint?

In meinem Newsletter informiere ich Sie über Neuerscheinungen, Gewinnspiele oder anderes Wichtige zu meinen Büchern. Schreiben Sie einfach eine E-Mail an **neu@kseibel.de**.

Hat Ihnen das Buch gefallen?

Dann bitte ich Sie um ein paar Minuten Ihrer Zeit. Bitte schreiben Sie eine Rezension. Sie muss nicht lang sein, einige kurze, ehrliche Sätze genügen. Als unabhängiger Autor bin ich auf die Unterstützung meiner Leser angewiesen.

Bitte empfehlen Sie meine Bücher auch Ihren Freunden.
Ich würde mich sehr darüber freuen.
Klaus Seibel

Weitere Bücher des Autors

Meister der Gene

Die **Fortsetzung** der Saga um die erste Menschheit

Die Ruhe nach Korghs Tod war trügerisch. Plötzlich werden keine Kinder mehr geboren. Eine Katastrophe zieht auf, aber die Ursache liegt im Dunkeln. Menschen sind noch nicht in der Lage, die Genmanipulation durchzuführen, die für die Kinderlosigkeit verantwortlich ist. Das kann nur einer: Der Meister der Gene. Aber - das ist Yras Vater. Wie kommt er dazu, so etwas zu tun? Yra ist bei der Lösung dieser Frage keine große Hilfe, denn die einst so starke Lantis-Frau verliert ihre Erinnerungen. Anne kann einige davon retten, aber dann gerät sie selbst in den Fokus des Bösen. Und sie muss beweisen, wie viel sie zu opfern bereit ist.

Krieg um den Mond

Mehr als zweihundertfünfzig 4- und 5-Sterne-Rezensionen

„Krieg um den Mond" war monatelang in den Bestsellerlisten und zeitweise das bestverkaufte Science-Fiction E-Book in diversen Shops. Hier erfahren Sie die **Vorgeschichte zu der Serie: „Die erste Menschheit"**.

Ein Rover der NASA macht eine Entdeckung: Auf der Mondoberfläche liegt eine kaputte Schraube. Das Problem: Sie dürfte nicht dort sein. Ein Wettlauf beginnt. Jeder will die Entdeckung um jeden Preis.

Schwarze Energie

CERN - das größte Experiment der Welt.
Das „Gottesteilchen" ist gefunden. Kommt jetzt noch ein Teil für den Teufel? Manche befürchten es, ein teuflisches Schwarzes Etwas, das die Erde verschlingt. Die Wissenschaftler sagen: „Es kann unmöglich etwas passieren."
Haben sie wirklich alles bedacht? Können Menschen überhaupt alles bedenken? Lassen Sie sich in eine Geschichte hineinführen, an die Sie ganz bestimmt nicht gedacht haben.

Zehntausend Augen

Der Mann ist ein genialer Hacker und leidenschaftlicher Spieler. Computer, Handy, Internet sind seine Werkzeuge, und Menschen seine Spielfiguren, die Polizei eingeschlossen. Sein Spielfeld ist die Welt, alle Menschen dürfen seinem Spiel live zusehen. Der Preis ist hoch: Es geht um Menschenleben. Die Regeln sind klar: Bei jedem Level wird es schwieriger.

„Zehntausend Augen" ist mehrfach im Inforadio RBB empfohlen worden.

„Dieses Buch hat mich begeistert und das Potenzial, ganz oben in den Charts zu stehen." Hanni Münzer, Autorin auf der Spiegel-Bestseller Liste.

www.kseibel.de